소년 시절

BOYHOOD
by J. M. Coetzee

이 도서의 국립중앙도서관 출판예정도서목록(CIP)은
서지정보유통지원시스템 홈페이지(http://seoji.nl.go.kr)와
국가자료공동목록시스템(http://www.nl.go.kr/kolisnet)에서 이용하실 수 있습니다.
(CIP제어번호: CIP2018020153)

소년 시절

J. M. 쿳시 장편소설

왕은철 옮김

Boyhood

Scenes from Provincial Life I

문학동네

일러두기

1. 주석은 모두 옮긴이주다.
2. 본문 중 고딕체는 원서에서 이탤릭체로 강조한 부분이고, 볼드체는 원서에서 대문자로 강조한 부분이다.
3. 본문 중 아프리칸스어 음독 표기 뒤에 나오는 괄호 속의 번역은 처음 나오는 곳에만 병기했다.
4. 장편소설과 기타 단행본은 『 』, 시와 희곡 등의 작품명은 「 」, 연속간행물, 방송 프로그램명, 곡명 등은 〈 〉로 구분했다.

차례

1

그들은 우스터시 외곽의, 철도와 내셔널 로드 사이 공영주택 단지에 산다. 그 단지의 거리 이름들은 나무 이름에서 따왔지만 정작 나무는 없다. 주소는 포플러 애비뉴 12번지다. 단지의 집들은 모두 새집이고 다 똑같이 생겼다. 아무것도 자라지 않는 널찍한 붉은 진흙 위에 세워져 있으며 서로 철조망으로 분리되어 있다. 각 집의 뒤뜰에는 방 하나와 화장실 하나가 딸린 자그마한 건물이 서 있다. 하인은 없지만 사람들은 그걸 '하인 방'과 '하인 화장실'이라고 부른다. 그들은 신문, 빈병, 부서진 의자, 낡은 코이어* 매트리스 같은 물건들을 보관하는 데 하인 방을 사용한다.

* 야자껍질로 만든 섬유.

그들은 뜰 아래쪽에 닭장을 만들고, 알을 낳아줄 암탉 세 마리를 넣는다. 그러나 암탉들은 잘 자라지 않는다. 진흙 속으로 스며들지 못한 빗물이 뜰 곳곳에 웅덩이를 만든다. 닭장은 고약한 냄새가 나는 늪으로 변해간다. 닭들의 다리가 코끼리 피부처럼 크게 부풀어오른다. 병들고 까다로워진 닭들은 알을 낳지 않는다. 그의 어머니는 스텔렌보스에 사는 언니한테 조언을 구하고, 언니는 혓바닥 밑에 있는 딱딱한 껍질을 잘라줘야 닭들이 다시 알을 낳을 것이라고 한다. 그래서 그의 어머니는 닭을 한 마리씩 차례로 무릎 사이에 끼고, 닭들이 부리를 벌릴 때까지 턱을 누른 다음, 작은 과도 끝으로 닭의 혀를 들추고 껍질을 잘라낸다. 닭들은 꼬꼬댁거리며 몸부림을 치고 눈이 불거져나온다. 그는 진저리를 치며 돌아선다. 그는 어머니가 스튜용 고기를 부엌 조리대에 놓고 찰싹찰싹 치고 칼로 네모나게 써는 모습을 떠올린다. 그녀의 피 묻은 손가락을 떠올린다.

가장 가까운 가게는 유칼립투스나무를 가로수로 심은 황량한 길을 따라 1.5킬로미터 정도 가야 있다. 주택단지의 상자 같은 집에 갇힌 그의 어머니가 하루종일 하는 일이라곤 쓸고 닦는 일뿐이다. 바람이 불 때마다 미세한 황토 먼지가 문 밑으로 불어닥치고, 창틀과 처마밑 틈새와 천장의 이음새를 통해서도 스며든다. 온종일 강풍이 불고 나면 앞벽에 먼지가 몇 센티미터나 쌓인다.

그들은 진공청소기를 산다. 매일 아침 어머니는 진공청소기를 방마다 끌고 다니며 그 시끄러운 몸통 속으로 먼지를 빨아들인다. 그 몸통에는 허들을 넘듯 펄쩍 뛰며 웃고 있는 붉은 도깨비가 그려져 있다. 도깨비 그림은 왜 그려져 있는 걸까?

그는 진공청소기를 갖고 논다. 종이를 찢어 종잇조각이 흡입구 위에서 바람에 날리는 잎사귀처럼 날아다니는 모습을 바라본다. 그는 흡입구를 줄지어 가는 개미떼에 갖다대고 개미들을 빨아들여 죽게 한다.

우스터에는 개미와 파리와 몹쓸 벼룩이 있다. 이곳 우스터는 케이프타운에서 겨우 150킬로미터 떨어져 있지만 모든 면에서 더 나쁘다. 그의 양말 위에는 벼룩한테 뜯긴 둥근 자국이 있고, 긁어서 덧난 부위에는 딱지가 생겼다. 어떤 날은 가려워서 밤에 제대로 자지도 못한다. 그는 왜 그들이 케이프타운을 떠나야 했는지 알 수 없다.

그의 어머니 역시 불안해한다. 말이라도 있었으면 좋겠어요, 어머니가 말한다. 그러면 적어도 펠트*에서는 탈 수 있을 텐데. 말이라니! 아버지는 이렇게 대꾸한다. 당신, 고다이바 부인이 되고 싶은 거야?

* 남아프리카공화국 남부의 풀이나 낮은 덤불로 덮인 평평한 지대.

그녀는 말을 사지 않는다. 대신 아무 예고 없이 여성용 검은색 중고 자전거를 산다. 그것은 너무 크고 무거워, 그가 뜰에서 타 보려고 해보지만 페달을 돌릴 수가 없다.

그녀는 자전거 타는 법을 모른다. 어쩌면 그녀는 말 타는 법도 모를 것이다. 그녀는 자전거 타기가 간단하리라 생각하고 자전거를 샀다. 이제 그녀는 자전거 타는 법을 가르쳐줄 사람을 찾을 수 없다.

그의 아버지는 고소한 마음을 감추지 못한다. 여자들은 자전거 타는 거 아니야, 그가 말한다. 어머니는 여전히 반항적이다. 나는 이 집안에 틀어박혀 있지 않을 거예요, 그녀가 말한다. 자유로워지겠어요.

처음에 그는 어머니가 자기 자전거를 갖게 되면 멋질 거라고 생각했다. 어머니와 그와 남동생, 이렇게 셋이 포플러 애비뉴를 따라 함께 자전거를 타고 내려가는 모습을 상상해보기도 했다. 그러나 어머니가 아버지의 야유에 완강한 침묵으로 일관하는 모습을 보고 이제 마음이 흔들리기 시작한다. 여자들은 자전거 타는 거 아니야. 아버지의 말이 옳다면 어쩔 것인가? 만약 어머니가 자전거 타는 법을 가르쳐줄 사람을 찾지 못한다면, 그리고 리유니언 파크에 있는 다른 주부들 가운데 누구도 자전거를 갖고 있지 않다면, 그렇다면 여자들은 정말로 자전거를 타면 안 되는 것인지도 모른다.

그의 어머니는 뒤뜰에서 혼자 자전거를 타려고 해본다. 그녀는 다리를 양쪽으로 쭉 뻗고 닭장 쪽으로 이어지는 비탈길을 내려간다. 자전거가 기울어지더니 멈춰 선다. 그 자전거에는 크로스바가 없어서 넘어지지 않기 때문에, 그녀는 손잡이를 움켜잡은 채 우스꽝스럽게 비틀거릴 뿐이다.

그의 마음이 그녀에게서 돌아선다. 그날 저녁, 그는 아버지의 야유에 맞장구를 친다. 이것이 배반이라는 사실을 그는 잘 알고 있다. 이제 그의 어머니는 완전히 혼자다.

그럼에도 불구하고, 불확실하고 불안정하긴 하지만 그녀는 자전거 타는 법을 배우고, 무거운 페달을 열심히 돌린다.

그녀는 그가 학교에 가 있는 아침시간에 우스터로 짧은 여행을 떠난다. 그는 딱 한 번, 그녀가 자전거 타는 모습을 얼핏 보게 된다. 그녀는 흰 블라우스에 어두운색 치마 차림이다. 포플러 애비뉴를 따라 집으로 오고 있다. 그녀의 머리칼이 바람에 나부낀다. 그녀는 소녀처럼 젊어 보인다. 젊고 상큼하고 신비로워 보인다.

그의 아버지는 벽에 기대어 있는 무거운 검은색 자전거를 볼 때마다 그것에 관해 농담을 한다. 그의 농담에 따르면, 여자가 자전거를 타고 힘겹게 지나가면, 우스터 시민들은 하던 일을 멈추고 입을 벌린 채 그 모습을 바라본다. 트랩! 트랩! 밟아! 그들은 이렇게 외치며 그녀를 조롱한다. 이런 농담에는 우스울 게 하나도 없다. 그러나 농담이 끝나면 그와 아버지는 언제나 같이 웃는다. 어머니는 한 번도 재치 있게 응수한 적이 없고, 그런 재능도 없다. "마음대로 비웃어." 그녀가 말한다.

그러던 어느 날, 그녀는 아무 설명도 없이 자전거 타기를 그만둔다. 곧 자전거도 사라진다. 아무도 그것에 관해 언급하지 않는다. 하지만 그는 그녀가 좌절해서 제자리로 돌아갔음을 안다. 그리고 자신에게도 분명 일부 책임이 있음을 안다. 언젠가는 갚아야지, 그는 스스로 이렇게 다짐한다.

자전거를 탄 어머니에 대한 기억이 그의 머리를 떠나지 않는다. 그녀는 포플러 애비뉴를 따라 멀리까지 페달을 밟아 그로부터 탈출하고, 자신의 욕망을 향해 탈출한다. 그는 그녀가 떠나는 것을 원치 않는다. 그녀가 자신만의 욕망을 갖게 되는 것을 원치 않는다. 그가 집에 돌아오기를 기다리며, 언제나 집에 있으면 좋겠다. 그가 아버지와 한편이 되어 어머니를 공격하는 일은 별로 없다. 대부분은 어머니와 한편이 되어 아버지를 공격한다. 그러나 이번 경우에 그는 남자들 편이다.

2

그는 어머니와 아무것도 공유하지 않는다. 학교생활은 그녀에게 철저히 비밀에 부치고 있다. 그는 완벽할 예정인 분기별 성적표를 제외하고는 그녀가 아무것도 모르게 하겠다고 결심한다. 그는 언제나 일등을 할 것이다. 그의 품행은 언제나 '매우 양호'하고, 학습 진행 상황은 '최우수'일 것이다. 성적표에 흠이 없는 한, 그녀에게는 질문을 할 권리가 전혀 없을 것이다. 그것은 그가 스스로에게 다짐하는 약속이다.

학교에서 아이들은 매를 맞는다. 매일 일어나는 일이다. 아이들은 허리를 구부리고 발끝에 손을 댄 자세로 회초리를 맞는다.

그의 5학년 반에는 선생이 특히 때리기 좋아하는 롭 하트라는 친구가 있다. 5학년 담임인, 헤나로 물들인 적갈색 머리의 우스트히즌 선생은 화를 잘 낸다. 그의 부모는 그녀의 이름이 마리 우스트히즌이라는 걸 어딘가에서 들어 알고 있다. 그녀는 아마추어 연극에 참여하고 있고 미혼이다. 분명히 그녀에게도 학교 밖의 삶이 있겠지만, 그는 그것을 상상할 수 없다. 학교 밖의 삶이 있는 선생은 상상할 수 없다.

우스트히즌 선생은 화가 머리끝까지 나면 롭 하트를 책상에서 불러내 몸을 굽히라고 명령한 다음, 엉덩이에 매질을 한다. 어찌나 빠르게 때리는지 회초리가 뒤로 젖혀질 틈이 없을 정도다. 우스트히즌 선생이 매질을 끝낼 무렵이면 롭 하트의 얼굴은 붉게 달아올라 있다. 그러나 그는 울지 않는다. 사실 그의 얼굴이 붉게 달아오른 것은 몸을 굽히고 있었기 때문인지도 모른다. 반면 우스트히즌 선생은 숨을 거칠게 내쉬며 금방이라도 눈물을 쏟을 것 같다. 눈물만이 아니라 콧물까지 쏟을 기세다.

이처럼 절제되지 않은 감정의 회오리가 몰아치고 나면, 교실 전체가 침묵에 잠기고 그 상태는 종이 울릴 때까지 계속된다.

우스트히즌 선생은 롭 하트를 결코 울리지 못한다. 어쩌면 그래서 그를 향해 그렇게 분노를 폭발시키고 누구보다 더 심하게 때리는지도 모른다. 롭 하트는 반에서 가장 나이가 많다. 그보다 (그는 나이가 가장 적다) 두 살이나 많다. 롭 하트와 우스트히즌 선생 사이에 그가 알 수 없는 무언가가 있다는 느낌이 든다.

롭 하트는 천연덕스럽게 키도 크고 잘생겼다. 롭 하트는 영리하지 않고 어쩌면 유급을 당할지도 모르지만, 그는 그에게 매력을 느낀다. 롭 하트는 그가 아직 들어갈 방법을 찾아내지 못한 세계의 일부다. 매질과 섹스의 세계.

그의 경우, 우스트히즌 선생을 비롯한 어느 누구한테도 맞고 싶은 생각이 없다. 매를 맞는다는 생각만으로도 수치심에 몸서리가 쳐진다. 그것을 피하기 위해서라면 그가 못할 일은 아무것도 없다. 이런 점에서 그는 비정상적이며 그 자신도 그걸 안다. 그는 비정상적이고 수치스러운 집안 출신이다. 아이들이 매를 맞지 않을 뿐만 아니라 어른한테도 이름을 부르고 아무도 교회에 나가지 않으며 날마다 신발을 신고 다닌다.

그의 학교 선생들은 남자 선생이든 여자 선생이든 누구나 회초리를 가지고 있고 그것을 마음대로 사용할 수 있다. 이 회초리에는 각각 개성이나 특징이 있다. 아이들은 그것에 관해 알고 있고 끊임없이 이야기한다. 아이들은 감식안으로 회초리의 성격과 그것이 가하는 고통의 질을 평가하고, 그것을 휘두르는 선생들의 팔과 팔목 기술을 비교한다. 아무도 불려나가 몸을 굽히고 엉덩이를 맞는 수치심에 대해서는 이야기하지 않는다.

그는 맞아본 경험이 없어서 그런 대화에 낄 수 없다. 그러나 고통이 가장 중요한 고려사항이 아니라는 것은 안다. 만약 다른 아이들이 고통을 참을 수 있다면, 의지력이 훨씬 더 강한 그도 참을 수 있다. 그가 참을 수 없는 것은 수치심일 것이다. 수치심이란 것이 그를 몹시 주눅들도록 하는 나쁜 것이어서, 그는 자기가 호명을 당했을 때 책상을 꼭 붙든 채 나가기를 거부할까봐 두렵다. 그것은 훨씬 더 수치스러운 일이 될 것이다. 그를 다른 아이들과 갈라놓고 아이들이 그에게 등을 돌리게 만들 것이다. 만약 불려나가 맞는 일이 생기면 그는 너무 수치스러워 다시는 학교에 돌아가지 못할 것이고, 결국 자살하는 것 말고는 다른 방도가 없을 것이다.

바로 그것이 중요하다. 그것이 그가 교실에서 절대로 떠들지 않는 이유다. 그것이 그가 언제나 옷을 단정하게 입고, 언제나 숙제를 잘하고, 언제나 답을 알고 있는 이유다. 그는 감히 옆길로 샐 엄두를 내지 못한다. 옆길로 샌다는 것은 맞을 위험을 무릅쓰는 것이다. 매를 맞든 아니면 맞는 것에 저항해 몸부림치든, 마찬가지로 그는 죽을 것이다.

이상한 것은, 딱 한 번만 맞으면 그를 움켜쥐고 있는 공포의 마력에서 벗어날 수 있다는 사실이다. 그도 그 사실을 잘 알고 있다. 만약 어떻게든, 그가 돌처럼 굳거나 저항할 새도 없이 매맞는 과정을 통과해버린다면, 만약 그의 몸에 매질이 후닥닥 가해지고 끝나버린다면, 그는 정상적인 아이가 되어 선생들과 회초리, 그 회초리들이 가하는 고통의 다양한 품질과 풍미를 논하는 자리에 쉽게 낄 수 있을 것이다. 그러나 혼자서는 그 장벽을 넘을 수 없다.

그는 그것이 자신을 때리지 않는 어머니 탓이라고 생각한다. 동시에 그는 신발을 신고 다니고, 공공도서관에서 책을 빌리고, 감기에 걸렸을 때 학교에 결석할 수 있다는 게 좋다. 그 모든 것이 그를 다른 사람들로부터 갈라놓는다. 그러면서도 그는 정상적인 아이들을 갖지 못하고 그 아이들에게 정상적인 삶을 살지 못하게 하는 어머니한테 화가 난다. 만약 그의 아버지가 주도권을 가진다면, 아버지는 그들을 정상적인 가족으로 바꿔놓을 것이다. 아버지는 모든 면에서 정상적이다. 그는 아버지의 정상성으로부터 그를 보호해주는 어머니에게 고마움을 느낀다. 예를 들어, 아버지가 가끔 험악한 눈을 하고 화를 내며 때리겠다고 위협할 때 어머니가 막아주는 경우가 그렇다. 동시에 그는 어머니가 자신을 비정상적인 어떤 것, 계속 살아 있기 위해서 보호를 받아야 하는 어떤 존재로 만든다는 사실에 화가 난다.

회초리 중에 그에게 가장 깊은 인상을 남기는 것은 우스트히즌 선생의 것이 아니다. 가장 무서운 회초리는 목공을 가르치는 라터한 선생의 것이다. 라터한 선생의 회초리는 대다수 선생들이 선호하는 길쭉하고 탄력 있는 회초리가 아니다. 회초리라기보다는 막대기나 배턴에 가까운, 짧고 굵고 뭉툭한 것이다. 소문에 따르면, 라터한 선생은 그 회초리가 어린 학생들에게는 너무 가혹해서 나이 많은 학생들에게만 사용한다고 한다. 소문에 따르면, 라터한 선생은 그 회초리로 졸업반 학생들조차 엉엉 울고 용서를 빌며 바지에 오줌을 지리게 해서 망신을 줬다고 한다.

라터한 선생은 머리를 짧게 깎아 위로 세우고 콧수염을 기른 작달막한 남자다. 한쪽 손 엄지손가락이 없다. 손가락이 잘린 부분은 진홍색 흉터로 말끔히 덮여 있다. 라터한 선생은 거의 말이 없다. 그는 어린애들에게 목공을 가르치는 게 마지못해 하는 일인 양 언제나 쌀쌀맞고 짜증을 낸다. 그는 수업시간 대부분을, 애들이 머뭇거리며 측량을 하고 톱질을 하고 대패질을 하는 동안, 창문 옆에 서서 학교 안뜰을 바라보며 보낸다. 때때로 생각에 잠긴 채 뭉툭한 회초리로 한가롭게 바짓가랑이를 두드리기도 한다. 검사를 할 때는 마치 경멸스럽다는 듯, 무엇이 잘못되었는지 가리키고서 어깨를 으쓱하며 지나간다.

아이들은 선생들에게 그들의 회초리에 관해 농담을 할 수 있다. 사실 이것이 선생들에게 장난치는 게 허용되는 유일한 영역이다. "선생님, 회초리한테 노래 좀 시켜보세요!" 아이들이 이렇게 이야기하면 호우스 선생은 팔목을 휙 들어 긴 회초리(호우스 선생은 7학년 선생에 불과하지만, 학교에서 제일 긴 회초리를 가지고 있다)로 바람을 갈라 소리를 낸다.

아무도 라터한 선생하고는 농담을 하지 않는다. 아이들은 라터한 선생에 대해, 그가 어른이 다 된 학생들에게 회초리로 할 수 있는 일에 대해 경외심을 품고 있다.

아버지와 아버지의 형제들이 크리스마스에 농장에 모이면, 대화는 언제나 학창시절에 관한 것으로 흘러간다. 그들은 선생들과 회초리에 관한 추억을 이야기한다. 어느 추운 겨울날 회초리를 맞고 엉덩이가 퍼렇게 멍들어 며칠 동안이나 아팠던 그때를 회상한다. 그들의 어조에는 향수와 기분좋은 두려움이 어려 있다. 그는 열심히 그 이야기를 듣지만, 가능한 한 눈에 띄지 않으려 한다. 그들이 하던 말을 잠시 멈추고 그에게 관심을 돌려 그의 인생에서 회초리가 언제 등장하는지 물어보는 걸 원하지 않는다. 그는 맞아본 적이 없고, 그걸 아주 수치스럽게 생각한다. 그는 어른들처럼 그렇게 거리낌없이 회초리에 대해 이야기할 수 없다.

그는 망가진 느낌을 받는다. 그의 내부에서 계속 무언가 서서히 부서지는 듯한 느낌이 든다. 벽이랄까, 막이랄까. 그는 그 부서짐을 테두리 안에 묶어두기 위해 가능한 한 자신을 꼭 그러안으려 한다. 그것을 멈추게 하기 위해서가 아니라 테두리 안에 묶어두기 위해서. 아무것도 그것을 멈추게 하지는 못할 것이다.

일주일에 한 번씩 그와 그의 반은 체력단련을 위해 운동장을 가로질러 체육관으로 간다. 그들은 탈의실에서 소매 없는 하얀 운동복 상의와 반바지로 갈아입는다. 그런 다음 똑같이 하얀색 상의를 입은 바너드 선생의 지도 아래 안마 넘기를 하거나 가죽 공을 던지거나 팔 벌려 뛰기를 하면서 삼십 분을 보낸다.

그들은 이 모든 운동을 맨발로 한다. 며칠 전부터, 그는 언제나 신발로 감싸여 있는 발을 체력단련 시간에 드러내야 하는 게 두려웠다. 그러나 신발과 양말을 벗고 나자, 갑자기 그게 전혀 어려운 일이 아닌 게 된다. 그는 수치스러운 감정을 벗어던지고 민첩하게 옷을 벗는다. 그러자 그의 발은 다른 모두의 발처럼 된다. 수치스러운 마음이 아직도 가까운 어딘가에서 그에게 돌아오려고 서성거린다. 그러나 그것은 다른 아이들은 전혀 알 필요가 없는 개인적인 수치스러움일 뿐이다.

그의 발은 부드럽고 하얗다. 그것 말고는 다른 사람의 발과 다르지 않다. 신발을 신지 않고 맨발로 학교에 오는 아이들의 발과도 다르지 않다. 그는 체력단련도, 그것 때문에 옷을 벗는 것도 좋아하지 않는다. 그러나 다른 것들을 견딜 수 있듯 그것도 견딜 수 있다고, 스스로에게 말한다.

그러던 어느 날, 판에 박힌 일상에 변화가 생긴다. 그들은 패들테니스를 배우기 위해 체육관에서 테니스코트로 간다. 코트는 약간 떨어진 곳에 있다. 가는 길에 그는 조약돌 사이로 조심스럽게 발을 내디디며 걸어야 한다. 테니스코트에서는 여름 햇볕에 바닥이 너무 달아올라, 데지 않도록 깡충깡충 뛰어야 한다. 탈의실로 돌아와 다시 신발을 신자 안도감이 든다. 그러나 오후가 되니 제대로 걸을 수가 없다. 어머니가 집에서 그의 신발을 벗기자, 발가락에 물집이 잡혀 있고 피가 난다.

그는 낫기를 기다리며 사흘간 집에서 지낸다. 나흘 만에 그는 어머니가 써준 쪽지를 가지고 학교에 간다. 그는 화난 어조로 쓰인 그 쪽지의 내용을 알고 있고, 그것에 동의한다. 다시 진영으로 복귀한 부상당한 전사처럼, 그는 절뚝거리며 복도를 지나 그의 책상으로 간다.

"왜 결석했냐?" 반 친구들이 낮은 목소리로 묻는다.

"걸을 수가 없었어. 테니스 연습 때문에 발가락에 물집이 잡혔거든." 그가 낮은 소리로 대답한다.

그는 놀라움과 동정심을 기대하지만 그 대신 비아냥거리는 웃음을 산다. 신발을 신고 다니는 친구들조차 그의 말을 심각하게 받아들이지 않는다. 어찌된 일인지 그들 역시 단단한 발을 가지게 되었고, 발에 물집이 잡히지 않았던 것이다. 그만이 부드러운 발을 가지고 있고, 알고 보니 부드러운 발은 별다른 자랑도 아니다. 갑자기 그는 고립된다. 그와 그의 뒤에 있는 어머니까지.

3

그는 집안에서 그의 아버지가 차지하는 위치를 결코 이해할 수 없다. 사실 그에게는 아버지가 무슨 자격으로 거기에 있어야 하는지도 분명하지 않다. 보통의 가정이라면, 그는 아버지가 가장이니 집은 아버지 것이고, 아내와 자식들은 그의 지배를 받는 것을 받아들일 용의가 있다. 그러나 그의 집에서, 그리고 두 이모의 집에서, 핵심은 어머니와 아이들이고 남편은 부속물에 불과하다. 돈을 내는 하숙인처럼 살림에 보탬이 되는 사람이라고나 할까.

그의 머릿속에는 늘 자신은 그 집의 왕자이고, 어머니는 자신의 모호한 지지자이자 조마조마해하는 보호자라는 의식이 있다. 조마조마하고 모호하다고 하는 이유는 어린애가 집을 좌지우지

할 수는 없는 노릇이기 때문이다. 질투하는 사람이 있다면, 그것은 그의 아버지가 아니라 그의 남동생이다. 어머니가 동생도 지지하기 때문이다. 그녀는 동생을 지지하고, 심지어 동생 역시 영리하지만 그처럼 영리하지는 않고, 그처럼 대담하거나 모험심이 강하지도 않다는 이유로 편애하기까지 한다. 사실 어머니는 언제나 동생 곁을 맴돌며 위험을 막아줄 준비를 하고 있는 것 같다. 반면 그의 경우에는 눈에 띄지 않는 어딘가에서 귀를 기울이고 있다가 그가 부르면 올 준비를 하고 있는 정도다.

그는 어머니가 자기에게도 동생한테 하듯 해주기를 바란다. 그러나 그것을 하나의 표지로서, 증거로서 원할 뿐 그 이상은 아니다. 그는 그녀가 곁에서 맴돌기 시작하면 자신이 발끈 화를 내리라는 것을 안다.

그는 어머니를 계속 궁지로 몰아넣으며 자신과 동생 중 누구를 더 사랑하는지 말하라고 요구한다. 언제나 그녀는 함정을 빠져나간다. "너희 둘을 똑같이 사랑해." 그녀는 미소를 잃지 않으며 대답한다. 그가 아무리 교묘하게 질문을 해도, 가령 집에 불이 나 그들 중 한 사람을 구할 시간밖에 없다면 어떻게 하겠느냐고 물어도, 그녀는 함정에 빠지지 않는다. "너희 둘 다. 틀림없이 너희 둘 다 구해낼 거야. 하지만 집에 불이 나는 일은 없을 거야." 그는 그녀의 부족한 상상력을 비웃으면서도, 그녀의 완강한 일관성만은 존중한다.

어머니를 향한 분노는 바깥세상에 알려지지 않도록 그가 조심히 지켜야 하는 비밀 중 하나다. 그들 네 사람만이 그가 그녀에게 어떤 경멸적인 말을 퍼붓는지, 그녀를 얼마나 열등한 존재로 취급하는지 안다. "만약 네 선생님들과 친구들이 네가 어머니한테 어떤 식으로 말하는지 알면……" 그의 아버지가 손가락을 의미심장하게 흔들며 말한다. 그는 자신의 약점을 그렇게 훤히 들여다보는 아버지가 싫다.

그는 아버지가 매질을 해서 자신을 정상적인 아이로 만들어줬으면 싶다. 동시에 만약 아버지가 감히 자기를 때린다면, 복수를 할 때까지 분을 삭이지 못하리라는 걸 안다. 만약 아버지가 때린다면 그는 미쳐버릴 것이다. 그는 구석에 몰린 채 독이 든 이빨로 물어뜯으려 돌진하는, 손을 대기에는 너무 위험한 쥐처럼 미쳐 날뛸 것이다.

집에서는 화를 잘 내는 폭군이지만 학교에 가면 그는 순하고 착한 양이 되어, 주목받는 일이 없도록 가장 눈에 띄지 않는 뒤에서 두번째 줄에 앉고 매질이 시작되면 두려움에 몸이 굳어버린다. 이런 이중적인 삶을 살면서 그는 속임수라는 짐을 지게 되었다. 그 말고는 아무도 그런 짐을 질 필요가 없다. 기껏해야 그의 신경질적이고 흐리멍텅한 모조품에 불과한 동생조차 그럴 필요가 없다. 사실 그는 동생이 마음속으로는 정상일지 모른다고 의심한다. 그는 독립적인 존재다. 그는 어디에서도 도움을 기대할 수 없다. 어떻게 해서든 어린 시절을 벗어나고 가족과 학교를 벗어나, 더이상 가장할 필요가 없는 새로운 삶으로 나아가는 일은 그의 몫이다.

『어린이 백과사전』에 따르면, 유년 시절은 초원의 미나리아재비와 토끼들 사이에서 놀거나 난로 옆에서 동화책을 읽는 데 몰두하는 순진무구한 환희의 시기다. 그의 유년 시절과는 전혀 다르다. 집에서든 학교에서든, 그가 우스터에서 경험하는 그 어떤 것도 유년 시절이 이를 악물고 견뎌내야 하는 시기가 아니라 다른 어떤 것이라고 생각하도록 해주지 못한다.

우스터에는 컵스카우트가 없어서, 그는 열 살밖에 안 되었지만 보이스카우트에 가입할 수 있다. 그는 입단식을 꼼꼼하게 준비한다. 어머니와 함께 용품점에 가서 빳빳한 황갈색 펠트 모자와 은색 모자 배지, 카키색 셔츠와 반바지, 긴 양말, 보이스카우트 버클이 달린 가죽벨트, 녹색 견장, 녹색 양말 기장으로 구성된 단복을 구입한다. 그는 포플러나무를 1.5미터 길이로 잘라낸 나무막대의 껍질을 벗기고, 불에 달군 드라이버로 나무의 하얀 속살에 모스부호 전체와 수기手旗 신호를 새겨넣으며 오후를 보낸다. 그는 그 막대를 가지고, 직접 세 겹으로 땋은 녹색 띠를 어깨에 두른 채 첫번째 보이스카우트 모임에 참석한다. 손가락 두 개로 거수경례를 하며 선서하는 그의 옷차림은 아직까지는 '신입 대원' 중 가장 완벽하다.

그는 보이스카우트 역시 학교처럼 여러 차례 시험을 통과해야 한다는 걸 알게 된다. 시험을 통과할 때마다 배지를 받아 셔츠에 단다.

시험은 정해진 순서에 따라 치러진다. 첫번째 시험은 옭매듭, 겹매듭, 줄임매듭, 고리매듭, 이렇게 매듭을 묶는 시험이다. 그는 시험을 통과하지만 그다지 우수한 성적은 아니다. 그는 어떻게 해야 보이스카우트 시험을 우수하게 통과하는지, 어떻게 해야 남들보다 뛰어나게 잘하는지 모르겠다.

두번째 시험은 나무꾼 배지를 따는 것이다. 이 시험을 통과하려면, 성냥개비를 세 개 이상 쓰지 않고 종이 없이 불을 피울 수 있어야 한다. 그는 찬바람이 부는 어느 겨울 저녁, 성공회교회 옆의 공터에서 나뭇가지와 나무껍질 파편을 모아놓고 대장과 단장이 지켜보는 가운데 성냥을 하나씩 차례로 긋는다. 매번 불이 붙지 않는다. 매번 바람이 불어와 희미한 불을 꺼버린다. 대장과 단장이 돌아서서 가버린다. 그들은 "넌 떨어졌어"라고 말하지 않는다. 그래서 그는 자신이 정말 떨어졌는지 아닌지 확신하지 못한다. 만약 그들이 가서 논의를 통해, 바람 때문에 시험이 공정하지 못했다고 결론지으면 어떻게 될까? 그는 그들이 돌아오기를 기다린다. 여하튼 그는 나무꾼 배지가 자신에게 주어지기를 기다린다. 그러나 아무 일도 일어나지 않는다. 그는 나뭇가지 더미 옆에 서 있지만 아무 일도 일어나지 않는다.

아무도 그 일을 다시 언급하지 않는다. 그것은 그가 처음으로 떨어진 시험이다.

매년 6월, 방학을 하면 스카우트는 캠핑을 간다. 그는 네 살 때 일주일간 병원에 입원했던 것을 제외하면 어머니와 떨어져본 적이 없다. 그러나 그는 스카우트를 따라가기로 결심한다.

준비물 목록이 있다. 하나는 그라운드시트다. 그의 어머니에게는 그라운드시트가 없다. 사실 그녀는 그라운드시트가 무엇인지도 모른다. 대신 그녀는 그에게 공기를 넣어 부풀리는 붉은색 고무매트리스를 챙겨준다. 캠프장에 가보니, 다른 아이들은 모두 제대로 된 카키색 그라운드시트를 갖고 있다. 그의 붉은색 매트리스가 즉시 그를 외톨이로 만든다. 그게 전부는 아니다. 그는 땅에 파둔 악취나는 구덩이에 대변을 볼 줄도 모른다.

캠핑 셋째 날, 그들은 브리드강으로 수영을 하러 간다. 케이프타운에 살 때 동생과 사촌과 함께 기차를 타고 피시후크에 가서 바위를 기어오르고 모래성을 짓고 파도에서 물장구를 치며 오후

내내 놀곤 했지만, 사실 그는 수영하는 법을 모른다. 이제, 보이스카우트로서, 그는 강을 건너갔다 돌아와야 한다.

그는 강이 싫다. 더럽고, 진흙이 발가락 사이에서 질척거리고, 자칫하면 녹슨 깡통과 깨진 병조각을 밟을 수도 있기 때문이다. 그는 깨끗하고 하얀 바닷모래가 더 좋다. 그러나 그는 물에 뛰어들어 첨벙거리며 용케 건너간다. 그는 저쪽 강둑에서 나무뿌리를 부여잡고 발 디딜 곳을 찾으며 허리까지 오는 탁한 갈색 물 속에서 이를 덜덜 떨며 서 있다.

다른 아이들이 돌아서서 헤엄쳐 돌아가기 시작한다. 그는 혼자다. 물에 다시 뛰어드는 것 말고는 달리 할 것이 없다.

가운데쯤 가자 기진맥진해진다. 헤엄치는 걸 단념하고 일어서보려 하지만 강이 너무 깊다. 그의 머리가 물속으로 가라앉는다. 그는 몸을 띄워 다시 헤엄치려 해보지만 힘이 없다. 그는 두번째로 물속으로 가라앉는다.

허리를 꼿꼿이 펴고 의자에 앉아 그의 죽음을 알리는 편지를 읽는 어머니의 모습이 눈앞에 스친다. 그의 동생이 그녀 곁에 서서 어깨 너머로 그 편지를 읽는 모습도.

그다음에 그가 기억하는 것은 자신이 강둑에 누워 있고, 이름이 마이클인 것은 알지만 너무 수줍어 말을 건넬 생각도 못해봤던 대장이 자신의 몸 위에 다리를 벌리고 서 있는 모습이다. 그는 살았구나 생각하며 눈을 감는다. 구조된 것이다.

그후 몇 주 동안 그는 마이클을 생각한다. 마이클이 어떻게 생명의 위험을 무릅쓰고 강물에 뛰어들어 그를 구해냈는지 생각한다. 그 생각을 할 때마다 마이클이 어떻게 그를, 허우적거리는 그를 발견했는지 놀랍다. (9학년이고 최고 배지를 제외한 모든 배지를 다 갖고 있으며 최우수 소년 단원이 되려고 하는) 마이클에 비하면 그는 아무것도 아니다. 그가 물속으로 가라앉는 걸 보지 못하고, 그들이 캠프로 돌아올 때까지 그가 없다는 걸 눈치채지 못했다 하더라도 마이클은 꽤 적절하게 대처했을 것이다. 그저 '유감스럽게도 알려드리는 바입니다'로 시작하는 냉정하고 형식적인 편지를 그의 어머니에게 보내면 될 일이었다.

그날부터 그는 자신에게 특별한 무언가가 있다는 걸 알게 된다. 그는 죽었어야 했는데 죽지 않았다. 보잘것없는 존재임에도 다시 한번 삶이 주어졌다. 그는 죽었지만 살아 있다.

그는 캠프에서 있었던 일에 대해 어머니에게 한마디도 하지 않는다.

4

그의 학교생활 중 커다란 비밀, 집에서는 아무에게도 이야기하지 않은 비밀은 그가 로마가톨릭교도가 되었으며, 실질적인 모든 면에서 로마가톨릭교도'이다'는 것이다.

이 문제는 그들 집안이 무신론자'이기' 때문에 집에서 이야기하기는 어렵다. 그들은 물론 남아프리카인이지만, 남아프리카인이라는 것 역시 약간 곤란한 말이어서 이야기할 만한 게 못 된다. 남아프리카에 사는 모든 사람이 남아프리카인, 진짜 남아프리카인은 아니기 때문이다.

종교적인 면에서 그들은 확실히 무신론자다. 어머니 집안보다 훨씬 더 안정적이고 평범한 아버지 집안에서조차 아무도 교회에 나가지 않는다. 그 자신도 지금까지 두 번밖에 교회에 가보지 않았다. 한 번은 세례를 받기 위해서였고, 또 한번은 제2차세계대전의 승리를 기리기 위해서였다.

로마가톨릭교도가 '된다'는 결심은 얼떨결에 한 것이다. 새 학교에 처음 간 날 아침 다른 학생들은 강당에서 열리는 조회에 참석하러 가는데, 그는 새로 온 다른 세 아이와 함께 뒤에 남는다. "종교가 뭐니?" 선생이 그들 각자에게 묻는다. 그는 이쪽저쪽을 흘긋거린다. 맞는 대답이 뭘까? 어떤 종교를 선택해야 할까? 러시아인이냐, 미국인이냐를 묻는 것과 같은 걸까? 그의 차례가 된다. "종교가 뭐니?" 선생이 묻는다. 진땀이 난다. 그는 뭐라고 말해야 할지 모른다. "기독교도니, 로마가톨릭교도니, 아니면 유대인이니?" 여자 선생이 재촉하듯 묻는다. "로마가톨릭교도예요." 그가 대답한다.

질문이 끝나자 선생은 유대인이라고 말한 소년과 그는 남아 있고 기독교도라고 대답한 두 아이는 조회에 참석하라고 한다.

그들은 자신들에게 무슨 일이 일어나는지 보려고 기다린다. 그러나 아무 일도 일어나지 않는다. 복도는 텅 비어 있고, 건물은 조용하고, 선생들도 없다.

그들은 어슬렁거리며 운동장으로 나가, 남겨진 다른 아이들이 노는 데 낀다. 구슬치기가 한창인 시기다. 그들은 텅 빈 운동장의 낯선 고요 속에서, 비둘기들이 공중에서 구구거리고 멀리서 희미하게 노랫소리가 들려오는 가운데 구슬치기를 한다. 시간이 흐른다. 그리고 조회가 끝났음을 알리는 종이 울린다. 다른 아이들이 반별로 열을 맞춰 강당에서 돌아온다. 몇몇은 기분이 좋지 않은 것 같다. "유어트!" 아프리카너* 아이가 그를 지나치며 야유를 보낸다. 유대인! 그들이 다시 대열에 합류하자 아무도 미소 짓지 않는다.

그 사건이 그를 혼란스럽게 한다. 그는 다음날 아침 그와 다른 아이들이 다시 한번 뒤에 남겨져 새로운 선택을 할 수 있도록 질문을 받기를 바란다. 그러면 자신이 저지른 실수를 바로잡고 기독교도가 될 수 있을 것이다. 그러나 두번째 기회는 없다.

일주일에 두 번, 양과 염소 무리를 분리하는 일이 반복된다. 유대인과 로마가톨릭교도가 뒤에 남아 그들만의 시간을 보내는 동안, 기독교도는 조회에 참석해 찬송가를 부르고 설교를 듣는다. 그 보복으로, 그리고 유대인이 예수에게 한 짓에 대한 보복으로 몸집이 크고 잔인하고 뼈마디가 굵은 아프리카너 아이들은 때때로 유대인이나 로마가톨릭교도 아이들의 이두근을 주먹으로 때리거나, 심술궂게도 주먹으로 빠르게 펀치를 날리거나, 무

* 남아프리카에 정착해 살고 있는 네덜란드계 백인을 가리키는 말로, 보어인(Boer)이라고 하기도 한다.

릎으로 불알을 차거나, 살려달라고 애원할 때까지 팔을 비틀어 꺾는다. "아세블리프!" 한 아이가 훌쩍거리며 소리친다. 제발! 그들이 야유한다. "유어트! 퍼일후트!" 유대인! 쓰레기 같은 놈!

어느 날 점심시간에 아프리카너 아이 둘이 그를 옴짝달싹 못하게 붙들고는 럭비 경기장 한쪽 구석으로 끌고 간다. 그들 중 하나는 몸집이 엄청나게 크고 살이 쪘다. 그는 그들에게 애걸한다. "에크 이스 니 엔 유어트 니." 그가 말한다. 나는 유대인이 아니야. 그는 그들에게 오후에 그의 자전거를 타게 해주겠다고 제안한다. 그가 말을 하면 할수록 뚱뚱한 아이는 더 미소를 짓는다. 상대가 애원하고 굴욕당하는 모습을 좋아하는 게 틀림없다.

뚱뚱한 아이가 셔츠 주머니에서 뭔가를 꺼낸다. 그것이 그가 이 조용한 구석으로 끌려온 이유를 설명해준다. 꿈틀거리는 초록색 애벌레다. 그 아이의 친구가 그의 팔을 뒤로 돌려 잡는다. 뚱뚱한 아이는 그의 입이 벌어질 때까지 그의 턱관절을 꽉 쥔다. 그리고 억지로 벌레를 밀어넣는다. 그는 벌써 껍질이 터져서 액체가 흘러나오는 벌레를 내뱉는다. 뚱뚱한 아이가 그것을 으깨어 그의 입에 문지른다. "유어트!" 아이가 손을 풀에 닦으며 말한다.

그 운명적인 아침, 그는 로마 때문에, 손에는 검을 들고 머리에는 투구를 쓰고 불굴의 용기와 빛나는 눈길로 에트루리아의 대군에 맞서 테베레강의 교각을 방어하던 호라티우스와 그의 두 동료 때문에 로마가톨릭교도가 되기로 했다. 이제 그는 무엇이 진짜 로마가톨릭교도인지 다른 가톨릭교도 아이들을 보며 차근차근 알아간다. 로마가톨릭교도는 로마와 아무 상관이 없다. 로마가톨릭교도는 호라티우스에 대해 들어본 적도 없다. 로마가톨릭교도는 금요일 오후에 교리문답을 하러 간다. 그들은 고해성사를 한다. 그들은 영성체를 한다. 그것이 로마가톨릭교도가 하는 일이다.

나이 많은 가톨릭교도 아이들이 그를 궁지에 몰아넣고 시험한다. 교리문답 해봤어? 고해성사 해봤어? 영성체 해봤어? 교리문답? 고해성사? 영성체? 그는 그 말들이 무슨 뜻인지도 모른다. 그는 이렇게 둘러댄다. "케이프타운에서는 갔어." 그들이 묻는다. "어느 교회?" 그는 케이프타운에 있는 교회의 이름을 하나도 모른다. 그러나 모르기는 그들도 마찬가지다. "금요일 교리문답 시간에 와." 그들이 그에게 명령한다. 그가 오지 않자, 그들은 5학년에 배교자가 있다고 신부에게 고자질한다. 신부가 그들을 통해 전갈을 보내온다. 교리문답에 반드시 참석해야 한다는 내용이다. 그는 그들이 전갈을 날조한 거라고 의심한다. 그러나 다음번 금요일에 그는 숨을 죽인 채 집에 머문다.

나이 많은 가톨릭교도 아이들은 케이프타운에서 가톨릭교도였다는 그의 말을 믿지 않는다는 것을 분명히 하기 시작한다. 그러나 이제 그는 너무 멀리 나가버려 돌이킬 수가 없다. 만약 "실수였어, 나는 사실 기독교도야"라고 말하면 망신을 당하게 될 것이다. 게다가 비록 아프리카너 아이들의 조롱과 진짜 가톨릭교도인 아이들의 심문을 견뎌야 한다 해도, 일주일에 두 번씩이나 자유시간을 갖고 텅 빈 운동장을 거닐며 유대인 아이들과 이야기를 하는 것은 그만한 가치가 있지 않을까?

어느 토요일 오후, 우스터 전체가 더위에 어리벙벙해져 잠들었을 때, 그는 자전거를 타고 도르프 스트리트까지 간다.

보통 그는 도르프 스트리트를 피한다. 그곳에 가톨릭교회가 있기 때문이다. 그러나 오늘은 거리가 텅 비었고, 도랑에서 나는 물소리를 제외하면 아무 소리도 들리지 않는다. 그는 쳐다보지 않는 척 태연하게 자전거를 타고 지나간다.

교회는 그가 생각했던 것만큼 크지 않다. 주랑 현관 위에 두건을 쓴 채 아이를 안고 있는 성모마리아의 작은 조각상이 있는 낮고 휑한 건물이다.

그는 그 거리의 끝에 다다른다. 되돌아가서 다시 한번 보고 싶지만 이번에는 그렇게 운이 좋을 것 같지 않다. 검은 옷을 입은 신부가 나와 손짓으로 그를 불러 세울까봐 겁이 난다.

가톨릭교도 아이들은 그에게 집적대며 빈정거리고, 기독교도 아이들은 그를 괴롭히지만, 유대인 아이들은 가타부타 말이 없다. 유대인 아이들은 못 본 척한다. 유대인 아이들도 신발을 신는다. 별다른 이유는 없지만 그는 유대인 아이들이 편하다. 유대인 아이들은 그렇게 나쁘지 않다.

그럼에도 불구하고 유대인과는 조심할 필요가 있다. 유대인은 어디에나 있고, 또 이 나라를 점령하고 있기 때문이다. 그는 그런 이야기를 사방에서 듣는데, 특히 아직 미혼인 두 외삼촌이 집에 오면 듣게 된다. 노먼 외삼촌과 랜스 외삼촌은 철새처럼 여름마다 집에 오는데, 둘이 같이 오는 경우는 드물다. 그들은 소파에서 자고 아침 열한시에 일어나, 옷도 제대로 입지 않고 헝클어진 머리로 몇 시간 동안 집 주변을 하릴없이 돌아다닌다. 두 사람 모두 차를 갖고 있다. 때때로 설득하면 오후에 누이와 조카들을 태우고 드라이브를 시켜주기도 하지만, 그들은 담배를 피우고 차를 마시고 옛날이야기를 하면서 시간 보내는 걸 더 좋아하는 것 같다. 그다음엔 저녁을 먹는다. 저녁을 먹고 나면 아무나 꼬드겨 한밤중까지 포커나 루미 같은 카드놀이를 한다.

그는 어머니와 외삼촌들이 어렸을 때 농장에서 있었던 일들에 대해 수천 번도 넘게 하는 이야기를 듣는 게 좋다. 그들이 상대방을 놀리고 웃고 떠들며 하는 이야기를 듣는 것보다 더 행복한 일은 없다. 우스터에 있는 친구들 중에는 그런 이야기를 하는 집안 출신이 없다. 그것이 그를 그들과 갈라놓는 점이다. 그의 뒤에는 두 농장, 어머니의 농장과 아버지의 농장, 그리고 그 농장에 얽힌 이야기들이 있다. 그 농장들을 통해 그는 과거에 뿌리를 둔다. 농장들을 통해 그의 실체가 생긴다.

또다른 농장도 있다. 윌리스턴 근처의 스키퍼스클루프가 그곳이다. 그곳에 가족의 뿌리가 있는 것은 아니고, 결혼으로 생긴 농장이다. 그럼에도 불구하고 스키퍼스클루프 또한 중요하다. 농장은 모두 중요하다. 농장은 자유와 생명의 장소다.

노먼 외삼촌, 랜스 외삼촌, 그리고 어머니가 하는 이야기 중에는 웃기고 익살맞으며, 또한 자칼처럼 교활하고 비정한 유대인에 관한 이야기가 있다. 우츠호른에 사는 유대인들은 해마다 그들의 아버지, 즉 외할아버지한테서 타조 깃털을 사기 위해 농장에 왔다. 유대인들은 외할아버지에게 양은 키우지 말고 타조만 키우라고 설득했다. 타조를 키우면 부자가 될 거라는 것이었다. 그런데 어느 날, 타조 깃털 값이 곤두박질쳤다. 유대인들은 더이상 깃털을 사지 않겠다고 했고 외할아버지는 파산하고 말았다. 그 지역의 모든 사람이 파산했고 유대인들이 그들의 농장을 차지했다. 유대인은 늘 그런 식이야. 그러니 유대인을 믿으면 안 된단다. 노먼 외삼촌의 말이다.

그의 아버지는 생각이 다르다. 아버지는 유대인에게 고용되어 있기 때문에 유대인을 비방할 수 없는 처지다. 그가 부기계원으로 일하는 스탠더드 캐너스는 울프 헬러의 소유다. 사실 그가 공무원직을 잃었을 때 케이프타운에서 우스터로 그를 데려온 사람이 울프 헬러였다. 그들 가족의 미래는 스탠더드 캐너스의 미래에 달려 있다. 울프 헬러는 통조림 공장을 인수하고 몇 년 안에 그 공장을 통조림 업계의 거물로 바꿔놓았다. 아버지의 말에 따르면, 아버지처럼 법률 자격을 갖춘 사람은 스탠더드 캐너스에서 전망이 아주 좋다고 한다.

그렇게 해서 울프 헬러는 유대인에게 쏟아지는 비난에서 면제된다. 울프 헬러는 직원들에게 잘해준다. 유대인에게는 크리스마스가 아무런 의미가 없는데도 직원들에게 크리스마스 선물을 사주기까지 한다.

헬러의 아이들은 우스터에 있는 학교에 다니지 않는다. 만약 헬러에게 아이들이 있다면 이름만 빼고 모든 면에서 유대인 학교인 케이프타운의 SACS에 다닐 것이다. 리유니언 파크에도 유대인 가족이 없다. 우스터의 유대인들은 더 오래되고, 더 푸르고, 더 그늘이 많은 지역에 산다. 그의 반에도 유대인 아이들이 있긴 하지만 그는 그들의 집에 초대받은 적이 한 번도 없다. 그는 학교에서만 그들을 볼 뿐이고, 유대인과 가톨릭교도가 외면당하고 기독교도의 분노를 사는 조회시간이면 그들과 더 가까워진다.

그러나 가끔은 알 수 없는 이유로, 조회시간에 그들에게 주어지던 자유시간이 취소되고 그들도 강당으로 오라는 호출을 받기도 한다.

강당은 언제나 빽빽하다. 고학년 아이들은 의자에 앉아 있고, 저학년 아이들은 전부 마루에 다닥다닥 앉아 있다. 모두 합해 스무 명쯤 되어 보이는 유대인과 가톨릭교도 아이들은 다른 아이들 사이를 헤치며 앉을 자리를 찾는다. 손들이 그들을 넘어뜨릴 셈으로 그들의 발목을 낚아챈다.

도미니(목사)는 이미 연단에 서 있다. 검은 양복에 하얀 넥타이를 맨, 안색이 창백하고 젊은 남자다. 그가 높고 오르락내리락하는 목소리로 설교를 한다. 모음을 길게 늘이며, 단어를 한 자한 자 또박또박 발음한다. 설교가 끝나면 그들은 기도를 위해 일어서야 한다. 기독교의 기도시간에 가톨릭교도는 어떻게 해야 할까? 눈을 감고 입술을 움직일까, 아니면 거기에 없는 척을 할까? 진짜 가톨릭교도 아이들은 어디에 있는지 보이지 않는다. 그는 멍한 표정을 짓고 눈의 초점을 흐린다.

도미니가 자리에 앉는다. 찬송가집이 건네진다. 찬송가를 부를 시간이다. 여자 선생 중 한 명이 앞으로 나가 지휘를 한다. "알 디 펠트 이스 프롤리크, 알 디 푸엘치스 싱(모든 땅이 평화롭고, 모든 새들이 노래하네)." 저학년 학생들이 노래한다. 그리고 고학년 학생들이 일어선다. "이어트 디 블로우 판 온세 예멜(푸른 하늘에서)." 그들은 차렷 자세로 엄숙하게 앞을 바라보며 낮은 목소리로 국가를, 그들의 국가를 부른다. 어린 학생들이 주저하듯 다소 불안하게 따라 부른다. 선생은 그들 쪽으로 몸을 구부리고 깃털을 모으듯 팔을 흔들며 그들을 격려해 소리를 끌어내려 한다. "온스 살 안트우르트 옵 요우 루프스템, 온스 살 오페르 바트 예이 프라." 그들은 노래한다. 우리는 당신의 부름에 대답하리오.

마침내 끝난다. 선생들이 연단에서 내려온다. 먼저 교장이, 그다음에는 도미니가, 그다음에는 나머지 선생들이 내려온다. 학생들이 열을 지어 강당을 나선다. 보이지 않는 주먹이 그의 아랫배에 짧고 빠르게 꽂힌다. "유어트!" 목소리가 속삭인다. 그는 밖으로 나간다. 그는 자유로워진다. 다시 신선한 공기를 마실 수 있게 된다.

진짜 가톨릭교도 아이들의 협박에도 불구하고, 그리고 신부가 그의 부모를 찾아가 그의 정체를 폭로할 가능성에도 불구하고, 그는 로마를 선택하게 한 자신의 영감에 감사한다. 그는 자신을 보호해주는 교회가 고맙다. 전혀 후회는 없다. 가톨릭교도이기를 그만두고 싶지도 않다. 만약 기독교도가 된다는 게 찬송가를 부르고 설교를 듣고 나와서 유대인을 괴롭히는 것이라면, 그는 기독교도가 되고 싶은 생각이 없다. 우스터의 가톨릭교도들이 로마와 아무 상관이 없는 가톨릭교도라고 해도, 그리고 그들이 테베레강('우리 로마인들이 기도를 드리는 테베레여, 아버지 테베레여')의 교각을 방어하던 호라티우스와 그의 두 동료에 대해, 테르모필레의 산길을 지키는 레오니다스와 그의 스파르타 군인들에 대해, 사라센 사람들로부터 요충지를 지키는 롤랑에 대해 아무것도 모른다 해도, 그것은 그의 잘못이 아니다. 그는 요충지를 지키는 것보다 더 영웅적이고, 다른 사람들을 구하기 위해 자신의 목숨을 희생하는 것보다 더 고귀한 것을 생각할 수 없다. 그 덕분에 목숨을 구한 사람들은 나중에 그 사람의 시체를 보며 울음을 터뜨리리라. 그가 되고 싶은 것은 바로 그런 영웅이다. 그게 바로 진짜 로마가톨릭교도다.

길고 무더운 한낮이 끝나고 서늘한 여름 저녁이 찾아온다. 그는 공원에서 그린버그와 골드스타인과 함께 크리켓을 한다. 그린버그는 반에서 튼튼한 축에 속하지만 크리켓은 잘 못한다. 골드스타인은 커다란 갈색 눈에 샌들을 신었고 아주 씩씩하다. 늦은 시간이다. 일곱시 삼십분이 넘었다. 공원에는 그들 셋 말고는 아무도 없다. 그들은 크리켓을 그만둬야 한다. 너무 어두워서 공이 보이지 않기 때문이다. 그들은 다시 어린애가 된 것처럼 씨름을 하며 잔디 위에서 뒹굴고 서로 간지럼을 태우고 웃고 낄낄거린다. 그는 일어서서 심호흡을 한다. 환희의 물결이 그의 몸을 훑고 지나간다. 그는 생각한다. '내 인생에서 이보다 행복했던 적은 없어. 그린버그와 골드스타인과 영원히 같이 있고 싶어.'

그들은 헤어진다. 그것은 사실이다. 여름의 어둠이 깃들고 다른 아이들이 모두 집으로 불려들어가고 그만 혼자 남아, 자전거를 타고 우스터의 넓고 텅 빈 거리를 달리며 영원히 이렇게 살고 싶다, 왕처럼.

5

가톨릭교도인 것은 학교에 한정된 그의 삶의 일부다. 미국인보다 러시아인을 좋아한다는 것은 너무 은밀한 비밀이라 아무에게도 그 사실을 밝힐 수 없다. 러시아인을 좋아하는 것은 심각한 문제다. 그것 때문에 따돌림을 당하거나 감옥에 갈 수도 있으니까.

벽장 속 상자에는, 러시아인에 대한 열정이 절정에 달했던 1947년에 그린 그림들이 담긴 스케치북이 있다. 심이 굵은 연필로 스케치를 하고 왁스 크레용으로 색칠한 그 그림들에는 러시아 비행기가 미국 비행기를 격추시키고, 러시아 군함이 미국 군함을 격침시키는 장면들이 담겨 있다. 갑자기 라디오에서 러시아인에 대한 증오의 물결이 터져나오기 시작하고 모든 사람이 어느 한 편을 선택해야 했던 그해의 열기는 수그러들었지만, 그는 아직도 은밀한 충성심을 간직하고 있다. 러시아인을 향한 충성심, 그러나 그림을 그렸을 당시의 자신을 향한 더 큰 충성심.

우스터에는 그가 러시아인을 좋아한다는 것을 아는 사람이 한 명도 없다. 케이프타운에서는 그의 친구 니키가 알았다. 그는 납으로 된 장난감 병정과 안에 들어 있는 용수철로 성냥개비를 발사하는 장난감 대포를 가지고 그 친구와 전쟁놀이를 했다. 그러나 자신의 충성심이 얼마나 위험한지, 자신이 무엇을 잃게 될지를 알게 되자, 그는 일단 니키에게 비밀을 지켜줄 것을 거듭 당부했고 그다음에는 이제 편을 바꾸어 미국인을 좋아하게 되었다고 말해뒀다.

우스터에서는 그 말고는 아무도 러시아인을 좋아하지 않는다. '붉은 별'을 향한 그의 충성심은 그를 절대적으로 분리된 존재로 만든다.

그 자신조차 이상하게 느껴지는 이 열병은 어디에서 생긴 것일까? 그의 어머니 이름은 베라다. 아래쪽으로 돌진하는 화살처럼 생긴, 얼음장 같은 대문자 V로 시작하는 이름이다. 그의 어머니는 언젠가 그에게 베라가 러시아 이름이라고 말한 적이 있다. 두 적대자 중 선택을 해야 하는 상황으로 러시아인과 미국인이 처음 그의 앞에 제시되었을 때(스뫼츠와 말란* 중에 누가 좋으니? 슈퍼맨과 캡틴 마블 중에 누가 좋으니? 러시아인과 미국인 중 누가 좋으니?) 그는 로마인을 선택했던 것처럼 러시아인을 선택했다. r라는 글자를, 특히 문자 중에서 가장 강력한 대문자 R를 좋아하기 때문이었다.

1947년, 모든 사람이 미국인을 선택했을 때 그는 러시아인을 선택했다. 일단 선택을 했기 때문에, 그는 그들에 관한 자료를 찾아 읽는 데 몰두했다. 그의 아버지는 제2차세계대전에 관한 세 권짜리 역사서를 갖고 있었다. 그는 그 책을 좋아했고 열심히 읽었다. 하얀 스키복을 입은 러시아 군인들, 경기관총을 들고 스탈린그라드의 폐허 속에서 민첩하게 움직이는 러시아 군인들, 망원경으로 전방을 응시하는 탱크 지휘관들의 사진을 골똘히 살펴봤다. (러시아제 T-34 탱크는 세계에서 가장 좋은 탱크였다. 미국제 셔먼 탱크보다 좋고, 심지어 독일제 타이거 탱크보다 좋았다.) 그는 급강하 폭격기로 완전히 파괴되어 불타는 독일군의 탱크 행렬 위를 선회하는 러시아 전투기 조종사의 그림을 거듭 들여다보았다. 그는 러시아에 대한 모든 것을 인정했다. 엄격하지만 자애로운 야전 사령관이자 전쟁에서 가장 훌륭하고 선견지명이 있는 전략가인 스탈린을 인정했다. 개 중에서도 가장 빠른

* 남아프리카공화국의 자유주의 정당인 연합당을 대표하는 정치인 얀 스뮈츠(1870~1950)와 민족주의 정당인 국민당을 대표하는 정치인 다니엘 프랑수아 말란(1874~1959).

러시아 사냥개 보르조이를 인정했다. 그는 러시아에 대해 알아야 할 모든 것을 알았다. 영토의 면적, 석탄과 철의 생산량, 볼가강, 드네프르강, 예니세이강, 오비강 같은 큰 강들의 길이.

부모님이 반대하고 친구들이 의아해하는 것을 보고, 친구들이 자기 부모님들에게 그에 관해 이야기하자 그들의 반응이 어땠는지 듣고서야, 그는 러시아인을 좋아하는 게 장난의 일부가 아니라 허용되지 않는 일이라는 사실을 깨달았다.

언제나 무언가 잘못되어가는 것처럼 보인다. 그가 원하는 것이 무엇이든, 그가 좋아하는 것이 무엇이든 조만간 비밀에 부쳐야 한다. 그는 자신을 함정문으로 막힌 땅속 구멍에 사는 거미들 중 하나로 여기기 시작한다. 그 거미는 언제나 다시 구멍 속으로 들어가, 뒤로 함정문을 닫고 세계를 차단하고 숨어 있어야 한다.

우스터에서 그는 러시아와 관련된 과거사를 비밀에 부치고, 적군의 전투기들이 연기를 내며 바다에 빠지고 군함들이 앞부분부터 물속으로 처박히는 장면을 그린, 비난받을 만한 그림들이 들어 있는 스케치북을 숨긴다. 이제 그는 그림을 상상 속의 크리켓으로 대치한다. 그는 나무 배트와 테니스공을 사용한다. 목표는 공이 가능한 한 오래 공중에 떠 있게 하는 것이다. 그는 몇 시간 동안 식탁을 빙글빙글 돌며 공을 튀긴다. 꽃병과 장식품은 모두 치워져 있다. 공이 천장에 부딪힐 때마다 미세한 붉은 흙가루가 와르르 쏟아진다.

그는 혼자서 전체 경기를 한다. 한 팀에 열한 명의 타자가 있고, 각 타자는 두 번씩 타격을 한다. 한 번 칠 때마다 1점이 난다. 그가 주의력이 떨어져서 공을 쳐내지 못하면 그 타자는 죽는다. 그는 점수판에 점수를 기록한다. 점수가 500점, 600점으로 엄청나게 올라간다. 한번은 영국 팀이 1000점을 기록한다. 현실에서는 어느 팀도 기록해보지 못한 점수다. 때로는 영국 팀이 이기고, 때로는 남아프리카 팀이 이긴다. 오스트레일리아 팀이나 뉴질랜드 팀이 이기는 경우는 거의 없다.

러시아와 미국은 크리켓을 하지 않는다. 미국인은 야구를 한다. 러시아인은 아무 경기도 하지 않는 것 같다. 어쩌면 늘 눈이 오기 때문일 것이다.

러시아인들은 전쟁을 하지 않을 때 무엇을 하는지 모르겠다.

그는 혼자서 하는 크리켓 경기에 대해 친구들에게 아무 말도 하지 않는다. 그것을 집에만 간직해둔다. 한번은 그가 우스터에 이사온 지 얼마 되지 않았을 때, 그의 반 친구가 열린 현관문 안으로 불쑥 들어와 그가 의자 밑에 누워 있는 것을 본 적이 있었다. "너, 거기서 뭐해?" 친구가 물었다. "생각하지." 그는 아무 생각 없이 이렇게 대답했다. "난 생각하는 게 좋거든." 곧 같은 반 아이들 모두가 그걸 알게 되었다. 새로 온 아이가 이상하고 정상이 아니라는 것을. 그 실수를 통해 그는 더 신중해져야 한다는 교훈을 얻었다. 신중해진다는 것은 언제나 말을 많이 하기보다는 적게 하는 것과 관련이 있다.

그는 누구든 크리켓을 하려는 친구가 있으면 함께 정상적인 크리켓 경기를 하기도 한다. 그러나 리유니언 파크 중앙에 있는 텅 빈 광장에서 크리켓을 하다보면 진행 속도가 너무 느리다. 타자가 계속 공을 놓치고, 위킷* 수비자가 공을 놓쳐 영영 잃어버리는 경우도 다반사다. 그는 잃어버린 공을 찾는 게 싫다. 돌이 많은 땅에서 수비를 하는 것도 싫다. 돌이 많은 땅바닥에서는 넘어질 때마다 손과 무릎이 피투성이가 되기 때문이다. 그는 타격을 하거나 투구를 하고 싶다. 그게 전부다.

그는 뒤뜰에서 그에게 공을 던져주면 그의 장난감을 갖고 놀게 해주겠다고 여섯 살밖에 되지 않은 동생을 꼬드긴다. 동생은 잠시 공을 던지다 싫증을 내고 부루퉁해져서 안으로 달려들어가 버린다. 그는 어머니에게 공 던지는 법을 가르쳐주려고 해본다. 하지만 그녀는 투구 동작도 제대로 터득하지 못한다. 그는 화가 나 미치겠는데 그녀는 자신의 서투른 동작에 깔깔 웃는다. 그래

---

* 크리켓에서 세 개의 기둥을 세워 만든 문으로, 투수가 위킷을 향해 공을 던지면 타자가 그 앞에서 공을 친다.

서 그는 그녀에게 공을 그저 던지기만 하라고 한다. 그러나 결국 그건 길에서도 빤히 들여다보이는 수치스러운 광경이다. 아들과 어머니가 크리켓을 하다니!

그는 잼이 들어 있던 깡통을 반으로 자른 뒤 아래쪽 반을 60센티미터짜리 나무막대에 못으로 고정한다. 그는 그 나무막대를 벽돌로 눌러놓은 나무상자의 옆면을 관통한 축에 끼운다. 그 나무막대를 자전거 타이어 안쪽의 고무 튜브로 앞으로 당기고, 나무상자에 달린 고리에 연결된 로프로 뒤로 당긴다. 그는 깡통에 공을 넣고, 10미터쯤 물러나 튜브가 팽팽해질 때까지 로프를 잡아당겨서 뒤꿈치로 밟고 타격 자세를 취한 다음 로프를 놓는다. 때때로 공은 공중으로 튀어오르기도 하고, 그의 머리를 향해 날아오기도 한다. 그러나 가끔 그가 칠 수 있게 제대로 날아오기도 한다. 그는 거기에 만족한다. 그는 혼자서 공을 던지고 칠 수 있게 된다. 그는 의기양양해진다. 세상에 불가능한 일은 없다.

어느 날 무모한 친근감이 발동한 그는 그린버그와 골드스타인에게 그들이 기억하는 최초의 것을 이야기해보라고 한다. 그린버그는 그런 놀이는 하고 싶지 않다며 반대한다. 골드스타인은 해변에 갔던 일을 길게 두서없이 이야기한다. 그는 듣는 둥 마는 둥 한다. 물론 이 놀이의 요점은 그가 자신의 첫 기억을 이야기하려는 데 있다.

그는 요하네스버그에 있는 아파트의 창문 밖으로 몸을 내밀고 있다. 땅거미가 지고 있다. 멀리서 차 한 대가 달려내려온다. 반점이 있는 작은 개가 그 앞을 달려간다. 차가 개를 친다. 차바퀴가 개의 몸 한가운데로 지나간다. 뒷다리가 마비된 개는 다리를 질질 끌며 고통에 겨워 컹컹거린다. 그 개는 틀림없이 죽을 것이다. 그러나 이때 누군가 앉아 있던 그를 창가에서 낚아챈다.

그것은 가엾은 골드스타인이 기억해낼 수 있는 어떤 것이라도 압도해버릴 만한 멋진 첫 기억이다. 그러나 그것은 사실일까? 왜 그는 창문에 기대어 텅 빈 거리를 내다보고 있었을까? 그는 정말로 차가 개를 치는 것을 보았을까? 단지 개가 컹컹거리는 소리를 듣고 창문으로 달려갔던 건 아닐까? 뒷다리를 질질 끄는 개를 보았을 뿐, 차와 운전사와 나머지는 만들어낸 것이 아닐까?

또다른 첫 기억이 있다. 이것은 그가 더 확실하다고 믿지만 다른 사람들에게 이야기하고 싶지는 않은 기억이다. 특히 그린버그와 골드스타인에게는 이야기해줄 수 없다. 분명 그들이 학교에 가서 떠벌려 그를 웃음거리로 만들어버릴 테니까 말이다.

그는 어머니와 함께 버스에 나란히 앉아 있다. 그가 붉은색 모직 레깅스를 입고 털실 방울이 달린 모직 모자를 쓰고 있는 것으로 미루어 날씨가 추운 게 틀림없다. 버스의 엔진소리가 요란하다. 그들은 거칠고 황량한 스와트버그 산길을 올라가고 있다.

그의 손에는 과자 껍질이 들려 있다. 그는 과자 껍질을 살짝 열린 창문 밖으로 내밀고 있다가 그걸 쥔 손을 살짝 푼다. 그것이 바람에 펄럭이고 흔들린다.

"놔버릴까요?" 그가 어머니에게 묻는다.

그녀가 고개를 끄덕인다. 그는 그것을 놔버린다.

종이가 하늘로 솟구친다. 아래에는 차가운 산봉우리들에 둘러싸인 산길의 음산한 심연이 있을 뿐이다. 그는 뒤로 목을 길게 빼고 아직도 용감하게 날아가고 있는 과자 껍질의 마지막 모습을 흘깃 본다.

"종이는 어떻게 될까요?" 그가 어머니에게 묻는다. 그러나 그녀는 그 질문을 이해하지 못한다.

이것이 그의 또다른 첫 기억, 비밀스러운 기억이다. 그는 버리지 말아야 했음에도 버렸던 과자 껍질을, 그 광활함 속에 덩그렇게 홀로 남겨졌을 과자 껍질을 늘 생각한다. 언젠가 그가 스와트버그 산길로 돌아가 그걸 찾아내 구해줘야 한다. 그것은 그의 의무다. 그 일을 하기 전까지 그는 죽을 수 없다.

그의 어머니는 '손재주가 없는' 남자들을 경멸한다. 그의 아버지도 그런 남자들 가운데 하나이고, 그녀는 자기 형제들도 그렇다고 생각한다. 열심히 일해서 빚을 갚았다면 농장을 지켜냈을 텐데 그렇게 하지 못한 그녀의 큰오빠 롤런드 외삼촌에 대해서는 특히 그렇다고 생각한다. 그의 아버지 쪽으로 삼촌들이 많은데(혈연으로는 여섯, 결혼으로는 다섯이 있다), 그들 중 어머니가 가장 좋아하는 사람은 요베르트 올리피르 삼촌이다. 그는 스키퍼스클루프에 발전기를 설치하고 치과 의술까지 스스로 터득한 사람이다. (어느 날 그가 농장에 갔는데 이가 아파온다. 요베르트 숙부는 그를 나무 밑에 있는 의자에 앉히고, 마취도 하지 않은 채 이에 구멍을 뚫고 구타페르카*로 때운다. 그는 평생 그렇게 고통스러웠던 적이 없었다.)

접시, 장식품, 장난감 같은 것들이 부서지면 어머니는 실과 아교를 사용해 직접 고친다. 그녀가 동여맨 것들은 풀어진다. 매듭 묶는 법을 모르기 때문이다. 아교로 붙인 것들도 떨어져버린다. 그녀는 그걸 아교 탓으로 돌린다.

부엌 서랍은 구부러진 못, 실 가닥, 은박지 뭉치, 오래된 우표로 가득차 있다. "저런 것들은 왜 모아두는 거예요?" 그가 묻는다. "만약의 경우를 대비해서지." 그녀가 대답한다.

화가 많이 나면 어머니는 책에서 배운 모든 지식을 맹렬히 비난한다. 그녀는 아이들을 상업학교에 보내 직장을 잡게 해야 한

* 구타페르카나무 수액을 말린 고무질. 치과 재료로 쓰인다.

다고 말한다. 공부란 쓸데없는 것이다. 진열장 제작자나 목수가 되는 기술을 배우고, 나무를 다루는 기술을 배우는 게 최선이다. 그녀는 농사에는 환멸을 느낀다. 농부들이 갑자기 부자가 되니 너무 게을러지고 허세만 많아졌다는 것이다.

양모 값이 치솟고 있기 때문이다. 라디오에서 말하길, 일본인은 최고급 양모 450그램에 1파운드를 지불하고 있다. 양을 키우는 농부들은 새 차를 사고 해변에서 휴가를 보낸다. "이제 부자가 되셨으니 우리한테 돈 좀 주셔야죠." 그녀는 언젠가 푸엘폰테인에 갔을 때 손 숙부에게 이렇게 말한다. 그녀는 농담인 듯 웃으며 이야기하지만 그것은 우스운 이야기가 아니다. 손 숙부는 당황한 듯, 그가 알아들을 수 없는 대답을 중얼거린다.

어머니는 농장이 손 숙부에게만 상속된 것이 아니라고 말한다. 열두 명의 아들딸 모두에게 균등하게 상속되었다는 것이다. 그들은 경매에 부쳐진 농장이 낯선 사람들한테 넘어가는 걸 막기 위해 자신들의 지분을 손 숙부에게 팔기로 했다. 그들은 그렇게 땅을 넘기고 각자 몇 파운드짜리 약식 차용증을 받았다. 그런데 이제 일본인 덕분에 농장이 몇천 파운드짜리가 되었으니, 손 숙부가 돈을 나눠줘야 한다는 논리다.

그는 돈에 대해 그런 식으로 천박하게 이야기하는 어머니가 수치스럽다.

"넌 의사나 변호사가 되어야 해." 그녀는 그에게 말한다. "그런 사람들이 돈을 많이 번단다." 그러나 어떤 때는 변호사들은 모두 사기꾼이라고 이야기한다. 그는 돈을 못 버는 변호사인 아버지는 어떤 부류냐고 물어보지 않는다.

그녀는 의사들이 환자한테 관심이 없다고 말한다. 그들은 그저 약을 처방할 뿐이라고, 아프리카너 의사들은 능력마저 없어서 그중에서도 최악이라고 한다.

그녀는 경우에 따라 하는 말이 매우 다르다. 그래서 그는 그녀의 진짜 생각이 무엇인지 모른다. 그와 동생은 그녀의 모순을 지적하며 그녀와 입씨름을 한다. 변호사보다 농부가 좋다고 생각하는데 왜 변호사와 결혼했느냐? 책에서 배운 지식이 쓸데없다고 생각하는데 왜 선생이 되었느냐? 그들이 입씨름을 하면 할수록 그녀는 더 웃는다. 자기 아이들의 말재주에 너무 즐거워서, 자신을 방어할 생각도 하지 않고 모든 주장을 굽히며 그들이 이기게 둔다.

그녀와 달리 그는 즐겁지 않다. 이 입씨름이 우습지 않다. 그는 그녀가 어떤 신념을 가지고 말을 했으면 좋겠다. 그녀가 기분에 따라 싸잡아서 하는 말들이 그를 화나게 한다.

어쩌면 그는 선생이 될 것이다. 어른이 되면 그것이 그의 삶이 될 것이다. 지루한 삶처럼 보이지만 그 밖에 달리 할일이 무엇이 있겠는가? 오랫동안 그는 기관사가 되려고 했다. "커서 뭐가 될래?" 그의 숙모들과 숙부들은 그에게 묻곤 했다. "기관사요!" 그는 큰 소리로 대답했고, 그러면 그들은 고개를 끄덕이며 미소를 짓곤 했다. 이제 그는 '기관사'가 된다는 말이 어린 사내아이라면 누구나 하는 말이라는 걸 안다. 여자아이들이 모두 '간호사'가 되겠다고 하는 것처럼 말이다. 그는 이제 더이상 어린애가 아니고, 더 큰 세계에 속해 있다. 거대한 기관차를 운전하는 환상은 집어치우고 실질적인 일을 해야 할 것이다. 그는 공부를 잘한다. 그가 아는 한 그가 잘하는 것은 그것뿐이다. 그러니 낮은 지위를 거쳐 승진하면서 학교에 남아 있게 될 것이다. 어쩌면 언젠가는 장학사도 될 수 있을 것이다. 하지만 회사에 취직하고 싶지는 않다. 어떻게 아침부터 밤까지 일하고, 일 년에 휴가가 이 주뿐인 일을 할 수 있단 말인가?

그는 어떤 선생이 될까? 그저 희미하게 자기 모습을 그려볼 수 있을 뿐이다. 스포츠 재킷과 회색 면바지를 입고(남자 선생들은 그런 식으로 옷을 입는 것 같다) 겨드랑이에 책을 끼고 복도를 걸어가는 자신의 모습을 상상해본다. 그것은 불현듯 생각나는 것일 뿐 이내 사라지고 만다. 자신의 얼굴은 상상할 수 없다.

만약 선생이 되는 날이 온다면 우스터 같은 곳에 보내져서 가르치지는 않기를 바란다. 하지만 우스터는 누구나 꼭 거쳐야만

하는 연옥일지도 모른다. 우스터는 어쩌면 사람들을 시험하기 위해 파견하는 곳일 수도 있다.

어느 날 학생들에게 '아침에 내가 하는 일'이라는 제목으로 에세이를 쓰라는 과제가 주어진다. 학교로 출발하기 전에 무엇을 하는지 쓰라는 것이다. 그는 그 에세이에서 기대하는 게 뭔지 안다. 어떻게 자기 침대를 정리하고, 아침식사를 한 후 설거지를 하고, 자기가 점심으로 먹을 샌드위치를 자르는지 쓰라는 것이다. 그런데 그는 이런 일들을 전혀 하지 않는다. 어머니가 전부 다 한다. 그는 발각되지 않을 정도로 거짓말을 한다. 그러나 자신이 구두를 어떻게 닦는지 묘사하면서 너무 심하게 과장한다. 그는 지금까지 구두를 닦아본 적이 없다. 그는 구둣솔로 구두의 흙을 턴 다음 천으로 광약을 바른다고 쓴다. 우스트히즌 선생은 구두 닦는 것을 묘사한 문장 옆에 파란색 펜으로 큼지막한 느낌표를 찍는다. 그는 굴욕감을 느끼며, 그녀가 그를 앞으로 불러내 그 에세이를 읽어보라고 하지 않기를 기도한다. 그날 저녁 그는 다시는 실수하지 않도록 어머니가 그의 구두를 닦는 모습을 주의깊게 지켜본다.

그는 어머니가 그를 위해 하고 싶어하는 모든 것을 하도록 허용하듯 어머니가 그의 구두를 닦는 것도 허용한다. 그가 그녀에게 더이상 허용하지 않는 유일한 것은 그가 목욕탕에서 발가벗고 있을 때 들어오는 것이다.

그는 자신이 거짓말쟁이라는 것을 안다. 나쁘다는 것도 안다. 그러나 그는 바뀌기를 거부한다. 바뀌고 싶지 않기 때문에 바뀌지 않는다. 그가 다른 아이들과 다른 점은 그의 어머니와 그의 비정상적인 가족과 관련이 있겠지만, 그의 거짓말과도 관련이 있다. 그가 거짓말을 그만두면, 그는 자신의 구두를 직접 닦아야 하고 공손하게 말해야 하고 보통의 아이들이 하는 모든 일들을 해야 할 것이다. 그렇게 되면 그는 더이상 그가 아닐 것이다. 그가 더이상 그가 아니라면 삶에 무슨 의미가 있겠는가?

그는 거짓말쟁이다. 그리고 무정하다. 전반적으로 세상 사람들한테는 거짓말쟁이고, 어머니에게는 무정하다. 그는 자신이 점점 어머니에게서 멀어져가고 있다는 사실이 그녀를 고통스럽게 한다는 것을 안다. 그러나 그는 마음을 단단히 먹고 약해지지 않을 작정이다. 자신에게도 가혹한 일이라는 게 그의 유일한 변명이다. 그는 거짓말을 한다. 그러나 스스로에게는 거짓말을 하지 않는다.

"엄마는 언제 죽어요?" 어느 날 그는 자신의 대담함에 스스로 놀라며, 어머니에게 질문한다.

"난 안 죽을 거야." 그녀가 대답한다. 목소리가 쾌활하다. 그런데 거기에는 어딘가 허위가 있다.

"암에 걸리면요?"

"뭔가에 가슴을 부딪힐 경우에만 암에 걸리는 거야. 난 암에 걸리지 않아. 나는 영원히 살 거란다. 죽지 않을 거야."

그는 그녀가 왜 이런 말을 하는지 안다. 그와 그의 동생이 걱정하지 않게 하려고 그렇게 말하는 것이다. 어리석은 말이긴 해도 그는 그녀가 그렇게 말해줘서 고맙다.

그는 어머니가 죽는 것을 상상할 수 없다. 그녀는 그의 인생에서 가장 견고한 존재다. 그녀는 그가 서 있는 바위다. 그녀가 없으면 그는 아무것도 아닐 것이다.

그의 어머니는 가슴을 맞지 않도록 조심스럽게 가슴을 보호한다. 개에 대한 기억보다 더 이르고 과자 껍질에 대한 기억보다 더 이른, 그의 진짜 최초의 기억은 그녀의 하얀 젖가슴에 대한 것이다. 그는 자신이 갓난아이였을 때 주먹으로 어머니의 젖가슴을 두드려 그녀를 아프게 한 것이 아닌가 생각한다. 그게 아니라면, 그에게 아무것도 거부하지 않는 어머니가 지금 그에게 젖가슴을 내주기를 눈에 띄게 거부할 이유가 없을 것이다.

암은 그녀의 인생에서 가장 큰 두려움이다. 그는 옆구리가 아프면 주의해야 하고, 거기에 찌릿찌릿한 통증이 느껴지면 맹장염 증세로 여기라고 배웠다. 구급차는 그의 맹장이 터지기 전에 그를 병원으로 실어다줄까? 마취에서 깨어나기는 할까? 그는 낯선 의사가 자신의 배를 가르는 것은 생각하기도 싫다. 반면 나중에 사람들에게 자랑할 수 있는 상처가 생기는 건 좋을 것 같다. 학교에서 쉬는 시간에 땅콩과 건포도를 조금씩 나눠주면, 그는 맹장에 축적되어 염증을 일으킨다는 땅콩의 붉은 껍질을 입으로 불어버린다.

그는 수집에 열중한다. 그는 우표를 모은다. 납으로 만든 병정을 모은다. 카드를 모은다. 오스트레일리아 크리켓 선수들의 카드, 영국 축구 선수들의 카드, 세계의 온갖 자동차 카드를 모은다. 카드를 모으기 위해서는 누가와 가루 설탕으로 만든, 필터 부분이 핑크색인 담배 모양 사탕이 든 담뱃갑을 사야 한다. 그의 호주머니는 그가 먹는 걸 잊은 흐늘흐늘하고 끈적끈적한 담배 사탕으로 가득차 있다.

그는 메카노* 세트를 가지고 수없이 많은 시간을 보내며 자신에게도 손재주가 있다는 것을 어머니에게 증명한다. 그는 방안에 미세한 바람이 일 정도로 날개가 아주 빨리 돌아가는, 도르래가 두 개 달린 풍차를 만든다.

그는 빠른 걸음으로 뜰 주위를 거닐며 크리켓 공을 공중에 던지고 걸음을 늦추지 않은 채 받아낸다. 공의 진짜 궤도는 어떤

* 어린이용 장난감 조립 세트 상표명.

것일까? 그의 눈에 보이듯 똑바로 올라갔다 똑바로 내려오는 것일까? 아니면 움직이지 않고 바라보는 구경꾼의 눈에 보이듯 완만한 곡선을 그리며 올라갔다 내려오는 것일까? 그는 자신이 어머니에게 이런 이야기를 할 때 그녀의 눈에 절망의 빛이 어리는 걸 본다. 그녀는 이런 것들이 중요하다는 것을 알고 있고, 왜 중요한지도 이해하고 싶지만 그럴 수가 없다. 그로서는, 그가 그것에 관심이 있어서가 아니라 그저 그것 자체에 그녀가 관심을 가져줬으면 좋겠다.

그녀는 수도꼭지에서 물이 새는 것처럼 그녀도 할 수 없는 현실적인 문제가 생기면, 길거리에 있는 유색인* 남자를 불러들인다. 지나가는 어떤 남자라도 괜찮다. 그는 격분하여 유색인을 그렇게 신뢰하는 이유가 뭐냐고 묻는다. 그녀는 그들이 손으로 일하는 데 익숙한 사람들이기 때문이라고 답한다.

누가 학교를 다니지 않았다고 해서 그 사람이 수도꼭지나 스토브를 고치는 방법을 알 거라 생각하는 것은 어리석은 일 같다. 그런 믿음이 다른 사람들이 믿는 것과는 너무나 다르고 몹시 상

* 남아프리카공화국에서 백인도 흑인도 아닌 유색인종을 지칭한다. 처음에는 남아프리카 원주민과 네덜란드계 백인 사이에서 태어난 사람들을 지칭했지만, 나중에는 다양한 인종들 사이에서 태어난 피부가 가무잡잡한 사람들을 총칭하는 말이 되었다.

식을 벗어난 일임에도 불구하고, 그는 그것이 마음에 든다. 그는 어머니가 유색인에게 아무것도 바라지 않기보다는 불가사의한 것을 기대했으면 좋겠다.

그는 언제나 어머니를 이해하려고 노력한다. 그녀는 유대인이 착취자라고 말하면서도 유대인 의사를 선호한다. 그들은 자신들이 무슨 일을 하는지는 알기 때문이란다. 그녀는 유색인은 세상의 소금이라고 말하면서도, 유색인 출신인 걸 숨기고 백인인 체하는 사람들에 대해 이모와 함께 늘 험담을 한다. 그는 그녀가 어떻게 수많은 상반된 믿음들을 동시에 가질 수 있는지 이해할 수 없다. 그러나 적어도 그녀에게는 믿음이 있다. 그녀의 남자 형제들도 마찬가지다. 그녀의 동생인 노먼 외삼촌은 세상의 종말에 관한 노스트라다무스의 예언을 믿는다. 또한 밤에 지구에 착륙해 사람들을 끌어가는 비행접시의 존재를 믿는다. 그는 아버지나 아버지의 가족이 세상의 종말에 대해 이야기하는 것을 상상할 수 없다. 그들 삶의 단 한 가지 목적은 논란거리를 피하고, 누구의 기분도 거스르지 않고, 언제나 상냥한 것이다. 어머니의 가족에 비하면 아버지의 가족은 무덤덤하고 따분하다.

그는 어머니와 너무 가깝고, 어머니는 그와 너무 가깝다. 그것이 그가 농장에 가 있는 동안 사냥을 비롯해 남자들이 하는 다른 일들을 하는데도 아버지 쪽 집안이 그를 애정을 갖고 맞이하지 않는 이유다. 그의 할머니는 그들이 말단 하사가 받는 월급의 일부로 살아야 했던, 버터나 차도 살 수 없을 정도로 가난했던 전쟁 동안 그들 세 사람을 거둬주지 않았다는 점에서 모질었을 수도 있다. 그럼에도 그녀의 육감은 옳았다. 그의 할머니는 포플러 애비뉴 12번지의 어두운 비밀을 모르지 않는다. 즉, 그 집에서는 큰아들이 최고이고, 그다음은 작은아들이고, 남자이자 남편이자 아버지인 사람은 마지막이라는 것을 말이다. 어머니가 자연적인 질서가 전도된 것을 아버지의 가족에게 들키지 않도록 충분히 조심하지 않았거나, 아버지가 몰래 불평을 했기 때문일 것이다. 어쨌거나 할머니는 그걸 불편하게 생각하고, 불편한 심기를 감추지 않는다.

종종 어머니는 아버지와 싸움에 휘말려 이기고 싶을 때면, 자기가 그의 가족들에게 어떤 대우를 받았는지에 대해 심하게 불평한다. 그러나 대부분의 경우 그녀는—아들이 농장을 얼마나 소중히 여기는지 알고 또 자신이 그것 대신 어떤 것도 해줄 수 없기에, 아들을 위해—그들의 비위를 맞추려 노력한다. 그는 그것이 전혀 농담이 아닌, 돈에 관한 그녀의 농담만큼이나 싫다.

그는 어머니가 평범했으면 싶다. 만약 그녀가 평범하다면 그도 평범해질 수 있을 것 같다.

그건 그녀의 두 자매도 마찬가지다. 그 두 사람에게는 아들이 한 명씩 있는데, 질식할 것 같은 보호본능을 품고 아들 주변을 맴돈다. 요하네스버그에 사는 사촌 주안은 그와 세상에서 가장 친한 친구다. 그들은 서로 편지를 주고받으며 바닷가에서 함께 보낼 방학을 기다린다. 그럼에도 그는 수줍음을 타며 자기 어머니의 말을 곧이곧대로 따르는 주안이 마땅치 않다. 그애는 어머니가 지켜보고 있지 않을 때도 어머니의 말에 복종한다. 어머니와 자매들의 네 아들 중에 그만이 완전히 어머니의 휘하에 들어가지 않았다. 그는 빠져나왔다. 그게 아니라면 반쯤 빠져나온 상태다. 그에게는 스스로 선택한 친구들이 있다. 그는 어디에 가는지, 혹은 언제 돌아올지 말하지 않고 자전거를 타고 밖에 나간다. 그의 사촌들과 동생에게는 친구가 없다. 그는 그들이 어머니의 맹렬한 감시를 받으며 언제나 집에 붙어 있는 창백하고 소심한 아이들이라고 생각한다. 그의 아버지는 세 자매를 세 마녀라고 부른다. 그러고는 「맥베스」에 나오는 "불어나라, 불어나라, 고통과 수고여"를 인용한다. 그는 기꺼이, 악의적으로 그 말을 따라한다.

그의 어머니는 리유니언 파크에 사는 것이 몹시 힘들다는 생각이 들면, 밥 브리치와 결혼하지 않은 것을 한탄한다. 그는 그녀의 한탄을 심각하게 받아들이지 않는다. 하지만 동시에 자신의 귀를 믿을 수 없다. 만약 그녀가 밥 브리치와 결혼했다면 그는 어디에 있을까? 그는 누가 되어 있을까? 밥 브리치의 아이가 되어 있을까? 밥 브리치의 아이는 그가 되고?

진짜 밥 브리치에 관해 남아 있는 증거는 오직 하나뿐이다. 그는 어머니의 앨범을 뒤적이다 우연히 그것을 발견한다. 흰색 긴 바지에 검은색 블레이저를 입고, 서로의 어깨에 팔을 두른 채 서 있는, 햇빛 때문에 눈을 가늘게 뜬 두 젊은 남자의 모습이 흐릿하게 담긴 사진이다. 그는 그들 중 한 사람이 주안의 아버지라는 걸 안다. 다른 한 남자는 누구예요? 그가 어머니에게 묻는다. 밥 브리치야, 그녀가 대답한다. 지금 어디 살아요? 죽었어, 그녀가 답한다.

그는 고인이 된 밥 브리치의 얼굴을 유심히 쳐다본다. 거기에서 그의 모습은 전혀 찾아볼 수 없다.

그는 더이상 추궁하지 않는다. 그러나 이모들한테 들은 이야기를 짜맞춰보고, 밥 브리치가 요양차 일이 년 정도 남아프리카에 와 있다가 영국으로 돌아갔고, 거기서 죽었다는 사실을 알게 된다. 그는 폐결핵으로 죽었다고 한다. 그러나 실연의 상처가 그의 건강 악화에 일조했을 가능성도 있는 것 같다. 그가 플레텐버그 베이에서 만났던, 검은 머리와 검은 눈에 세심해 보이는 젊은 여자 선생이 결혼을 거절해서 생긴 실연의 상처 때문에 말이다.

그는 어머니의 앨범을 넘겨보기를 좋아한다. 아무리 흐릿해도 언제나 사람들 속에서 그녀를 가려낼 수 있다. 그는 그녀의 수줍고 방어적인 모습에서 자신의 모습을 본다. 그는 앨범에서 1920년대와 1930년대 그녀의 삶을 따라가본다. 처음 본 것은 단체사진들(테니스, 하키)이고, 그다음은 유럽을 여행하며 스코틀랜드, 노르웨이, 스위스, 독일, 에든버러, 피오르, 알프스산맥, 라인강의 빙겐에서 찍은 사진들이다. 그녀가 산 기념품 중에는 옆에 뚫린 작은 구멍으로 절벽 위 성의 모습을 들여다볼 수 있는 연필도 있는데, 빙겐에서 구입한 것이다.

때때로 그는 어머니와 함께 앨범을 넘겨보기도 한다. 그녀는 한숨을 쉬며 다시 스코틀랜드에 가서 히스와 스킬라를 보고 싶다고 말한다. 그는 생각한다. 나의 어머니에게도 내가 태어나기 전의 삶이 있었고 그 삶이 아직 그녀 안에 살아 있구나. 어떤 면에서 그는 그랬다는 것이 기쁘다. 이제 그녀에게는 더이상 자신만의 삶이 없기 때문이다.

어머니의 세계는 아버지의 앨범 속 세계와 아주 다르다. 아버지의 앨범에는 카키색 제복을 입은 남아프리카 군인들이 이집트의 피라미드나 이탈리아 도시의 잔해를 배경으로 서 있는 사진들이 있다. 그러나 그는 아버지의 앨범에서 사진보다는 그 속에 드문드문 있는, 독일군 비행기들이 연합군 진영에 떨어뜨렸다는 흥미로운 전단에 더 많은 시간을 할애한다. 어떤 전단에는 (비누를 먹어서) 몸을 따뜻하게 하는 방법이 적혀 있고, 다른 하나에는 육감적인 여자가 매부리코의 뚱뚱한 유대인 무릎에 걸터앉아 샴페인 한 잔을 마시는 그림이 있다. 그 밑에는 '당신은 오늘밤 당신의 부인이 어디에 있는지 알고 있나요?'라는 부제가 붙어 있다. 그리고 아버지가 나폴리에 있는 어느 집 폐허에서 배낭에 넣어 가져온 청색 자기 독수리상도 있다. 제국을 상징하는 그 독수리상은 거실 벽난로 선반에 놓여 있다.

그는 아버지의 참전을 대단히 자랑스럽게 생각한다. 그는 친구들의 아버지 가운데 전쟁에 나가 싸운 사람이 거의 없다는 사실이 놀랍기도 하고 기쁘기도 하다. 그는 아버지가 왜 말단 하사 이상으로 올라가지 못했는지 알 수 없다. 그는 친구들에게 아버지의 모험에 관한 이야기를 반복하면서 말단이라는 말을 슬그머니 떼어낸다. 그러나 그는 카이로의 사진관에서 한쪽 눈을 감고 머리를 말끔하게 빗고 규율에 따라 베레모를 견장 밑에 찔러넣고 총열을 바라보며 찍은, 잘생긴 아버지의 사진을 소중히 여긴다. 그의 마음대로 할 수 있다면 그는 그 사진도 벽난로 선반 위에 놓고 싶다.

그의 아버지와 어머니는 독일인에 대해 생각이 다르다. 아버지는 이탈리아인을 좋아하지만 (그가 말하길 그들의 본심은 싸우고 싶지 않고, 모두들 항복하고 고향으로 돌아가고 싶어했다)

독일인은 싫어한다. 그는 옥외 변소에 쪼그려앉은 채 총에 맞아 죽은 독일 병사 이야기를 한다. 그 이야기에서 독일 병사를 사살한 사람은 때로는 그이고, 때로는 그의 친구 중 한 사람이다. 그러나 이야기가 아무리 달라져도 독일 병사에게 조금이라도 동정심을 느꼈다는 말은 나오지 않고, 독일 병사가 손을 들어올리는 동시에 바지를 추스르려고 애쓰며 당황해하던 모습을 보고 통쾌했다는 말만 나온다.

그의 어머니는 독일인을 너무 공개적으로 칭찬하는 게 좋은 생각이 아니라는 것쯤은 알지만, 그와 그의 아버지가 힘을 합쳐 공격하면 분별력을 잃고 이렇게 말한다. "독일인은 세상에서 가장 좋은 사람들이에요. 그들을 그렇게 심한 고통 속으로 몰아넣은 건 그 잔혹한 히틀러였죠."

그녀의 동생인 노먼 외삼촌의 생각은 다르다. "히틀러는 독일인에게 자부심을 느끼게 해줬어요." 외삼촌이 말한다.

그의 어머니와 노먼 외삼촌은 1930년대에 함께 유럽을 여행했다. 노르웨이와 스코틀랜드 북부의 고지대뿐만 아니라 독일, 히틀러가 통치하던 독일에도 갔다. 그들의 가족—브레셔 가족과 두빌 가족—은 독일에서 왔다. 아니, 지금은 폴란드의 일부가 된 포메라니아에서 왔다. 포메라니아 출신이라는 건 좋은 것일까? 잘 모르겠다.

"독일인은 남아프리카인과 싸우는 걸 원치 않았어요." 노먼 외삼촌이 말한다. "그들은 남아프리카인을 좋아해요. 스뫼츠만 없었다면 우리는 독일과 전쟁할 필요도 없었을 거예요. 스뫼츠는 스켈름(악당)이었어요. 우리를 영국에 팔아먹었으니까요."

그의 아버지와 노먼 외삼촌은 서로를 좋아하지 않는다. 아버지는 늦은 밤 부엌에서 부부싸움을 하다가 어머니를 공격하고 싶으면, 그녀의 남동생이 군대에 자원하는 대신 오서바브란트바흐*와 함께 가두시위를 했다고 비아냥거린다. 그러면 그녀는 화를 내며 이렇게 주장한다. "그건 거짓말이야! 노먼은 오서바브란트바흐 소속이 아니었어. 직접 물어봐, 그애가 얘기해줄 테니까."

그가 어머니에게 오서바브란트바흐가 뭐냐고 물으면 그녀는 아무것도 아니라고, 횃불을 들고 거리를 행진하는 사람들을 가리키는 말일 뿐이라고 한다.

노먼 외삼촌의 오른쪽 손가락은 니코틴이 배어 누렇다. 그는 프리토리아에 있는 하숙집에 살고 있다. 그곳에서 몇 년째 살고 있다. 그는 〈프리토리아 뉴스〉의 광고란에 자신이 주짓수에 관해 쓴 팸플릿 광고를 내고 그 팸플릿을 팔아 돈을 번다. '일본식 호신술을 배우십시오. 손쉽게 배울 수 있는 여섯 가지 호신술.' 이

* 제2차세계대전 당시 남아프리카공화국에서 결성되었던 극우파 친나치 조직.

것이 광고문구다. 사람들이 그에게 10실링짜리 우편환을 보내면 그는 팸플릿을 보내준다. 큰 종이에 여러 가지 자세를 스케치한 다음 네 번 접은 한 쪽짜리 팸플릿이다. 호신술 팸플릿으로 돈이 충분히 벌리지 않으면 부동산중개소에서 수수료를 받고 작은 부지를 위탁으로 판매한다. 그는 매일 정오까지 침대에서 뒹굴며 차를 마시고 담배를 피우고 〈아거시〉와 〈릴리펏〉에 실린 이야기를 읽는다. 그리고 오후에는 테니스를 친다. 십이 년 전인 1938년에 그는 서부 지역 단식 챔피언이었다. 파트너가 생기면 윔블던 대회에 복식으로 출전하겠다는 야망을 아직도 가지고 있다.

노먼 외삼촌은 그의 집에 왔다가 프리토리아로 돌아가기 전이면 그를 살짝 불러, 10실링짜리 갈색 지폐를 그의 셔츠 주머니에 넣어준다. "아이스크림 사 먹어라." 노먼 외삼촌은 이렇게 속삭인다. 해마다 같은 소리다. 그는 단지 돈 때문이 아니라—하긴 10실링은 큰돈이다—잊지 않고 언제나 기억해주기 때문에 노먼 외삼촌을 좋아한다.

아버지는 군대에 갔다 온, 킹윌리엄스타운에 사는 학교 선생인 랜스 외삼촌을 더 좋아한다. 또 가장 나이가 많은 외삼촌도 있는데, 그의 어머니를 제외하면 농장을 잃은 그 외삼촌에 대해서는 아무도 이야기하지 않는다. "불쌍한 롤런드 오빠." 어머니가 고개를 저으며 나직하게 말한다. 롤런드 외삼촌은 추방당한 폴란드 백작의 딸과 결혼했다. 그녀는 자신의 이름이 로자 라코츠카라고 하지만, 노먼 외삼촌에 따르면 그녀의 진짜 이름은 소피 프리토리우스다. 노먼 외삼촌과 랜스 외삼촌은 농장에 관련된 일 때문에 롤런드 외삼촌을 싫어하고, 또 소피 외숙모한테 꽉 쥐여산다는 이유로 그를 경멸한다. 롤런드 외삼촌과 소피 외숙모는 케이프타운에서 하숙집을 운영하고 있다. 그는 어머니와 함께 그곳에 한 번 가본 적이 있다. 소피 외숙모는 금발에 몸집이 큰 여자였는데, 오후 네시인데도 실크 실내복 차림으로 물부리에 끼운 담배를 피우고 있었다. 암 때문에 라듐 치료를 받아서 붉은 주먹코가 된 롤런드 외삼촌은 조용하고 슬픈 표정을 짓고 있었다.

그는 아버지, 어머니, 노먼 외삼촌이 정치 논쟁을 할 때가 좋다. 그 열기와 정열, 그리고 그들이 무모하게 이야기하는 것들을 즐긴다. 그는 아버지가 논쟁에서 이기기를 바라지는 않지만, 자신이 아버지의 주장에 동조한다는 사실에 깜짝 놀란다. 영국인은 착하고 독일인은 나쁘며, 스뫼츠는 착하고 국민당은 나쁘다는 아버지의 주장에 말이다.

아버지는 연합당을 좋아하고 크리켓과 럭비를 좋아하지만, 그럼에도 그는 아버지를 좋아하지 않는다. 그는 이 모순을 이해할 수 없지만 그걸 이해하는 데는 관심도 없다. 아버지를 알기 전부터, 즉 아버지가 전쟁에서 돌아오기 전부터 아버지를 좋아하지 않기로 작정했다. 따라서 어떤 의미에서 보면 그의 반감은 추상적인 것이다. 그는 아버지가 없었으면 싶다. 그게 아니면 적어도 같은 집에서 살지 않았으면 좋겠다.

그가 아버지에 대해 가장 싫어하는 점은 그의 개인적인 습관들이다. 워낙 싫어해서 생각하는 것만으로도 혐오감에 몸서리를 친다. 아침에 욕실에서 요란하게 코를 풀고, 면도를 한 뒤 세면대에 거품 찌꺼기와 깎인 수염을 남겨둔 채 축축한 라이프부이 비누 냄새가 진동하게 해놓고 나가는 게 질색이다. 무엇보다 그는 아버지에게서 풍기는 냄새가 싫다. 반면, 은연중에 아버지의 산뜻한 옷차림, 보통 때 매는 넥타이와 다르게 토요일 아침에 매는 적갈색 스카프, 군살 없는 몸매, 활기찬 걸음걸이, 브릴크림을 발라 매만진 머리는 좋아한다. 아버지는 머리에 직접 브릴크림을 바르고 머리를 올린다.

그는 이발소에 가는 것을 싫어한다. 너무 싫어해서, 결과가 참담하리라는 걸 알면서도 혼자 머리를 깎아보려고도 한다. 우스터의 이발사들은 남자아이의 머리는 짧아야 한다고 일제히 결론을 내려버린 것 같다. 이발은 전기이발기로 가능한 한 난폭하게 뒷머리와 옆머리를 깎는 것으로 시작해 빳빳하게 선 앞머리만 남을 때까지 무자비하게 가위질하는 것으로 이어진다. 이발이 끝나기도 전에 그는 수치심으로 몸을 꿈틀거린다. 그는 돈을 내고 서둘러 집으로 돌아온다. 내일 학교에 갈 것이 두렵다. 누군가 새로 머리를 깎으면 으레 그러듯 아이들에게 야유를 당할 것을 생각하니 두렵다. 제대로 된 이발도 있지만, 우스터에서처럼 이발사들이 앙심을 가득 품고 하는 이발도 있다. 그는 머리를 제대로 깎기 위해서는 어디로 가야 하는지, 뭘 하거나 무슨 말을 해야 하는지, 또 얼마를 지불해야 하는지 알지 못한다.

6

매주 토요일 오후 그는 영화관에 간다. 그러나 연작영화에 나오는 주인공들처럼 엘리베이터 밑에 깔리거나 절벽에서 떨어지는 악몽을 꾸던 케이프타운에서와는 달리, 여기에서는 영화에 더이상 휘둘리지 않는다. 그는 로빈 후드를 연기하든 알리바바를 연기하든 그저 똑같은 사람으로만 보이는 에롤 플린이 왜 위대한 배우인지 알 수 없다. 말을 타고 사람들을 쫓아다니는 천편일률적인 장면들에 싫증이 난다. 〈바보 삼총사〉도 유치해 보이기 시작한다. 타잔을 연기하는 사람이 매번 달라지는 마당에 타잔의 존재를 믿기란 어렵다. 그에게 감동을 주는 유일한 영화는 잉그리드 버그만이 천연두에 감염된 기차간에 탔다가 죽는 영화다. 잉그리드 버그만은 그의 어머니가 제일 좋아하는 여자 배우다. 인생은 그런 걸까? 그의 어머니도 유리창에 붙은 표지를 읽지 못해 언제라도 죽을 수 있는 게 인생일까?

라디오도 있다. 그는 이제 〈어린이 코너〉는 듣지 않는다. 하지만 매일 다섯시에 하는 〈슈퍼맨〉('올라! 올라서 떠나자!')과 다섯시 삼십분에 하는 〈마법사 맨드레이크〉는 계속 듣는다. 그가 가장 좋아하는 이야기는 폴 갈리코 원작의 〈흰기러기〉인데, 청취자들의 요청에 따라 거듭 재방송된다. 그것은 됭케르크 해변에서 도버까지 배를 안내해주는 야생 기러기에 관한 이야기다. 그는 눈물을 글썽이며 그 이야기를 듣는다. 흰기러기처럼 언젠가 그도 그렇게 충직해지고 싶다.

『보물섬』을 각색한 드라마가 일주일에 한 번 삼십 분짜리 한 회가 방송된다. 그는 『보물섬』 한 권을 갖고 있다. 그러나 너무 어렸을 때 읽어서 장님과 흑점이 무엇을 의미하는지 이해하지 못했고, 롱 존 실버가 좋은 사람인지 나쁜 사람인지도 알아내지 못했다. 이제 라디오에서 모든 에피소드를 듣고 나자 그가 사람들을 때려죽일 때 쓰는 목발, 짐 호킨스에 대한 기만적이고도 감상적인 배려 같은, 롱 존 실버에게 집중된 악몽들을 꾼다. 그는 스콰이어 트렐로니가 롱 존 실버를 풀어주지 말고 죽여버렸으면 좋겠다. 그의 꿈에 거듭 나타나듯, 롱 존 실버가 언젠가 폭도 살인범들과 함께 복수를 하러 돌아올 것이 분명하기 때문이다.

『스위스의 로빈슨 가족』은 훨씬 더 편안한 책이다. 그가 가지고 있는 그 멋진 책에는 천연색 그림이 곁들여 있다. 특히 그는 나무 아래 받침대에 배가 올려져 있는 그림을 좋아한다. 그 배는 그 가족이 노아의 방주처럼 동물들을 모두 데리고 집으로 돌아가기 위해 난파선에서 건져낸 도구들로 만든 것이다. 따뜻한 목욕물 속으로 미끄러져 들어가듯, 보물섬을 떠나 스위스 가족의 세계로 들어가는 것은 즐거운 일이다. 그 가족에게는 나쁜 형제도, 살인을 하는 해적도 없다. 가족 모두는 처음부터 그들을 구하려면 무슨 일을 해야 하는지 아는 지혜롭고 강인한 아버지(그림 속의 그 아버지는 가슴이 두툼하고 고동색 수염을 길게 길렀다)의 지도를 받으며 힘을 합해 행복하게 일한다. 그 이야기에서 그를 헷갈리게 하는 유일한 점은, 그들이 섬에서 그렇게 아늑하고 행복한데 왜 섬을 떠나야만 하느냐는 것이다.

그가 가지고 있는 세번째 책은 『남극의 스콧』이다. 스콧 선장은 의문의 여지가 없는 그의 영웅 중 하나다. 그래서 그 책이 그에게 주어진 것이다. 그 책에는 사진이 실려 있는데, 그중 하나는 스콧 선장이 텐트 안에 앉아 글을 쓰는 사진이다. 나중에 그는 그 텐트에서 얼어죽는다. 그는 그 사진들을 자주 들여다보지만 그 책을 뒷부분까지 읽지는 않는다. 지루하기 때문이다. 이야기가 아니기 때문이다. 그는 동상에 걸린 자신이 동료들을 지체

시키고 있다는 걸 알고 한밤중에 눈과 얼음 속으로 걸어나가 조용히, 순순히 죽음을 맞이한 타이터스 오츠라는 인물을 약간 좋아할 따름이다. 그는 언젠가 자신도 타이터스 오츠처럼 될 수 있기를 바란다.

해마다 한 번씩 보즈웰 서커스단이 우스터에 온다. 그의 반 친구들 모두 서커스를 보러 간다. 일주일 전부터 화제는 서커스뿐이다. 유색인 아이들도 유행을 따라 서커스에 간다. 그들은 몇 시간 동안 천막 밖에서 서성이며 악단 연주를 듣고 틈 사이로 안을 들여다본다.

그의 가족은 아버지가 크리켓 경기를 하는 토요일 오후에 서커스에 가기로 한다. 어머니는 서커스에 가는 것을 그들 세 사람을 위한 일종의 소풍이라고 생각한다. 그러나 그녀는 매표소에서 토요일 오후에는 입장권 가격이 아이들은 2실링 6펜스, 어른은 5실링이라는 충격적인 말을 듣는다. 그녀에게는 그만한 돈이 없다. 그녀는 그와 동생의 입장권만 산다. "들어가, 난 여기서 기다릴게." 그녀가 말한다. 그는 그러고 싶지 않다. 하지만 그녀가 우긴다.

안에 들어가니 너무 비참해서 그는 아무것도 즐기지 못한다. 그는 동생도 똑같은 기분일 것이라고 생각한다. 서커스가 끝나고 나오자, 그녀는 여전히 그 자리에 있다. 그는 이후 며칠 동안 자신이 서커스 천막 안에서 왕처럼 여흥을 즐기며 앉아 있을 때 어머니는 12월의 뜨거운 태양 아래에서 꿋꿋이 기다리고 있었다는 생각을 떨쳐버릴 수 없다. 그와 동생을 위한, 아니 특히 그를 위한 그녀의 맹목적이고 압도적이면서 자기희생적인 사랑이 그의 마음을 산란하게 만든다. 그는 그녀가 자신을 그렇게 많이 사랑하지 않았으면 한다. 그녀는 그를 절대적으로 사랑하고, 따라서 그도 그녀를 절대적으로 사랑해야 한다. 그것이 그녀가 그에게 강요하는 논리다. 그는 그녀가 그에게 쏟는 모든 사랑을 결코 갚을 수 없을 것이다. 평생 그런 사랑의 빚을 안고 허덕일 것을 생각하자 몹시 당황스럽고 화가 난다. 그래서 그는 그녀에게 입맞춤도 하지 않고 그녀가 자신의 몸에 손을 대는 것도 거부하려 한다. 그녀가 마음에 상처를 받고 말없이 돌아서자, 그는 그것에 굴복하기를 거부하며 그녀를 향해 일부러 모진 마음을 먹는다.

때때로 사는 게 견디기 힘들다고 느낄 때면, 그녀는 척박한 주택단지에서 살고 있는 자신의 삶을 결혼 이전의 삶과 비교하며 길게 혼잣말을 늘어놓는다. 결혼 전 그녀의 삶은 파티와 소풍, 주말의 농장 방문, 테니스와 골프, 개를 데리고 산책하는 것의 부단한 반복으로 이루어져 있다. 그녀가 속삭이듯 낮은 목소리로 이야기하면 쉬쉬 하는 마찰음소리만 들린다. 그는 그의 방에서, 동생은 동생의 방에서 귀를 쫑긋하고 그녀가 무슨 말을 하는지 들으려 한다. 틀림없이 그녀도 그들이 그러리라는 것을 알고 있다. 바로 그것이 그의 아버지가 그녀를 마녀라고 부르는 이유다. 주문을 외우며 혼잣말을 하기 때문이다.

그의 어머니가 빅토리아 웨스트에서 목가적인 삶을 살았다는 사실은 앨범 속에 있는, 흰색 롱드레스 차림의 다른 여자들과 함께 테니스 라켓을 들고 펠트 한가운데처럼 보이는 곳에 서 있는 그녀의 사진, 독일산 셰퍼드의 목에 팔을 감고 있는 그녀의 사진이 증명해준다.

"이게 어머니의 개였어요?" 그가 묻는다.

"킴이야. 내가 지금껏 길렀던 개 중에서 최고였고, 가장 충직한 개였단다."

"그 개는 어떻게 되었어요?"

"농부들이 자칼을 잡으려고 독을 묻혀둔 고기를 먹었어. 그리고 내 품에서 죽었지."

그녀의 눈에 눈물이 비친다.

그의 아버지가 앨범에 등장한 다음부터 개들의 모습은 보이지 않는다. 대신 두 사람이 그 시절의 친구들과 함께 소풍을 가서 찍은 사진, 말쑥하고 작은 콧수염을 기른 아버지가 약간 오만한 표정으로 검은색 구식 자동차의 엔진 덮개에 기대어 있는 모습이 찍힌 사진이 있다. 그다음에는 강렬한 인상에 거무스름한 피부의 여자가 카메라를 향해 멍한 표정의 땅딸막한 갓난아기를 들이밀고 있는 사진을 시작으로, 그의 사진 수십 장이 나온다.

그 모든 사진들에서 그의 어머니는 소녀 같다. 갓난애를 안은 사진들에서도 마찬가지다. 그녀의 나이는 끊임없이 그의 호기심을 자극하는 신비다. 그녀는 그에게 말해주지 않으려 하고, 그의 아버지는 모르는 체한다. 그녀의 형제자매도 그것에 관해서는 침묵을 지키기로 맹세한 것처럼 보인다. 그는 그녀가 밖에 나갔을 때, 그녀의 화장대 아랫서랍에 든 서류들을 뒤적여 그녀의 출생증명서를 찾아보려 하지만 성공하지 못한다. 그녀가 무심결에 했던 말로 미뤄, 그녀는 1912년에 태어난 그의 아버지보다 나이가 많다. 그런데 얼마나 더 많을까? 그는 그녀가 1910년에 태어났다고 생각하기로 한다. 그가 태어났을 때 그녀는 서른 살이었고 지금은 마흔 살이라는 얘기다. "마흔 살이군요!" 어느 날 그는 의기양양하게 말하고서 자신의 말이 맞는다는 표지를 확인하려고 그녀의 표정을 유심히 살핀다. 그녀는 알 수 없는 미소를 지으며 말한다. "스물여덟 살이야."

그들은 생일이 같다. 그는 그녀의 생일에 태어났다. 그것은 그가 하느님의 선물이라는 의미다. 그녀는 그에게 그렇게 이야기해왔고 다른 사람들에게도 그렇게 이야기한다.

그는 그녀를 '어머니'나 '엄마'라고 부르지 않고 '디니'라고 부른다. 그의 아버지도 동생도 그렇게 부른다. 그 이름은 어디에서 유래한 걸까? 아무도 모르는 듯하다. 하지만 그녀의 형제자매들은 그녀를 베라라고 부른다. 그렇다면 그 이름이 그녀의 어린 시절에서 유래한 것일 리는 없다. 그는 낯선 사람들 앞에서 그녀를 디니라고 부르지 않도록 조심해야 한다. 이모와 외삼촌을 노먼 외삼촌, 엘런 이모라고 부르지 않고 호칭 없이 노먼, 엘런이라고 부르지 않도록 조심해야 하는 것처럼 말이다. 착하고 순종적이고 정상적인 아이답게 이모와 외삼촌이라는 호칭을 붙이는 것은 아프리칸스어 경칭에 비하면 아무것도 아니다. 아프리카너는 자신보다 나이가 많은 사람에게 당신you이라고 하기를 두려워한다. 그는 아버지의 말을 흉내낸다. "마미 무트 엔 콤베르스 우어 마미 세 크니어 트렉 안데르스 보르트 마미 코우트"—엄마, 무릎을 담요로 덮으세요, 안 그러면 엄마는 감기에 걸릴 거예요. 그는 자신이 아프리카너가 아니어서 그런 식으로 매맞는 노예처럼 말할 필요가 없다는 데 안도한다.

그의 어머니는 개를 기르기로 결심한다. 독일산 셰퍼드가 가장 영리하고 가장 충직해 최고라지만, 그들은 독일산 셰퍼드를 파는 곳을 찾을 수 없다. 그래서 그들은 도베르만과 다른 개의 잡종견 강아지를 키우기로 한다. 그는 직접 이름을 짓겠다고 우긴다. 그는 보르조이라고 짖고 싶다. 러시아 개가 되었으면 싶어서다. 그러나 그 개가 보르조이종은 아니기 때문에 코사크*라고 부르기로 한다. 아무도 이해하지 못한다. 사람들은 그 이름을 코스-사크, 식량-자루라고 알아듣고 우습다고 생각한다.

코사크가 정신 사납고 훈련이 안 된 개라는 게 드러난다. 개는 동네를 배회하고 정원을 돌아다니고 닭을 쫓아다닌다. 하루는 개가 학교 가는 길 내내 그를 따라온다. 그가 무슨 짓을 해도 쫓아버릴 수가 없다. 소리를 지르고 돌을 던지면 개는 귀를 내리고 꼬리를 다리 사이로 늘어뜨리며 슬그머니 도망친다. 그러나 그가 다시 자전거에 올라타면 개는 다시 그를 따라 성큼성큼 달려온다. 결국 그는 한 손으로 자전거를 끌고, 다른 손으로 개의 목덜미를 잡은 채 집까지 끌고 간다. 화가 머리끝까지 난 상태로 집에 도착한 그는 등교시간에 늦었으니 학교로 돌아가지 않겠다고 떼를 쓴다.

코사크가 채 다 자라지도 않았을 때, 누군가 내민 유리 가루를 먹고 만다. 그의 어머니가 관장제를 써서 유리를 몸밖으로 씻어 내려 해보지만 소용이 없다. 사흘째 되는 날, 개가 숨을 헐떡이며 꼼짝 않고 누워서 그녀의 손을 핥을 생각도 하지 않자, 그녀

* 카자흐스탄의 영어명.

는 그에게 약국에 가서 누군가 추천해준 새로운 약을 사오라고 한다. 그는 약국으로 달려갔다 달려온다. 그러나 그가 도착했을 때는 이미 늦었다. 어머니 얼굴은 일그러지고 멍한 상태다. 그녀는 그에게서 약병을 받을 생각도 하지 않는다.

그는 코사크를 담요에 말아 정원 아래쪽에 묻는 일을 돕는다. 그는 무덤 위에 '코사크'라고 쓴 십자가를 세운다. 만약 개들이 이런 식으로 죽어야 한다면 다른 개는 키우지 않았으면 좋겠다.

그의 아버지는 우스터의 크리켓 선수다. 그것은 아버지의 또다른 자랑거리이자 또다른 자부심의 원천인 게 분명하다. 아버지는 변호사이고, 그건 거의 의사만큼 좋은 것이다. 전쟁중에 그는 군인이었고, 케이프타운 리그에서는 럭비 선수였다. 지금은 크리켓을 한다. 그러나 그런 것들에는 한결같이 당혹스러운 면이 있다. 그는 변호사지만 더이상 변호사 일을 하지 않는다. 군인이었지만 말단 하사였을 뿐이다. 럭비 선수였지만 가든스의 2군, 어쩌면 3군 소속이었다. 가든스는 놀림감이고 그랜드 챌린지 리그에서 늘 꼴찌다. 이제 그는 크리켓을 한다. 하지만 아무도 굳이 구경하려고 하지 않는 우스터의 2군 팀에서 뛴다.

그의 아버지는 타자가 아니라 투수다. 아버지는 타격을 할 때 배트를 들어올리는 자세에 큰 문제가 있다. 게다가 빠른 공이 들어오면 눈을 돌리는 습관이 있다. 그는 타격이라는 것이 배트를 앞으로 휘두르고, 공이 빠지면 1루로 잽싸게 뛰어가는 게 전부라고 생각하는 것 같다.

물론, 그의 아버지가 타격을 잘하지 못하는 것은 제대로 된 크리켓뿐 아니라 배울 길도 없었던 카루*에서 자랐기 때문이다. 공을 던지는 것은 다른 문제다. 투수는 만들어지는 게 아니라 태어나는 것이다.

그의 아버지는 회전을 주지 않은 느린 공을 던진다. 때때로 그는 여섯 점을 얻어맞는다. 때때로 타자는 천천히 들어오는 공을 보고 고개가 돌아갈 정도로 거칠게 스윙을 하다 아웃당한다. 인내심과 잔꾀가 아버지의 방법인 듯하다.

우스터 팀의 코치는 북반구가 여름일 때는 영국 팀 선수로 뛰는 조니 워들이다. 조니 워들이 우스터에 오기로 한 것은 대단한 일이다. 울프 헬러가 돈으로 알선했다는 소문이 있다.

그는 아버지와 함께 연습용 그물 뒤에 서서 조니 워들이 1군 타자들에게 공을 던지는 모습을 지켜본다. 머리숱이 적고 별 특징 없는 외모에 키가 작은 워들은 느린 공을 던지는 투수라고 알려져 있지만, 그가 성큼성큼 달려나가며 공을 던질 때 보면 공의

---

* 남아프리카공화국 남부의 고원지대.

속도가 어찌나 빠른지 놀라울 정도다. 타자석에 있는 타자는 어렵지 않게 공을 쳐서 부드럽게 그물 쪽으로 보낸다. 다른 사람이 공을 던지고, 그다음은 다시 워들의 차례다. 타자는 다시 한번 공을 부드럽게 쳐낸다. 타자가 이기는 것도 아니고 투수가 이기는 것도 아니다.

오후가 끝나갈 무렵, 그는 실망한 채 집으로 간다. 그는 영국 투수와 우스터 타자들 사이에 엄청난 차이가 있을 거라고 생각했다. 더 신비로운 기술을 보기 원했고, 공이 공중에 떠서 오다가 급강하하고 급회전하는 것과 같은 묘기를 부리며 경기장 밖으로 날아가는 모습을 기대했다. 그가 읽은 크리켓 관련 책들에 따르면 느린 공을 던지는 투수의 공은 그래야 했다. 그가 기대했던 것은, 그 자신이 가장 빠르게 던질 때의 속도와 맞먹는 공을 구사하는 것 말고는 다른 특징 없이 말만 많은 작달막한 남자가 아니었다.

그는 크리켓에서는 조니 워들이 보여주는 것 이상을 바란다. 크리켓은 호라티우스와 에트루리아인, 혹은 헥토르와 아킬레우스 같아야 한다. 만약 헥토르와 아킬레우스가 칼을 가지고 서로를 난도질하는 두 남자일 뿐이라면 이야기에 나올 필요도 없을 것이다. 그러나 그들은 단순한 남자 두 명이 아니다. 그들은 위대한 영웅이다. 그래서 그들의 이름이 전설적인 것이다. 시즌이 끝나고 워들이 영국 팀에서 탈락했다는 소식이 들리자 그는 기뻐한다.

물론 워들은 가죽공으로 투구를 한다. 그는 가죽공에 대해 잘 모른다. 그와 그의 친구들은 사람들이 코르크공이라 부르는, 가죽공의 솔기를 갈기갈기 찢어버리는 돌에 내력耐力이 있는 딱딱한 회색 물질로 속을 채운 공으로 크리켓을 한다. 그는 그물 뒤에 서서 워들을 바라보며, 가죽공이 공기를 가르며 타자에게 날아오면서 내는 쌩 하는 이상한 소리를 처음으로 듣는다.

제대로 된 크리켓 경기장에서 크리켓을 할 첫번째 기회가 드디어 찾아온다. 수요일 오후, 저학년 학생들이 두 팀으로 나뉘어 경기를 한다. 제대로 된 크리켓이란 제대로 된 위킷, 제대로 된 투구, 그리고 누가 타격할 차례인지 싸울 필요가 없다는 것을 의미한다.

그가 타격할 차례다. 그는 왼쪽 다리에 보호대를 차고 그에게는 너무 무거운 아버지의 배트를 들고 중앙으로 걸어나간다. 그는 경기장의 크기에 놀란다. 경기장은 거대하고 외로운 곳이다. 관중은 너무 멀리 있어서 없는 것이나 마찬가지다.

그는 초록색 야자껍질 매트가 깔린 단단하게 다져놓은 기다란 땅 위에서 타격 자세를 취하고 공이 오기를 기다린다. 이것이 크리켓이다. 이것은 게임이라고도 불리지만 그에게는 집보다도 더 진짜 같고, 학교보다도 더 진짜 같다. 이 게임에는 꾸밈도 없고 인정사정도 없고 또다른 기회도 없다. 이름도 모르는 다른 아이들 모두가 그의 적이다. 그들은 오직 그의 즐거움을 중단시켜버리려는 생각뿐이다. 그가 아웃되어도 그들은 일말의 가책도 느끼지 않을 것이다. 자신을 보호해줄 사람이 아무도 없는 이 거대한 경기장 한복판에서 그는 혼자 열한 명과 맞서 싸우는 시험대 위에 서 있다.

외야수들이 각자의 위치로 간다. 그는 정신을 집중해야 하지만 떨쳐낼 수 없는 무언가 초조한 게 있다. 제논의 역설. 화살은 표적에 도달하기 전에 이분의 일 지점에 도달해야 한다. 그리고 이분의 일 지점에 도달하기 전에는 사분의 일 지점에 도달해야 한다. 그리고 사분의 일 지점에 도달하기 전에는 또…… 그는 필사적으로 그런 생각을 하지 않으려 한다. 그러나 그걸 생각하지 않으려 한다는 사실 자체가 그를 더욱 초조하게 만든다.

투수가 공을 던지려고 내닫는다. 특히 투수의 마지막 두 발짝이 내는 쿵쿵 소리가 귀에 꽂힌다. 그뒤에 침묵을 가르는 유일한 소리는 그를 향해 날아오는 공에서 나는 섬뜩한 소리뿐이다. 이것이 그가 크리켓을 선택할 때 선택하게 되는 것일까? 그가 예상한 것보다 빠르게, 마음속의 혼란을 걷어내고 침착하게 생각한 뒤 어떻게 해야 할지 결정하기에는 너무 빠르게, 비정하고 무관심하고 냉담하고 무자비하게 그의 약점을 노리고 달려드는 공에 아웃될 때까지 시험당하고 또 당하고 또 당하는 것을? 그런 생각으로 머릿속이 복잡한데 공이 들어온다.

혼란스러운 상태로, 나중에는 울적한 기분으로 타격을 하고 2점을 확보한다. 게임이 끝나고도 그는 시종일관 이야기하고 농담을 하며 경기를 하는 조니 워들의 무미건조한 방식을 전보다 더 이해하지 못한다. 렌 허턴, 앨릭 베드저, 데니스 콤프턴, 시릴 워시브룩과 같은 전설적인 영국 선수들도 그렇게 경기했을까? 그는 믿을 수가 없다. 그에게 진짜 크리켓은 침묵 속에서만, 심장이 쿵쿵 뛰고 입이 타들어가는 듯한 침묵과 불안 속에서만 할 수 있는 것이다.

크리켓은 게임이 아니다. 그것은 삶의 진실이다. 책에 쓰여 있듯이, 만약 그것이 성격에 대한 시험이라면 그것은 통과할 길도 없고, 그렇다고 피할 길도 없는 시험이다. 다른 곳에서는 숨길 수 있는 비밀이 위킷에서는 무자비하게 파헤쳐지고 폭로된다. "네가 어떤 사람인지 시험해보자." 공이 쌩 소리를 내며 그를 향해 날아와 떨어지면서 말한다. 그는 당황해서, 무턱대고, 너무 빨리, 혹은 너무 늦게, 배트를 휘두른다. 공은 배트를 지나고 보호대를 지나 날아간다. 그는 투수의 공에 당했다. 시험에 실패했다. 결국 아웃이다. 얼굴을 가려 눈물을 감추고 다른 아이들이 동정심에 박수를 쳐주는 곳으로 돌아가는 것 말고는 아무것도 할 게 없다.

7

그의 자전거에는 총 두 자루를 엇갈려놓은 브리티시 스몰 암스의 엠블럼과 '스미스—BSA'라는 상표가 붙어 있다. 그는 여덟번째 생일에 받은 5파운드로 이 중고 자전거를 샀다. 그것은 그의 인생에서 가장 견고한 것이다. 다른 아이들이 롤리 자전거가 있다고 뻐기면, 그는 스미스 자전거가 있다고 응수한다. 아이들은 말한다. "스미스라고? 스미스는 들어본 적 없는데."

자전거를 타는 것만큼, 자전거를 타고 몸을 굽히고 커브를 돌아 급강하하는 것만큼 흥분되는 일은 없다. 그는 매일 아침 스미스 자전거를 타고 학교에 간다. 리유니언 파크에서 800미터쯤 가다 철도를 가로지르고, 그다음에는 철로를 따라 난 조용한 도로를 달린다. 여름철 아침이 최고다. 도로변의 도랑에서는 잔잔

한 물소리가 나고, 유칼립투스나무에서는 비둘기들이 구구거린다. 때때로 따뜻한 공기가 회오리치기도 하는데, 그것은 늦은 오후에 미세한 붉은 흙먼지를 일으키는 돌풍이 불 조짐이다.

겨울에는 아직 날이 어두울 때 학교로 출발해야 한다. 그는 자전거 헤드라이트가 앞을 비추는 가운데 안개 속을 달린다. 벨벳처럼 부드러운 안개를 가슴에 맞으며 들이마시고, 내뿜고, 오직 타이어가 부드럽게 휙휙거리는 소리만 들으며 달려간다. 어떤 날 아침에는 자전거 손잡이의 금속 부분이 너무 차가워 맨손이 붙어버릴 정도다.

그는 학교에 일찍 도착하려고 한다. 그는 혼자 교실을 독차지한 채 빈자리들을 둘러보고 아무도 모르게 교단에 올라가보는 것을 좋아한다. 그러나 그는 한 번도 맨 먼저 학교에 오지 못한다. 드두어른스에 사는 두 형제 때문이다. 그애들은 철도에서 일하는 아버지 때문에 새벽 여섯시 기차를 타고 온다. 그들은 가난하다. 너무 가난해서 스웨터도, 블레이저도 못 입고 신발도 못 신는다. 그들만큼 가난한 다른 아이들도 있다. 특히 아프리칸스어 반에 있다. 그애들은 살을 에는 겨울날 아침에도, 얇은 면셔츠와 몸이 너무 커버려서 가느다란 허벅지를 움직일 틈도 없는 서지 반바지를 입고 학교에 온다. 햇볕에 탄 그들의 다리는 추위 때문에 군데군데 흰 분필 색깔로 변해 있다. 그들은 입으로 손을 불고 발을 동동 구른다. 코에서는 항상 누런 콧물이 흐른다.

버짐이 한창 유행일 때, 드두어른스의 형제가 머리를 빡빡 깎고 나타난다. 그들의 맨머리에 나선형 버짐들이 선명하게 보인다. 그의 어머니는 그들과 접촉하지 말라고 경고한다.

그는 헐렁한 것보다는 몸에 꽉 끼는 반바지를 더 좋아한다. 어머니가 사주는 옷은 언제나 너무 헐렁하다. 그는 꽉 끼는 반바지 속의 날씬하고 매끈한 갈색 다리를 바라보는 것을 좋아한다. 그가 가장 좋아하는 것은 금발머리 남자아이들의 갈색 다리다. 놀랍게도 가장 잘생긴 아이들도 아프리칸스어 반에 있고, 다리에 털이 나고 목젖이 나오고 여드름이 난 가장 못생긴 아이들도 거기에 있다. 그는 아프리카너 아이들도 처음에는 아무 생각 없이 순진하게 뛰논다는 점에서 유색인 아이들과 거의 비슷하다는 사실을 깨닫는다. 그러다가 일정한 나이가 되면 갑자기 못되게 바뀌면서 아름다움을 잃어버리는 것이다.

아름다움과 욕망. 그것은 그가 멍하고 완벽하고 무표정한 그 아이들의 다리를 보면 느끼는 것인데, 그것 때문에 혼란스럽다. 다리를 집어삼킬 듯이 쳐다보는 것 말고 무엇을 할 수 있을까? 그것은 무엇을 위한 욕망일까?

『어린이 백과사전』에 나오는 벌거벗은 조각상들 역시 그에게 같은 느낌을 불러일으킨다. 아폴론에게 추격당하는 다프네, 디스에게 겁탈당하는 페르세포네. 그것은 형태의 문제, 형태의 완벽함에 대한 문제다. 그에게는 인간의 완벽한 몸에 대한 나름대로의 생각이 있다. 하얀 대리석에 구현된 완벽함을 볼 때 그는 마음속에서 어떤 전율이 이는 것을 느낀다. 깊은 구렁이 열리고 그 가장자리에 서 있는 것만 같다.

그를 다른 아이들로부터 분리시키는 모든 비밀 중에서 어쩌면 그것이 최악일 것이다. 이 아이들 중에서 이런 어두운 성적 욕망을 가진 사람은 그뿐이다. 모두가 순진하고 정상적인데 그만 욕망을 가지고 있다.

그러나 아프리카너 아이들이 쓰는 말은 믿을 수 없을 정도로 추잡하다. 그들이 하는 음담은 그의 한계를 넘어서는 것이다. 그들은 포크(씹), 필(자지), 푸스(보지) 같은 음담을 하는데, 그는 그 단어들이 갖고 있는 단음절의 무거움으로부터 허둥지둥 몸을 움츠린다. 그 단어들은 어떻게 적지? 그걸 적어볼 수 있을 때까지는 그의 마음속에서 그것들을 다스릴 방법이 없다. 포크는 v로 시작하나? 그렇다면 좀더 품격이 있을 것이다. 아니면 f로 시작하는 단어일까? 그렇다면, 정말 역사상 가장 야성적이고 원초적인 단어일 것이다. 사전은 아무 말도 해주지 않는다. 그런 단어들은 사전에 없다. 그런 단어들은 하나도 나오지 않는다.

그리고 그가 진의를 이해하지 못하는 가트(똥구멍), 폽-홀(똥

구멍) 같은 말들이 욕설 속에 오간다. 연인이 왜 뒤로 섹스를 할까? 목뒤에서 나오는 묵직하고 시커먼 가트라는 단어가, 부드럽게 유혹하는 듯한 글자 s와 신비로운 마지막 글자 x가 들어 있는 섹스와 무슨 관련이 있는 걸까? 그는 엉덩이와 관계된 말은 불쾌감 때문에 외면하지만, 본 적은 없으나 고등학교 남학생과 여학생의 교제 영역에 속하는 것이라고 알고 있는 에피스, 에프엘스*는 무슨 의미인지 계속 헤아려보려 한다.

그러나 그는 무지하지 않다. 그는 아기가 어떻게 태어나는지 안다. 그들은 어머니의 산뜻하고 깨끗하고 하얀 엉덩이에서 나온다. 몇 년 전, 그가 어렸을 때 어머니가 말해줬다. 그는 그녀의 말을 의심의 여지 없이 믿는다. 다른 아이들은 아직도 거짓말에 얼렁뚱땅 속아넘어가는데, 그의 어머니가 그렇게 일찍 자신에게 아기에 관한 진실을 말해줬다는 게 여간 자랑스럽지 않다. 그것은 그녀가 깨어 있고, 그들 가족이 깨어 있다는 증거다. 그보다 한 살 어린 사촌 주안도 진실을 안다. 반면 그의 아버지는 아기가 어디서 나오느냐 하는 이야기만 나오면 당황해서 투덜댄다. 그러나 그것은 아버지의 가족이 미개하다는 것을 다시 한번 증명해줄 뿐이다.

* 둘 다 콘돔 상표명.

그의 친구들은 계속 다른 이야기를 한다. 아기가 다른 구멍에서 나온다는 것이다.

그는 페니스가 들어가고 소변이 나오는 다른 구멍에 대해 추상적으로는 알고 있다. 하지만 아기가 그 구멍에서 나온다니 말도 안 된다. 무엇보다 갓난아기는 배에서 생긴다. 그러니 엉덩이에서 나오는 게 맞다.

그래서 그의 친구들이 다른 구멍, 즉 푸스에서 나온다고 우겨도, 그는 엉덩이라고 우긴다. 그는 자신이 맞다고 확신한다. 그것은 그의 어머니와 그 자신 사이의 신뢰 문제다.

8

그와 그의 어머니가 철도역 근처의 좁고 긴 공유지를 가로지른다. 그는 그녀 곁에 있지만 그녀의 손을 잡지 않고 떨어져서 걷는다. 그는 언제나처럼 회색 셔츠와 회색 반바지, 목이 긴 회색 양말 차림이다. 그리고 별들로 둘러싸인 산봉우리 모양에 **페르 아스페라 아드 아스트라***라는 글자가 새겨진 우스터 남자초등학교 배지가 달린 감청색 모자를 쓰고 있다.

그는 그저 어머니 곁에서 걷고 있는 아이일 뿐이다. 겉보기에는 아주 정상적으로 보인다. 하지만 그는 자신이 코를 땅에 박고 팔다리를 허우적거리며 빙글빙글 도는 딱정벌레처럼 그녀 주위

* 라틴어로 '노력을 통해 높은 곳으로'를 뜻한다.

에서 종종걸음치고 있다고 생각한다. 사실 그는 가만히 있는 자신을 전혀 생각할 수가 없다. 특히 그의 마음은 언제나 자신만의 조급한 의지를 가지고 이곳저곳으로 줄달음친다.

이곳은 서커스단이 일 년에 한 번씩 천막을 세우고, 냄새나는 지푸라기가 깔린 사자 우리를 설치하는 곳이다. 하지만 지금은 붉은 진흙이 바위처럼 굳어버려 풀도 자라지 못하는 작은 땅에 불과하다.

이 밝고 뜨거운 토요일 아침에 다른 사람들, 다른 행인들도 보인다. 그중 한 명은 광장을 가로질러 그들 쪽을 향해 뛰어오는 그의 또래 아이다. 그는 그 아이를 보자마자 이 소년이 자신에게 짐작도 못할 만큼 중요한 사람이 될 거라는 걸 안다. 그 소년이 누구라서가 아니라(그는 그 아이를 다시는 못 볼 수도 있다) 그의 머릿속에서 계속 떠오르는 생각들, 그에게서 벌떼처럼 쏟아져나오는 생각들 때문이다.

그 아이에게는 별다른 특징이 없다. 그애는 유색인이다. 그러나 유색인들은 어디에나 있다. 그애는 아주 짧은 바지를 입고 있어서 균형 잡힌 엉덩이는 바지에 꼭 끼고, 날씬한 진흙빛 갈색 허벅지는 거의 드러나 있다. 그애는 신발을 신고 있지 않다. 그애의 발바닥은 어쩌면 아주 딱딱해서 디벨키 가시나무를 밟아도 잠시 걸음을 늦추고 아래로 손을 뻗어 털어내는 정도일 것이다.

그애와 같은 수백, 수천 명의 소년이 있다. 그리고 짧은 치마를 입고 날씬한 다리를 자랑하는 수천 명의 소녀도 있다. 그는 자신의 다리도 그들처럼 아름다웠으면 싶다. 그런 다리가 있다면 그도 이 소년처럼 땅에 발이 거의 닿지도 않은 상태로 떠다닐 것 같다.

그 소년이 그들에게서 몇 발짝 떨어지지 않은 곳을 지나친다. 생각에 잠긴 채 그들에게는 눈길도 주지 않는다. 그의 몸은 완벽하고 때가 묻지 않았다. 마치 바로 어제 알에서 깨어난 것 같다. 학교에 가야 하는 의무도 없고, 부모가 지켜보지 않는 곳에서 마음대로 돌아다니고, 자기 몸을 자기 마음대로 할 수 있는 이런 아이들이, 이런 소년들과 소녀들이 어째서 한데 모여 성적 쾌락의 향연을 즐기지 않는 것일까? 자신들에게 향유할 수 있는 쾌락이 있다는 걸 알기에는 너무 순진한 걸까? 속이 시커멓고 떳떳하지 못한 사람들만이 그런 비밀들을 아는 걸까?

그런 질문은 언제나 이런 식으로 나아간다. 처음에는 이리저리 갈피를 못 잡다가 결국에는 어김없이 증거가 저절로 나타나고 쌓여 그 자신에게 손가락질을 하는 것이다. 이어지는 생각들에 시동을 거는 것은 언제나 그 자신이다. 그의 통제를 벗어났다 그에게 돌아와 손가락질을 하는 것은 언제나 그 생각이다. 아름다움은 순진함이다. 순진함은 무지다. 무지는 쾌락에 대한 무지다. 쾌락은 떳떳하지 못하다. 그는 떳떳하지 못하다. 시커먼 욕망에 지배당하는 그는 떳떳하지 못한 반면, 신선하고 때 묻지 않은 몸을 가진 이 아이는 순진하다. 사실 이처럼 긴 과정을 따라가다보니, 무슨 뜻이든 될 수 있는 수수께끼 같은 p로 시작하여, 무자비한 r를 거쳐 순식간에 복수심에 불타는 v로 내닫는, 시커멓고 복잡한 전율감이 느껴지는 변태perversion라는 단어가 떠오른다. 혐의가 하나가 아니라 두 개다. 두 개의 혐의가 교차하는 지점, 가늠자 안에 그가 서 있다. 오늘 그에게 혐의를 제기하는 이 아이는 시커멓고 심각하고 떳떳하지 못한 그와 달리, 사슴처럼 밝고 순진할 뿐 아니라 유색인이기도 하다. 그것은 그 아이가 돈이 없고 허름한 오두막집에 살며 굶주려 있다는 의미다. 그것은 만약 그의 어머니가 "얘야!" 하고 부르면 그애가 가던 길을 멈추고 달려와 그녀가 시키는 일은 무엇이든 (가령 시장바구니를 들어주는 것과 같은 일들) 한 다음, 두 손으로 동전을 받고 고마워할 것이라는 의미다. 그리고 만약 나중에 그가 어머니에게 그 일로 화를 내면, 그녀는 그저 웃으며 이렇게 말할 것이다. "하지만 그런 애들은 그런 것에 익숙하단다!"

사는 내내 아무 생각 없이 자연과 순진함의 길만을 걸어왔고, 동화 속에 나오는 가난한 사람들이 언제나 그렇듯 가난하고, 또 그래서 착하고, 뱀장어처럼 미끈하고 산토끼처럼 빨라서 발의 빠르기나 손의 기술을 겨루는 경기라면 무엇이든 쉽게 그를 이길 이 아이, 그 자체만으로도 그를 꾸짖는 존재인 이 아이는, 그럼에도 불구하고 여러 면에서 그에게 종속되어 있다. 그는 그것이 너무 당혹스러워 몸부림치며 어깨를 꿈틀거리고, 아이의 아름다움에도 불구하고 더는 그를 쳐다보지 않으려 한다.

그러나 그 아이를 머릿속에서 떨쳐낼 수는 없다. 원주민이야 떨쳐낼 수 있을지 모르지만, 유색인은 떨쳐낼 수 없다. 원주민들은 이곳에 나중에 왔고, 북쪽에서 온 침입자에다, 이곳에 있을 자격이 없기 때문에 논외로 칠 수 있다. 우스터에서 볼 수 있는 원주민은 대부분 기찻길을 따라 늘어선 작은 천막 모양에 물결무늬 함석지붕을 씌운 오두막에 살고, 전설적일 정도로 힘과 인내심이 대단하고, 낡은 군복을 입고서 구부러진 파이프 담배를 피우는 남자들이다. 사람들이 그들을 이곳으로 데려온 것은 그들이 유색인 남자들과는 다르게 술을 마시지 않고, 피부색이 옅고 변덕스러운 유색인 남자들이라면 쓰러지고 말 불볕더위 속에서도 중노동을 할 수 있기 때문이다. 또한 그들에게는 딸린 여자도 아이도 없다. 그들은 아무 곳에서나 데려왔다가 아무 곳으로나 사라지게 할 수 있는 남자들이다.

그러나 유색인에게는 그런 걸 기대할 수 없다. 그들은 호텐토트족 여자들과 얀 판리비어크*와 같은 백인 남자들 사이에서 태어났으니까. 학교에서 배우는 역사 교과서의 모호한 표현으로 미뤄봐도 그것은 분명한 사실이다. 심하게 말하면, 그것보다 훨씬 더 나쁘다. 유색인이라고 불리는, 볼란트에 사는 사람들은 얀 판리비어크나 다른 네덜란드 남자의 고손자가 아니다. 그는 그들에게 백인의 피가 한 방울도 섞이지 않았다는 걸 알 정도로 충분히 골상학에 관한 전문가이고, 그가 기억하는 한 내내 그랬다. 그들은 오염되지 않은 순수한 호텐토트족 사람들이다. 그들이 땅에 속해 있을 뿐 아니라 땅도 그들에게 속해 있다. 땅은 그들의 것이고, 언제나 그랬다.

---

* 네덜란드 동인도회사 출신으로 케이프 식민지 최초의 지도자가 되었다.

9

우스터에서 편리한 것 중 하나는, 아버지의 표현을 빌리자면, 케이프타운보다 이곳이 더 살기 좋은 이유는 쇼핑이 훨씬 편하다는 것이다. 매일 아침 동이 트기 전에 우유가 배달되고, 전화 한 통이면 한두 시간 후에 쇼카츠 상점의 배달부가 고기와 식료품을 가지고 문 앞에 나타난다. 그렇게 간단하다.

쇼카츠 상점에서 온 남자, 그 배달부는 아프리칸스어는 몇 마디만 알고 영어는 전혀 모르는 원주민이다. 그는 깨끗한 흰색 셔츠를 입고 두 가지 색으로 된 단화를 신고 나비넥타이를 매고 보비 로크* 모자를 쓰고 있다. 그 남자의 이름은 조시아스다. 그의

* 남아프리카공화국 출신의 전설적인 골퍼 보비 로크(1917~87)의 이름을 딴 골프용품 브랜드.

부모는 조시아스를 앞날은 전혀 생각지 않고 화려한 옷을 사는 데 버는 돈을 전부 허비하는 무책임한 원주민 신세대라며 못마땅해한다.

어머니가 집에 없을 때는 그와 그의 동생이 배달 물건을 받아서 식료품은 부엌 선반에 얹고 고기는 냉장고에 넣는다. 만약 거기 연유가 있으면 그걸 전리품이라고 생각한다. 깡통에 구멍을 뚫고 마지막 한 방울까지 차례로 빨아먹는다. 어머니가 집에 오면, 그들은 시치미를 떼고 연유가 아예 없었다고 하거나 조시아스가 훔쳐갔다고 말한다.

그녀가 그들의 거짓말을 믿는지 아닌지 그는 확신할 수 없다. 그렇다고 그가 특별히 그 일에 대해 죄책감을 느끼는 것도 아니다.

그의 집 동쪽에 사는 이웃은 벤스트라 씨 가족이다. 그들에게는 아들이 셋 있는데, 안짱다리 큰아들 하이스베르트와 학교에 가기에는 너무 어린 쌍둥이 형제 이번과 이저르가 그들이다. 그와 그의 동생은 하이스베르트 벤스트라라는 우스운 이름과 무기력하게 흐느적거리며 달리는 모습을 놀려댄다. 그들은 그가 정신적으로 장애가 있는 바보라고 단정하고 그에게 전쟁을 선포한다. 어느 날 오후, 그들은 쇼카츠 보이*가 가져온 달걀 여섯 개를

* 남아프리카공화국에서 '보이(boy)'는 나이 구분 없이 백인이 아닌 남자들을 낮춰서 지칭하는 말로도 쓰인다.

집어 벤스트라의 집 지붕에 던지고 숨는다. 그러나 벤스트라 가족은 나오지 않는다. 으깨진 달걀이 햇살에 말라 흉물스러운 노란 얼룩으로 변한다.

크리켓 공보다 훨씬 작고 가벼운 달걀을 던지고, 그것이 연달아 날아가는 모습을 보고, 부드럽게 깨지는 소리를 들은 쾌감은 오랫동안 남는다. 그러나 그 쾌감에 죄의식이 더해진다. 그는 자신들이 가지고 장난을 친 것이 음식이라는 사실을 잊을 수 없다. 그는 무슨 권리로 달걀을 장난감처럼 사용하는가? 만약 쇼카츠 보이가 자신이 자전거에 싣고 시내에서 이곳까지 배달해준 달걀을 그들이 던지는 모습을 보면 뭐라고 하겠는가? 쇼카츠 보이는, 사실 그는 보이가 아니고 성인 남자다, 그 모습을 보면, 보비 로크 모자를 쓰고 나비넥타이를 맨 채 무관심하게 있지만은 않을 것이다. 몹시 못마땅해하며 어설픈 아프리칸스어로 서슴없이 이렇게 말할 것이다. "굶주리는 아이들이 있는데, 너희는 어떻게 그런 짓을 할 수 있니?" 그러면 그는 아무 대답도 하지 못할 것이다. 어쩌면 세계의 다른 곳에서는 (예를 들어, 영국에서는 사람들이 차꼬를 찬 죄수들에게 달걀을 던진다는 사실을 그는 안다) 달걀을 던질 수 있을지 모르지만, 이 나라에는 정의의 잣대로 판결을 내리는 재판관이 있다. 이 나라에서는 음식을 함부로 다룰 수 없다.

조시아스는 그가 살면서 네번째로 알게 된 원주민이다. 첫번째 원주민에 대한 기억은 가물가물한데, 그들이 살던 요하네스버그의 아파트에서 하루종일 파란색 파자마를 입고 계단에 걸레질을 하던 원주민 보이다. 두번째 원주민은 그들의 빨래를 해줬던 플레텐버그 베이의 필라다. 필라는 피부가 아주 검고 아주 늙고 이가 다 빠진 사람이었다. 그녀는 부드럽고 아름다운 영어로 과거에 대해 일장 연설을 하곤 했다. 그녀는 자신이 세인트헬레나에서 왔으며 그곳에서 노예생활을 했다고 말했다. 세번째 원주민도 플레텐버그 베이에서 만났다. 엄청난 폭풍이 불어 배가 침몰했던 때였다. 며칠 동안 밤낮으로 불던 바람이 막 누그러지기 시작하고 있었다. 그와 동생이 어머니와 함께 해변에 나가 파도에 쓸려온 표류물과 해초를 들여다보고 있는데, 목사처럼 목깃을 달고 하얀 수염이 난 노인이 우산을 들고 다가와 이렇게 말했다. "인간은 쇠로 거대한 배를 만들지요. 하지만 바다는 더 강하다오. 바다는 인간이 만들 수 있는 어떤 것보다 강하다오."

다시 그들 세 사람만 남았을 때 어머니가 말했다. "너희는 그분이 말한 것을 새겨들어야 해. 그분은 지혜로운 노인이셔." 그가 기억하기로, 그녀가 지혜롭다는 표현을 쓴 건 그때뿐이다. 하기야 책에서가 아니라 현실에서 누가 그 말을 사용하는 걸 들어본 적이 없기는 하다. 하지만 그에게 깊은 인상을 심어준 것은 단지 그 케케묵은 단어만이 아니다. 원주민을 존경하는 게 가능하다는 것—그것이 그녀가 한 말이다. 그는 그 말을 듣고, 그 사실을 확인하고, 크게 안도한다.

그가 읽고 깊은 감명을 받은 이야기들 중에 삼형제가 등장하는 이야기가 있다. 첫째와 둘째는 경멸하며 그냥 지나치는데, 가장 변변치 않고 가장 멸시를 받는 셋째는 노파의 짐을 들어주거나 사자의 발에서 가시를 빼준다. 첫째와 둘째는 뻐기기 좋아하고 오만하고 인정머리없는 데 반해, 셋째는 친절하고 정직하고 용감하다. 이야기가 막바지에 이르면 셋째는 왕자가 되고, 첫째와 둘째는 망신을 당하고 귀양을 간다.

백인과 유색인과 원주민이 있다. 그중 원주민은 가장 낮고 가장 멸시받는 사람들이다. 그 사실과 이야기의 대응점은 반드시 이것일 수밖에 없다. 즉, 원주민은 셋째에 해당한다.

학교에서 그들은 해마다 거듭하여 얀 판리비어크, 시몬 판데스텔, 찰스 서머싯 경, 피트 레티프*에 대해 배운다. 피트 레티프 다음에는 카피르 전쟁이 나온다. 그것은 카피르족이 식민지 국

* 시몬 판데스텔(1891~99)은 케이프 식민지의 두번째 네덜란드인 총독, 찰스 서머싯 경(1767~1831)은 영국이 케이프 식민지를 재정복했을 때 총독을 역임한 인물, 피트 레티프(1780~1838)는 보어인의 지도자로 그레이트 트렉을 이끈 인물이다.

경을 넘어 쏟아져들어오자 그들을 몰아내느라 벌인 전쟁이다. 그러나 카피르 전쟁은 그 수가 너무 많고 너무 혼란스러우며 따로따로 분리하기 너무 어렵기 때문에, 시험을 위해 따로 공부할 필요는 없다.

그는 시험을 볼 때 역사 문제에 정답을 쓰긴 하지만, 솔직히 말하면 왜 얀 판리비어크와 시몬 판데스텔, 찰스 서머싯 경이 그렇게 나쁜 사람인지 만족스러울 만큼은 잘 모르겠다. 그래서는 안 되지만, 그는 그레이트 트렉*의 지도자들을 좋아하지 않는다. 예외가 있다면 딩간**의 꼬임에 넘어가 크랄*** 밖에 총을 놔뒀다 살해당한 피트 레티프 정도일 것이다. 안드리스 프레토리우스와 헤리트 마리츠가 했다는 말을 들어보면, 학교 선생들이나 라디오에 나오는 아프리카너들처럼 화를 내고 고집 세고 협박으로 가득하며 하느님에 대한 이야기를 하는 건 마찬가지다.

학교에서는 보어전쟁****을 다루지 않는다. 적어도 영어로 수업하는 반에서는 다루지 않는다. 아프리칸스어로 수업하는 반에서

* Great Trek. 1830~40년대에 보어인들이 영국의 남아프리카 케이프 식민지에서 북방 내륙으로 대거 이주한 일.

** 남아프리카 원주민 부족 줄루족의 왕(1795~1840).

*** 남아프리카 원주민의 전통 부락 형태. 주위에 울타리나 담을 두르고 중앙에는 가축을 기르는 공터가 있다. 현재는 가축우리의 기능만 남았다.

**** 1899년부터 1902년까지 보어인과 영국인 사이에 벌어진 전쟁.

는 제2차 해방전쟁이라는 의미의 '트비어데 프레이헤이츠우르로흐'라는 이름으로 보어전쟁을 다룬다는 소문이 있지만, 시험에 나오지는 않는다. 보어전쟁은 예민한 문제여서 공식적인 강의 요강에 나와 있지는 않다. 그의 부모조차 보어전쟁에 대해서는 아무것도, 어느 편이 옳았고 어느 편이 잘못했는지에 대해 아무것도 이야기하지 않으려 한다. 그러나 그의 어머니는 외할머니가 해줬다는 보어전쟁에 관한 얘기를 되풀이해 들려준다. 보어인들은 농장에 도착해 그녀의 어머니에게 돈과 음식을 요구하고 대접받기를 원했던 반면, 영국 군인들은 가축우리에서 잠을 자고 아무것도 훔치지 않았으며 자신들을 재워준 것에 대해 고맙다는 말까지 공손하게 하고 떠났다고 한다.

보어전쟁에서 건방지고 오만한 장군들이 지휘하는 영국 군인들은 악당이다. 그들은 바보처럼 붉은색 군복을 입어서 보어인 저격수의 손쉬운 표적이 되고 말았다. 전쟁 이야기를 들으면, 대영제국의 횡포에 맞서 자유를 위해 싸우는 보어인의 편을 들게 된다. 그러나 그는 보어인을 싫어한다. 그들의 기다란 수염과 형편없는 옷 때문이기도 하지만, 바위 뒤에 숨어 매복한 채로 총을 쏘기 때문이기도 하다. 그는 백파이프 소리에 맞춰 죽을 때까지 행진하는 영국인을 좋아한다.

우스터에서 영국인은 소수다. 리유니언 파크에서는 더더욱 소수다. 어떤 점에서 부분적으로 영국계인 그와 그의 동생을 제외하면 제대로 된 영국계 아이들은 두 명뿐이다. 롭 하트와 작고 마른 빌리 스미스가 그들이다. 아버지가 기차역에서 일한다는 빌리는 피부가 자꾸 벗어지는 병에 걸렸다(어머니는 스미스 집안 아이들은 아무도 만지지 말라고 한다).

롭 하트가 우스트히즌 선생한테 자주 매를 맞는다는 사실을 그가 이야기하자 그의 부모는 그 이유를 즉시 알아차리는 것 같다. 우스트히즌 선생은 국민당원인 우스트히즌 가문 사람이다. 철물점을 하는 롭 하트의 아버지는 1948년 선거 전까지 연합당의 시의원이었다.

그의 부모는 우스트히즌 선생 이야기가 나오면 고개를 절레절레 젓는다. 그들은 그녀가 흥분을 잘하고 불안정한 사람이라고 생각한다. 또한 헤나로 물들인 그녀의 적갈색 머리를 못마땅하게 생각한다. 아버지에 따르면, 스뫼츠 정권 때였다면 학교에 정치를 끌어들이는 선생에게 무슨 조치를 취했을 것이라고 한다. 그의 아버지도 연합당 소속이다. 사실 아버지는 1948년 선거에서 말란이 스뫼츠를 이겼을 때 케이프타운에서 다니던 일자리를 잃었다. 그의 어머니가 그렇게 자랑스러워하던, 주택 임대 담당 공무원 자리였다. 그들이 로즈뱅크의 집을 떠나야 했던 것도, 그가 로즈뱅크 초등학교와 친구들을 떠나 우스터로 와야 했던 것도 말란 때문이었다. 그는 풀이 웃자란 넓은 정원과 둥근 지붕이 달린 망루, 지하실이 두 개 있던 로즈뱅크의 집이 너무나 그립다. 케이프타운에 살 때 아버지는 아침마다 말쑥한 더블재킷 양복을 입고 가죽으로 된 서류가방을 들고 출근했다. "우리 아버지는 주택 임대 담당 공무원이셔." 다른 아이들이 아버지의 직업이 무엇이냐고 물으면 그는 그렇게 대답하곤 했다. 그러면 아이들은 숙연해졌다. 우스터에서 그의 아버지가 하는 일에는 이름이 없다. 누군가 물으면 그는 힘없이 이렇게 대답해야 할 것이다. "우리 아버지는 스탠더드 캐너스에서 일하셔." "그런데 무슨 일을 하시지?" "사무실에서 회계를 담당하셔." 그는 그렇게 대답해야 할 것이다. 그런데 그는 '회계'라는 게 뭔지 모른다.

스탠더드 캐너스는 앨버타 복숭아 통조림, 바틀릿 배 통조림, 살구 통조림을 생산한다. 스탠더드 캐너스는 이 나라의 어느 통조림 회사보다 더 많은 복숭아 통조림을 생산한다. 그것이 유일하게 유명하다.

그의 아버지는 1948년 선거에서 지고 스뫼츠 장군이 죽었어도 여전히 연합당에 충성한다. 충성스럽긴 하지만 우울하다. 연합당의 새 지도자인 스트라우스 변호사는 스뫼츠의 창백한 그림자에 지나지 않는다. 스트라우스가 지도자로 있는 연합당이 다음 선거에서 이길 가능성은 전무하다. 게다가 국민당은 플라틀란트(농촌 지역)에 있는 자신들의 지지자들을 흡수할 수 있도록 선거구를 재편해 승리를 굳히려 하고 있다.

"그들이 어떻게 좀 해야 하지 않을까요?" 그가 아버지에게 묻는다.

"누가?" 그의 아버지가 말한다. "누가 그들을 제지할 수 있겠니? 그들은 이제 권력을 쥐었으니 하고 싶은 대로 할 수 있단다."

이기는 정당이 법을 바꿀 수 있다면, 선거를 왜 하는지 그는 알 수 없다. 그것은 누가 공을 던지고 던지지 않을지를 타자가 결정하는 것과 같다.

그의 아버지는 뉴스시간이 되면 라디오를 켜는데, 단지 경기 결과를 알기 위해서다. 여름철에는 크리켓, 겨울철에는 럭비.

국민당이 정권을 잡기 전에는 영국의 뉴스 단신이 나오곤 했다. 처음에 영국 국가가 나오고, 이어서 여섯시를 알리는 그리니치 시보가 울리고 나면 아나운서가 "여기는 런던입니다, 뉴스를 말씀드리겠습니다"라는 말을 시작으로 전 세계의 뉴스를 읽었다. 이제 그런 건 모두 끝나버렸다. 지금은 아나운서가 "남아프리카방송국입니다"라는 말과 함께 말란 박사가 의회에서 했다는 긴 연설로 곧장 들어간다.

그가 우스터에서 가장 싫어하고 가장 벗어나고 싶어하는 것은 아프리카너 아이들에게서 느껴지는 분노와 적개심이다. 그는 꼭 조이는 반바지를 입은, 덩치가 크고 맨발인 아프리카너 아이들을 무서워하고 질색한다. 특히 나이 많은 애들이 그렇다. 그들은 기회만 있으면 펠트의 조용한 곳으로 사람을 끌고 가서, 언젠가 엿들은 말에 암시된 방식으로 폭력을 행사할 것이다. 예를 들면 보셀을 할 것이다. 그가 이해하기로, 그 말은 상대의 바지를 벗기고 불알에 구두약을 문지른 다음(하필이면 왜 불알일까? 왜 구두약일까?) 반쯤 발가벗은 상태로 흐느끼며 거리를 지나 집으로 돌아가게 만드는 것이다.

모든 아프리카너 아이들이 공유하고, 또 학교에 실습 나온 교생들이 퍼뜨린 듯한 이야기가 있다. 바로 입문식에서 어떤 일을 치르게 되는가 하는 것인데, 아프리카너 아이들은 매를 맞는 것에 대해 이야기할 때와 마찬가지로 흥분해서 그것에 대해 귓속말을 한다. 그는 그것을 엿듣고 혐오감을 느낀다. 예를 들어 갓난아기의 기저귀를 차고 돌아다닌다거나 오줌을 마신다는 이야기가 그렇다. 만약 선생이 되기 전에 그런 일을 거쳐야 한다면 그는 선생이 되고 싶지 않다.

정부가 아프리카너 성을 가진 학생들을 전부 아프리칸스어 반으로 옮기라는 지시를 내리려 한다는 소문이 들려온다. 그의 부모가 목소리를 낮추어 그것에 관해 이야기한다. 그들은 분명 걱정하고 있다. 그는 아프리칸스어 반으로 옮겨가는 생각만 해도 몹시 겁에 질린다. 그는 부모에게 그것을 따르지 않겠다고 말한다. 학교에 가지 않겠다고 한다. 그들은 그를 진정시키려 애쓴다. "아무 일도 없을 거야." 그들이 말한다. "그냥 떠도는 소문일 뿐이지. 실제로 그렇게 되려면 몇 년은 있어야 할 거다." 그래도 그는 안심이 되지 않는다.

그는 영어 반에서 가짜 영국 학생을 추려내는 일이 장학사들의 소관임을 알게 된다. 그는 장학사가 와서 손가락으로 출석부를 짚어내려가다 그의 이름을 부르고 책가방을 싸라고 하는 날을 기다리며 두려움 속에 지낸다. 그는 그날을 위해 만반의 계획을 짜놓고 있다. 그는 책가방을 싸서 아무 이의 없이 교실을 떠날 것이다. 그러나 아프리칸스어 반으로는 가지 않을 것이다. 대신 주의를 끌지 않도록 침착하게 자전거 보관소로 가서, 자전거를 꺼내 올라타고는 아무도 그를 붙잡지 못하게 쏜살같이 집으로 달려갈 것이다. 그리고 집안으로 들어가 현관문을 잠근 다음 어머니에게 다시는 학교에 가지 않을 것이며, 만약 그녀가 자신의 뜻을 저버리면 자살해버리겠다고 이야기할 것이다.

말란 박사의 이미지가 그의 마음에 새겨진다. 대머리인 말란 박사의 둥근 얼굴에는 이해심도 자비심도 없다. 그의 목구멍은 개구리처럼 팔딱거린다. 입술은 오므려져 있다.

그는 1948년에 공포된 말란 박사의 첫번째 법령을 잊지 않고 있다. 캡틴 마블과 슈퍼맨 만화를 모두 금지하고, 동물이 나오는 만화와 사람을 어린아이 상태로 머물게 할 목적으로 만들어진 만화만 세관을 통과할 수 있도록 한 법령이다.

그는 학교에서 불러야 하는 아프리칸스어 노래들을 생각해본다. 그 노래들이 너무나 싫어서 그것을 부를 때면 그는 악을 쓰고 소리를 지르고 방귀 소리라도 내고 싶다. 아이들이 들판에서 지저귀는 새와 명랑한 벌레 사이에서 뛰논다는 내용의 〈콤 온스 하 안 블로메 플러크(꽃을 꺾으러 가자)〉를 부를 때는 특히 그렇다.

토요일 아침, 그는 두 친구와 함께 드두어른스 로드를 따라 자전거를 타고 우스터 외곽으로 나간다. 삼십 분이 안 되어 인간이 사는 곳을 완전히 벗어난다. 그들은 길옆에 자전거를 세워두고 언덕 쪽으로 간다. 동굴을 발견한 그들은 불을 피우고 가져온 샌드위치를 먹는다. 그런데 갑자기 카키색 반바지를 입은 몸집이 아주 크고 공격적인 아프리카너 아이가 나타난다. "비 헤트 열러 투스테밍 헤히어?"—너희 누구한테 허락받았지?

그들은 어안이 벙벙하다. 동굴에 들어오는 데도 허락이 필요한가? 그들은 거짓말을 해보지만 소용이 없다. "열러 살 히르 무트 블레이 토트다트 메이 파 콤." 아이가 이렇게 선언한다. 너희, 우리 아버지가 오실 때까지 기다려야 해. 그는 라트와 스트로프, 즉 회초리와 가죽끈을 언급하며 본때를 보여주겠다고 한다.

그는 두려움으로 머리가 어지럽다. 이곳에서, 도움을 청할 사람 하나 없는 이 펠트에서 매를 맞게 생겼다. 그들이 아무리 애원해도 소용이 없다. 사실 그들이 잘못한 게 맞다. 특히 그가 잘못했다. 그들이 담을 넘어 들어왔을 때, 그곳이 농장이 아니고 단지 펠트일 뿐이라고 친구들을 안심시킨 건 그였다. 그가 주모자다. 처음부터 그의 생각이었고 누구에게도 책임을 돌릴 수 없다.

농부가 교활하게 생긴 누런 눈의 독일산 셰퍼드를 데리고 도착한다. 질문이 쏟아진다. 이번에는 영어로 된 질문이다. 답이 없는 질문들. 무슨 권리로 여기에 들어왔느냐? 왜 허락을 받지 않았느냐? 그들은 다시 한번 몰랐다고, 이곳이 그냥 펠트인 줄 알았다며 한심하고 어리석은 답변을 내놓는 수밖에 없다. 속으로 그는 다시는 똑같은 실수를 저지르지 않겠다고 맹세한다. 담을 넘고도 빠져나갈 수 있다는 멍청한 생각을 다시는 하지 않을 것이다. 머저리! 그는 속으로 생각한다. 머저리, 머저리, 머저리!

농부는 라트나 가죽끈이나 채찍을 갖고 있지 않다. 그가 말한다. "네놈들 운좋은 줄 알아." 그들은 무슨 말인지 알아듣지 못한 채 그 자리에 꼼짝 않고 있다. "가라."

그들은 멍청하게 언덕을 내려온다. 그들은 개가 으르렁거리고 침을 흘리며 쫓아오지 않도록, 뛰지 않으려고 조심하면서 자전거가 있는 길옆으로 간다. 그 경험을 만회하기 위해 그들이 할 수 있는 말은 아무것도 없다. 심지어 아프리카너들이 나쁘게 행동한 것도 아니었다. 진 것은 그들이다.

10

이른아침 유색인 아이들은 필통과 연습장을 들고 내셔널 로드를 따라 종종걸음으로 학교에 간다. 등에 책가방을 멘 아이들도 있다. 그러나 그들은 아주 어린 아이들이다. 그 아이들은 그의 나이, 즉 열 살이나 열한 살이 되면 밥벌이를 하기 위해 학교를 떠나 세상으로 나갈 것이다.

생일에 그는 파티 대신 친구들에게 한턱내라고 10실링을 받는다. 그는 가장 친한 친구 세 명을 글로브 카페에 초대한다. 그들은 상판이 대리석인 탁자에 앉아 바나나 스플릿이나 초콜릿 퍼지 선디를 주문한다. 이런 즐거움을 친구들에게 선사하고 있으니 왕자가 된 기분이다. 창문에 서서 그들을 들여다보는 남루한 옷차림의 유색인 아이들만 없다면 그 행사는 대성공일 것이다.

그는 그 아이들의 얼굴에서 어떤 증오도 찾아볼 수 없다. 그들은 돈이 한푼도 없는데 그와 그의 친구들은 그렇게 돈이 많으니, 그들이 증오심을 내비쳐도 그는 그걸 인정할 준비가 되어 있다. 하지만 그들은 서커스를 보는 아이들처럼 아무것도 놓치지 않고 넋을 놓은 채 보고만 있다.

만약 그가 다른 사람이었다면, 머리에 포마드를 바른 글로브의 포르투갈인 주인에게 가서 그들을 쫓아버리라고 요청할 것이다. 거지 아이들을 쫓아버리는 것은 아주 당연한 일이다. 얼굴을 찡그리고 손을 저으며 "푸투세크 호트노트! 루어프! 루어프!(이 염병할 유색인 새끼들! 꺼져! 꺼져!)" 하고 소리친 뒤 자신을 쳐다보는 친구나 낯선 사람을 향해 돌아서서 "헐레 수크 네트 이츠 옴테 스티얼. 헐레 이스 알말 스켈름스"—쟤들은 뭘 훔칠지 궁리만 한다니까—라고 설명하면 되는 것이다. 하지만 그가 일어서서 포르투갈인 주인에게 간다 해도 뭐라고 말할 것인가? "저애들이 제 생일을 망치고 있어요. 이건 옳지 않아요. 저애들을 보니 마음이 아파요." 이렇게 말할까? 무슨 일이 일어나든, 그 아이들이 쫓겨나든 그렇지 않든, 그의 마음은 이미 상처를 입었다.

그는 아프리카너들이 늘 화를 내는 것은 마음에 상처를 입었기 때문이라고 생각한다. 그에 반해 영국인들이 화를 내지 않는 것은 담장 뒤에 살며 마음을 잘 보호하기 때문이라고 생각한다.

이것은 그가 영국인과 아프리카너에 관해 갖고 있는 이론 중 하나일 뿐이다. 그런데 안타깝게도, 옥에 티가 있다면, 바로 트레벨리언이다.

트레벨리언은 그가 로즈뱅크 리스비어크 로드의 앞마당에 떡갈나무가 있는 집에서 행복하게 살 때, 그의 집에서 하숙을 했던 사람 중 하나였다. 트레벨리언은 베란다 쪽으로 프랑스식 창문이 나 있는 제일 좋은 방을 썼다. 그는 젊고 키가 크고 친절했다. 그는 아프리칸스어를 한마디도 할 줄 모르는 완전한 영국인이었다. 일하러 가기 전 아침에 트레벨리언은 부엌에서 아침식사를 했다. 그리고 저녁이면 돌아와서 그들과 함께 식사를 했다. 그는 어차피 출입금지 구역인 자기 방에 자물쇠를 채우고 다녔다. 하지만 그곳에는 미제 전기면도기를 제외하고 흥미로운 건 아무것도 없었다.

그의 아버지는 트레벨리언보다 나이가 많았지만 그와 친구처럼 지냈다. 토요일이 되면 그들은 라디오를, C K 프리들란더르 방송국의 뉴랜즈 럭비 경기 중계방송을 함께 들었다.

그런 다음 에디가 왔다. 에디는 스텔렌보스 근처 아이다스 밸리에서 온 일곱 살짜리 유색인 아이였다. 그는 그들을 위해 일하러 온 것이다. 그렇게 하기로 스텔렌보스에 사는 위니 이모와 에디 엄마 사이에 약속이 된 모양이었다. 에디는 설거지와 청소를 하는 대가로 로즈뱅크에서 그들과 함께 살며 식사를 제공받고, 그의 어머니는 매월 초 2파운드 10실링짜리 우편환을 우편으로 받았다.

에디는 두 달 동안 로즈뱅크에서 살며 일을 하다 달아났다. 그 애는 밤에 사라졌다. 아침이 되어서야 없어진 걸 알았다. 경찰이 오고 에디는 멀지 않은 곳에서 발견되었다. 리스비어크강을 따라 나 있는 풀숲에 숨어 있었다. 그애를 찾아내, 울며불며 발악하는 그애를 질질 끌고 와 뒤뜰에 있는 낡은 망루에 가둬버린 사람은 경찰이 아니라 트레벨리언이었다.

에디가 아이다스 밸리로 돌려보내질 것은 확실해 보였다. 더 이상 그 생활에 만족하는 척할 필요가 없어지자, 그애는 틈만 나면 도망을 쳤다. 도제살이가 제대로 먹히지 않았던 것이다.

그러나 스텔렌보스에 있는 위니 이모에게 전화하기에 앞서, 경찰을 부르게 만들고 토요일 아침을 망쳐버린 것에 대한 벌을 줘야 한다는 말이 나왔다. 처벌을 하겠다고 자청한 사람은 트레벨리언이었다.

그는 처벌이 진행되는 동안 망루 안을 한 번 들여다보았다. 트레벨리언이 에디의 두 손목을 잡고 가죽띠로 그애의 맨다리를 때리고 있었다. 그의 아버지는 한쪽에 서서 그 모습을 지켜보고 있었다. 에디는 울부짖으며 펄쩍펄쩍 뛰었다. 그애의 얼굴은 눈물과 콧물 범벅이었다. "아세블리프, 아세블리프, 메이 바스(제발요, 제발요, 나리)." 그는 울부짖었다. "에크 살 니 비어르 니!"—다시는 안 그럴게요! 그런 다음 그들 두 사람은 에디에게 나가라는 몸짓을 했다.

다음날, 스텔렌보스에 사는 그의 이모와 이모부가 아이다스밸리에 있는 에디의 어머니에게 그를 데려다주기 위해 검은색 DKW를 타고 왔다. 작별인사도 없었다.

영국인 트레벨리언은 그렇게 에디를 때린 사람이었다. 사실, 안색이 불그스름하고 이미 약간 통통한 트레벨리언은 가죽띠를 휘두르는 동안 얼굴이 더 불그스름해졌고, 때릴 때마다 콧김을 내뿜으며 아프리카너처럼 분노를 표출했다. 그렇다면 영국인이 착하다는 그의 이론에 트레벨리언은 어떻게 들어맞을 수 있을까?

아무에게도 이야기한 적 없지만, 아직 그는 에디에게 빚이 있다. 여덟번째 생일에 받은 돈으로 스미스 자전거를 샀지만 그는 자전거 타는 법을 몰랐다. 그가 갑자기 중심을 잡는 기술을 터득할 때까지 로즈뱅크의 운동장에서 그를 밀어주며 큰 소리로 방법을 알려준 사람이 바로 에디였다.

그는 페달을 힘차게 밟아 처음으로 모래 섞인 땅을 한 바퀴 빙 돌아 에디가 기다리는 곳까지 왔다. 에디는 펄쩍펄쩍 뛰며 좋아했다. "칸 에크 엔 칸스 크레이?" 에디가 소리쳤다—나도 한번 타볼까? 그는 자전거를 에디에게 넘겨줬다. 에디는 밀어줄 필요가 없었다. 에디는 쏜살같이 출발하더니 페달 위에 서서 낡은 감청색 블레이저 자락을 휘날리며 달렸다. 에디는 그보다 훨씬 잘 탔다.

그는 잔디 위에서 에디와 레슬링을 하던 일을 떠올린다. 에디는 생일이 그보다 칠 개월밖에 빠르지 않고 몸집이 더 크지도 않은데 힘과 기술이 좋아 번번이 승자가 되었다. 에디는 이기는 것도 조심스러워했다. 상대를 눕혀 꼼짝 못하게 했을 때 잠깐 승리의 미소를 지어 보일 뿐이었다. 그런 다음 몸을 일으켜 다음 판을 하기 위해 곧바로 구부정한 자세를 취했다.

레슬링을 하며 에디의 몸냄새, 그 아이의 길쭉한 총알 모양 두개골과 짧고 거친 머리에 닿았던 느낌이 아직도 그에게 남아 있다.

아버지의 말에 따르면, 그들의 머리는 백인의 것보다 단단하다고 한다. 그들이 복싱을 잘하는 이유가 그것 때문이란다. 똑같은 이유에서 그들은 결코 럭비를 잘하지 못할 것이라고 한다. 럭비를 할 때는 빨리 생각해야지 바보처럼 있어서는 안 되기 때문이란다.

둘이 레슬링을 할 때면 그의 입술이 에디의 머리에 밀착되는 순간이 있다. 그는 그 냄새, 그 맛을 들이마신다. 그 냄새, 연기의 맛.

주말마다 에디는 하인용 화장실의 발 씻는 대야에 서서 비누를 묻힌 천으로 몸을 씻었다. 그와 그의 동생은 작은 창문 아래에 쓰레기통을 끌어다놓고 올라가 안을 들여다봤다. 에디는 발가벗고 있었지만 가죽벨트만은 여전히 허리에 두르고 있었다. 두 아이가 창문으로 들여다보는 걸 알고 에디는 씩 웃으며 "헤(야)!" 하고 소리치고는, 몸을 가리지도 않고 대야에서 춤을 추며 물을 튀겼다.

나중에 그는 어머니에게 이렇게 이야기했다. "에디는 목욕할 때도 벨트를 풀지 않더라고요."

"하고 싶은 대로 하게 두렴."

그는 에디의 고향인 아이다스 밸리에 가본 적이 없다. 그는 그곳이 춥고 눅눅한 곳일 거라 생각한다. 에디 어머니의 집에는 전깃불도 없다. 지붕은 새고, 모든 사람들이 늘 기침을 한다. 밖에 나가면 웅덩이를 피해 돌에서 돌로 펄쩍펄쩍 뛰어다녀야 한다. 그런 치욕을 당하고 아이다스 밸리로 돌아간 에디에게 무슨 희망이 있을까?

"에디는 지금 뭘 하고 있을까요?" 그가 어머니에게 묻는다.

"틀림없이 소년원에 갔을 거다."

"왜 소년원에 있어요?"

"그런 애들은 소년원을 들락거리다 감옥에 가기 마련이란다."

그는 에디에 대한 어머니의 신랄함을 이해하지 못한다. 그는 유색인, 자신의 형제자매, 책, 교육, 정부를 거의 무작위로 헐뜯는 그녀의 신랄한 기분을 이해하지 못한다. 그녀의 마음이 날마다 달라지지 않는 한, 그는 그녀가 에디에 대해 어떻게 생각하는지 별로 신경쓰지 않는다. 그녀가 이렇게 가혹한 말을 할 때, 그는 발밑의 바닥이 꺼지고 몸이 아래로 떨어지는 듯한 느낌을 받는다.

그는, 낡은 블레이저를 입고 아이다스 밸리에 늘 내리는 비를 피하려 몸을 웅크리고서 나이가 더 많은 유색인 아이들과 함께 꽁초를 피우는 에디를 상상해본다. 그는 열 살이고, 아이다스 밸리에 있는 에디도 열 살이다. 그는 여전히 열 살인데 조금 있으면 에디는 열한 살이 될 것이다. 그런 다음 그도 열한 살이 될 것이다. 그는 언제나 에디와 나란한 곳까지 와서 잠시 같이 머물다 다시 뒤로 처질 것이다. 그것은 얼마나 오랫동안 계속될까? 그는 에디에게서 달아날 수 있을까? 만약 그들이 어느 날 거리에서 지나친다면, 에디는 술을 마시고 다가*를 피우고 감옥을 전전하고 마음이 모질어져 있어도 그를 알아보고 가던 길을 멈춘 다음 "요우 무르(꺼져)!"라고 말할까?

그는 이 순간에도 에디가 여전히 그 블레이저를 입고 아이다스 밸리의 빗물 새는 집에서 냄새나는 담요 밑에 몸을 웅크린 채

* 남아프리카공화국에서는 마리화나를 '다가'라고 부른다.

자신을 생각하고 있다는 걸 안다. 어둠 속으로 보이는 에디의 눈은 두 개의 누런 갈라진 틈이다. 그는 하나만은 확실히 안다. 에디가 그에게 아무런 동정심도 보여주지 않으리라는 것을.

11

그들은 친척 외에는 교류하는 사람이 거의 없다. 낯선 사람들이 집에 오면 그와 그의 동생은 들짐승처럼 허둥지둥 도망갔다가 몰래 돌아와 엿듣는다. 그들은 지붕 밑으로 올라가 위에서 거실을 내려다볼 수 있도록 천장에 구멍을 뚫어놓았다. 어머니는 그들이 바스락거리는 소리에 쩔쩔맨다. "애들이 노느라고요." 그녀가 애써 미소를 지으며 설명한다.

그는 공손한 말투는 질색이다. "잘 지내니?" "학교생활은 재미있니?" 이런 질문들은 너무 형식적이어서 그를 당혹스럽게 한다. 제대로 된 답이 무엇일지 몰라 그는 바보처럼 더듬거리고 중얼거린다. 그러나 그는 자신의 거친 성격이, 점잖은 체하는 대화 속의 시시한 말들에 질색하는 자신이 부끄럽지 않다.

"좀 정상적으로 굴 수 없겠니?" 어머니가 묻는다.

"나는 정상적인 사람들이 싫어요." 그는 열을 내며 대답한다.

"나는 정상적인 사람들이 싫어요." 그러자 동생이 그의 말을 따라 한다. 그의 동생은 일곱 살이다. 계속 어색하게 굳은 미소를 짓고 있는 동생은 때때로 학교에서 이유도 없이 토해서 집으로 데려와야 한다.

그들에게는 친구 대신 가족이 있다. 어머니 쪽 집안은 세상에서 그를 거의 있는 그대로 받아들여주는 유일한 사람들이다. 그들이 무례하고 비사교적이고 괴팍한 그를 받아주는 것은 그들이 그를 받아주지 않고는 그의 집에 올 수 없기 때문만은 아니고, 그들 역시 거칠고 무례하게 자랐기 때문이기도 하다. 반면에 아버지 쪽 집안은 그와 그의 어머니의 가정교육을 못마땅하게 생각한다. 그는 그들과 있는 게 거북하다. 그는 그들이 있는 자리를 벗어나자마자 그들의 상투적인 예절을 흉내내기 시작한다. ("엔 후 하안 디트 메트 요우 마미? 엔 메트 요우 브루르? 디스 후트, 디스 후트!" 어머니는 잘 지내시니? 동생은? 좋구나, 좋아!) 그렇다고 그들을 피할 도리는 없다. 그들의 방식을 따르지 않고는 농장을 방문할 길이 없기 때문이다. 그래서 그는 당혹스러워하며, 자신의 비겁함을 경멸하면서도 굴복하고 만다. "디트 하안 후트," 그가 말한다. "디트 하안 후트 메트 온스 알말." 모두 잘 지내요.

그는 아버지가 그보다 자기 집안 편을 든다는 걸 안다. 이것이 아버지가 어머니에게 보복하는 나름의 방식이다. 그는 아버지가 집안을 통솔하게 되면 어떻게 될지 생각해보고 끔찍해한다. 다른 사람들과 똑같아지는 둔하고 어리석은 삶일 것이다. 어머니는 그와 그가 참을 수 없는 존재 사이에 서 있는 유일한 사람이다. 그래서 그는 어머니의 느림과 아둔함에 짜증을 내면서도, 자신의 유일한 보호자인 그녀에게 매달린다. 그는 그녀의 아들이지 아버지의 아들이 아니다. 그는 아버지를 거부하고 싫어한다. 이 년 전, 어머니가 처음이자 마지막으로 아버지가 줄이 풀린 개처럼 그에게 달려들어("나도 한계에 달했다. 더이상은 못 참는다!") 분노에 차 눈을 푸르게 번득이며 그의 몸을 흔들어대고 손바닥으로 때리도록 내버려두었던 날을 그는 잊지 못할 것이다.

그는 농장에 가야 한다. 세상에서 농장보다 더 사랑하는 곳이, 혹은 그보다 더 사랑한다고 상상할 수 있는 곳이 없기 때문이다. 어머니를 향한 사랑 때문에 복잡해진 모든 것이 농장을 향한 사랑 때문에 간단해진다. 그러나 그가 기억하기로 이 사랑에는 날카로운 고통이 있다. 그는 농장을 방문할 수 있지만 결코 그곳에서 살 수는 없을 것이다. 농장은 그의 집이 아니다. 그는 손님, 그것도 불편한 손님 이상이 될 수 없을 것이다. 지금도 날이 갈수록 그와 농장은 다른 길을 가고, 분리되고, 가까워지기는커녕 점점 더 멀어지고 있다. 언젠가, 농장은 완전히 사라질 것이고 완전히 잊힐 것이다. 그는 벌써 그 상실감으로 비통해하고 있다.

농장은 그의 할아버지 것이었다. 그러나 할아버지가 돌아가시면서 아버지의 형인 손 숙부가 물려받았다. 손 숙부는 농장을 경영할 자질을 갖춘 유일한 사람이었다. 나머지 형제자매들은 온통 도시로 달아날 궁리만 했다. 그럼에도 불구하고 그들은 자기들이 성장한 그 농장이 아직도 자기들 것이라고 느낀다. 그래서 아버지는 일 년에 적어도 한 번씩, 때로는 두 번씩 그를 데리고 농장에 간다.

농장은 '새들의 샘'이라는 뜻의 푸엘폰테인이라 불린다. 그는 그곳의 돌멩이 하나하나, 수풀 하나하나, 풀잎 하나하나, 그리고 그곳에 그런 이름이 붙게 한 새들을 사랑한다. 땅거미가 지면 수천 마리의 새가 샘 주변의 나무에 앉아 서로를 부르고 속삭이고 깃털을 파닥이며 밤을 날 준비를 한다. 그가 사랑하는 것처럼 농장을 사랑할 수 있는 사람은 없을 것이다. 그러나 그는 자신의 사랑에 대해 이야기할 수 없다. 정상적인 사람들이 그런 것들에 관해 이야기하지 않을 뿐만 아니라, 그런 고백을 하는 것이 곧 어머니를 배반하는 것이기 때문이다. 그것이 배반인 것은, 그녀도 멀리 떨어진 곳에 있는 농장 출신이고 그녀가 사랑과 그리움을 토로하는 그곳이 낯선 사람들에게 팔려 더이상 갈 수 없는 곳이 되어버렸기 때문만이 아니다. 그녀가 진짜 농장인 이곳 푸엘폰테인에서 진정으로 환영받지 못하기 때문이기도 하다.

왜 그런지 그녀는 설명하지 않는다—그는 결국 그것에 고마워한다—그러나 그는 서서히 이야기의 조각을 이어 맞출 수 있게 된다. 그의 어머니는 전쟁중 오랫동안, 하사였던 아버지 월급 6파운드와 총독 재난기금에서 나오는 2파운드로 방 한 칸을 빌려 두 아이와 함께 프린스 앨버트시에서 살았다. 농장은 자동차로 겨우 두 시간 거리에 있었지만, 그들은 이 기간 동안 단 한 번도 농장에 초대받지 못했다. 그가 이 이야기를 아는 것은, 심지어 그의 아버지조차도 전쟁에서 돌아왔을 때 그동안 자신의 가족이 어떤 취급을 받았는지 알고는 화를 내며 수치스러워했기 때문이다.

프린스 앨버트를 생각하면 그의 머릿속에는 기나긴 더운 여름밤에 모기들이 윙윙거리던 소리, 피부에는 땀이 솟아 있고 다리에는 푸르뎅뎅한 정맥이 드러난 어머니가 늘 보채기만 하는 그의 갓난 동생을 달래려고 페티코트를 입은 채로 앞뒤로 거닐던 모습, 그리고 햇빛을 가리기 위해 닫아둔 셔터 뒤에서 보낸 끔찍하게 무료한 나날들밖에 떠오르지 않는다. 너무 가난해서 이사를 할 수도 없었던 그들은 옴짝달싹 못하고 갇힌 채, 오지 않는 초대장을 기다리며 그렇게 살았다.

농장 이야기만 나오면 어머니는 아직도 입을 굳게 다문다. 그럼에도 불구하고 그들이 크리스마스에 농장에 갈 때면 그녀도 같이 간다. 가족 전체가 모인다. 침대와 매트리스와 간이침대가 모든 방은 물론이고 기다란 베란다에도 깔린다. 어느 크리스마스에 그가 세어보니 침대가 스물여섯 개나 된다. 베란다에 앉은 남자들이 희미하게 빛을 발하는 카루를 한가롭게 바라보며 옛날 이야기를 하는 동안, 그의 숙모와 두 하녀는 하루종일 수증기가 자욱한 부엌에서 요리를 하고 빵을 굽고 식사를 준비하고 케이크를 곁들인 차나 커피를 준비하느라 바쁘다.

그는 그들이 모였을 때 그들의 공통어인 아프리칸스어와 영어가 아무렇게나 섞이는 행복한 분위기를 탐욕스럽게 들이마신다. 그는 불변화사不變化詞들이 문장 여기저기로 미끄러져들어가는 우습고 춤을 추는 듯한 언어를 좋아한다. 그것은 학교에서 배우는 아프리칸스어보다 가볍고 경쾌하다. 학교에서 배우는 아프리칸스어는 그것이 폭스몬드, 즉 민중의 입에서 나오는 말이어야 함에도, 오직 그레이트 트렉 시기에서만 유래한 것처럼 수레와 가축과 마구에 관한 무겁고 무의미한 관용구에 짓눌려 있다.

그는 할아버지가 아직 살아 계실 때 농장에 처음 왔는데, 그곳에는 여전히 말, 새끼를 거느린 암소, 돼지, 오리, 새벽이 왔음을 알리는 수탉과 그 수탉 한 마리가 거느리는 한 무리의 암탉, 암

염소, 수염이 난 숫염소처럼 이야기책에 나오는 모든 농장 동물들이 있었다. 그런데 할아버지가 돌아가신 후 동물이 줄어들기 시작하더니 결국 양 말고는 아무것도 남지 않게 되었다. 처음에는 말이 팔렸고 그다음에는 돼지가 고기가 되었다(그는 숙부가 마지막 남은 돼지를 사살하는 걸 보았는데, 총알이 귀 뒤를 관통하자 돼지는 꿀꿀거리는 소리를 내며 방귀를 크게 한 번 뀌더니 무릎이 꺾이며 옆으로 픽 쓰러졌다). 그다음에는 암소가 사라졌고 뒤이어 오리가 사라졌다.

그 이유는 양모 값이었다. 일본인들은 양모 450그램에 1파운드를 지불하고 있었다. 말을 기르는 것보다는 트랙터를 사는 게 더 쉬웠다. 암소의 젖을 짜고 우유를 휘저어 버터를 만드는 것보다 신형 스튜드베이커를 몰고 프레이저버그 로드까지 가서 냉동버터와 분유를 사오는 게 더 쉬웠다. 양만이, 황금빛 양모를 가진 양만이 중요했다.

농사의 부담에서도 벗어날 수 있었다. 농장에서 아직도 재배하는 유일한 곡식은 자주개자리다. 목초지가 다 뜯기고 없을 경우 양들에게 먹이기 위해서다. 과수원에는 오렌지나무뿐이다. 해마다 맛좋은 네이블오렌지가 열린다.

식사 후 낮잠으로 기운을 회복한 뒤, 숙모들과 숙부들은 베란다에 모여 차를 마시며 이야기를 나눈다. 때때로 그들의 이야기는 농장에서 지냈던 과거로 돌아간다. 그들은 그들의 아버지, 마차를 소유하고 댐 아래쪽 땅에 옥수수를 심어 직접 탈곡하고 빻았던 '젠틀맨 농부'에 관한 추억에 잠긴다. "그래, 그 시절엔 그랬지." 그들은 이렇게 말하고 한숨을 쉰다.

그들은 과거에 대한 향수를 가지고 있지만 그들 중 누구도 과거로 돌아가기를 원하지는 않는다. 그러나 그는 원한다. 그는 모든 것이 과거와 같았으면 싶다.

베란다 구석의 부겐빌레아 꽃그늘 아래에 캔버스 천으로 된 물통이 놓여 있다. 날이 더워질수록 물은 더 차가워진다. 기적이다. 저장실의 어두운 곳에 걸린 고기가 썩지 않고, 지붕 위의 호박이 타는 듯한 햇볕을 받아도 신선한 상태로 있는 것과 같은 기적이다. 농장에는 부패하는 게 없는 것처럼 보인다.

물통에 든 물은 놀랍도록 차갑다. 그러나 그는 한 번에 한입만큼만 따른다. 그는 자신이 물을 적게 마신다는 사실을 자랑스럽게 생각한다. 만약 펠트에서 길을 잃게 되면 그 습관이 그를 잘 버티게 해줄 거라 기대한다. 그는 사막, 이 사막에 사는 도마뱀 같은 피조물이 되고 싶다.

농가 바로 위쪽에는 돌벽으로 둘러싸인 13제곱미터 넓이의 둑이 있는데, 풍력 펌프로 물이 채워진다. 집과 정원에서 쓰는 물이 거기에서 나온다. 어느 무더운 날 그와 그의 동생은 아연 철판으로 된 욕조를 둑에 띄우고, 비틀비틀 거기에 올라타 노를 저으며 왔다갔다한다.

그는 물이 두렵다. 그는 이 모험이 두려움을 극복하는 한 방법이라고 생각한다. 그들이 탄 욕조가 둑 한가운데에서 깐딱거린다. 어룽거리는 물에서 빛줄기들이 반사된다. 매미 울음소리 말고는 아무 소리도 들리지 않는다. 그와 죽음 사이에는 얇은 철판 하나가 있을 뿐이다. 그럼에도 불구하고 그는 꽤 안정감을 느낀다. 거의 졸음이 올 정도의 안정감이다. 이곳은 농장이다. 여기서는 나쁜 일이 일어날 수 없다.

그는 전에 딱 한 번 배를 타봤다. 네 살 때였다. 한 남자가(누구였더라? 그 사람의 얼굴을 떠올리려고 해보지만 생각이 나지 않는다) 노를 저어 그들을 플레텐버그 베이의 석호潟湖까지 데리고 갔다. 유람여행이었지만, 사람들이 노를 젓는 내내 그는 먼 해변에 눈을 고정한 채 얼어붙어 있었다. 단 한 번 흘깃 옆을 바라보았을 뿐이었다. 해초가 물속 깊은 곳에서 흐느적거리고 있었다. 그는 두려웠다. 아니, 그 이상이었다. 머리가 빙빙 돌았다. 노를 저을 때마다 금세 갈라져버릴 것처럼 삐걱거리는 그 허약한 판자들만이 그가 죽음으로 곤두박질치는 것을 막아주고 있었다. 그는 더 단단히 붙잡고 눈을 감으며 마음속 무서움을 억누르려 했다.

푸엘폰테인에는 두 유색인 가족이 사는데, 두 가족 모두 자기 집이 있다. 둑 근처에도 지금은 지붕이 없어져버린 집이 한 채 있는데, 오우타 야프가 살았던 곳이다. 오우타 야프는 그의 할아버지보다 먼저 농장에 살았다. 그가 기억하는 오우타 야프는 햇볕 아래 놓인 의자에 앉아 있던, 앞이 안 보이는 희멀건 눈과 이가 다 빠진 잇몸과 옹이가 진 손의 나이가 아주 많은 노인이다. 그는 그 노인이 죽기 전에 그의 앞에 갔었는데, 잘은 모르겠지만 그 노인한테서 축복의 말을 듣기 위해서였을 것이다. 오우타 야프는 이제 죽고 없지만 사람들은 그에 관해 이야기할 때면 숙연해진다. 그러나 오우타 야프가 어떤 면에서 특별했느냐고 물으면 돌아오는 대답은 아주 평범하다. 오우타 야프는 자칼이 못 들어오게 막아주는 울타리가 설치되기 전에 살았던 사람인데, 그 시절 양치기는 양에게 풀을 먹이려고 멀리까지 양을 데리고 나가 몇 주 동안 양을 지키며 살아야 했다고 한다. 오우타 야프는 사라지고 없는 세대에 속한 사람이다. 그게 전부다.

그럼에도 불구하고 그는 이러한 말들의 이면에 무언가 있음을 직감적으로 느낀다. 오우타 야프는 농장의 일부였다. 그의 할아버지가 농장을 구입한 사람이자 법적 소유주였다 해도, 농장과 함께 딸려온 오우타 야프는 새 주인이 알게 될 것 이상으로 농장, 양, 펠트, 기후에 대해 많이 알았다. 그것이 오우타 야프가 화제에 오를 때 숙연해지는 이유다. 그것이 이제 중년이 된, 오우타야프의 아들 로스가 특별히 일을 잘하지도 않고 신뢰할 만하지도 않으며 일을 망치는 경우가 허다한데도 잘리지 않는 이유다.

로스는 농장에서 살다 죽을 것이고, 그의 아들 중 하나가 그의 일을 이어받을 것이다. 다른 일꾼인 프리어크는 로스보다 더 젊고 활기차고 이해력도 빠르고 믿음직하다. 그럼에도 불구하고 그는 농장 소속이 아니다. 그가 반드시 농장에 머무르리라는 법도 없다.

유색인들이 자신들이 받는 모든 것을 구걸하는 것처럼 (아세블리프 메이 누이! 아세블리프 메이 바시![부탁합니다, 마님! 부탁합니다, 도련님!]) 보이는 곳, 우스터에서 농장으로 오면서, 그는 숙부와 포크(일꾼) 사이의 관계가 정확하고 형식적이라는 사실에 안도한다. 매일 아침 숙부는 두 일꾼과 함께 그날 해야 할 일에 대해 이야기한다. 그는 지시를 내리지 않는다. 대신 탁자 위로 카드 패를 돌리듯, 해야 할 필요가 있는 일들을 하나씩 차례로 이야기한다. 일꾼들 역시 자신들의 패를 돌리는 것 같다. 아무 일도 일어나지 않는 시간 동안 길고 사색적인 침묵이 이어진다. 그리고 갑자기, 신비롭게도, 누가 어디로 가고 누가 무엇을 할지 모든 일이 결정된 것처럼 보인다. "노우야, 단 살 온스 마아르 루어프, 바스 소니."—우리는 가보겠습니다! 로스와 프리어크는 이렇게 말하며 모자를 쓰고 민첩하게 자리를 뜬다.

부엌에서도 마찬가지다. 부엌에는 여자 두 명이 일한다. 로스의 아내인 트레인과 로스가 다른 결혼에서 얻은 딸 린키가 그들이다. 그들은 아침식사 시간에 도착해 점심식사, 여기서는 디너라고 부르는 하루 중 가장 중요한 식사가 끝난 후에 떠난다. 린키는 낯선 사람들 앞에서 너무 부끄럼을 타서, 누가 말을 걸면 얼굴을 가리고 킥킥 웃는다. 그러나 부엌문에 서 있으면 그의 숙모와 두 여자가 도란도란 이야기 나누는 소리를 들을 수 있다. 그는 낮게 이어지는 그들의 대화를 엿듣기를 좋아한다. 여자들의 부드럽고 편안한 수다, 귀에서 귀로 이어지는 이야기, 농장뿐 아니라 프레이저버그 로드에 있는 마을과 그 지역을 벗어난 곳에서 일어나는 일들에 관한 이야기, 그리고 그 지역에 있는 다른 농장들에 관한 이야기. 과거와 현재에 얽힌 이야기들이 잣는 부드러운 새하얀 그물, 판렌스버그의 부엌, 앨버츠의 부엌, 니그리니의 부엌, 보테스의 부엌에서 동시에 잣는 이야기의 그물이다. 즉 누가 누구와 결혼을 할 것이고, 누구의 시어머니가 어떤 병으로 수술을 받을 것이고, 누구의 아들이 학교에서 공부를 잘하고, 누구의 딸이 말썽을 일으키고, 누가 누구를 방문하고, 누가 언제 무엇을 입는지 등에 관한 이야기 그물.

그러나 그가 더 알고 싶은 사람은 로스와 프리어크다. 그는 그들의 삶을 알고 싶다는 호기심에 불탄다. 그들도 백인처럼 내의와 팬티를 입을까? 그들에게 각자의 침대가 있을까? 그들은 발가벗고 잘까, 아니면 작업복을 입고 잘까? 그들에게도 파자마가 있을까? 식탁에 앉아 나이프와 포크를 사용해 제대로 된 식사를 할까?

그는 이러한 질문에 대한 답을 알 길이 없다. 그들의 집에 못 가게 하기 때문이다. 그렇게 하는 것은 무례한 행동이라고 한다. 로스와 프리어크가 당황해할 것이기 때문이라고 한다.

그는 이렇게 묻고 싶다. 로스의 아내와 딸이 이 집에 와서 요리를 하고 빨래를 하고 침대를 정돈하는 것이 당황스러운 일이 아니라면, 그들의 집에 가보는 것이 당황스러울 게 뭐가 있죠?

그럴듯한 말이지만, 그는 거기에 결함이 있다는 걸 안다. 사실은 트레인과 린키가 이 집에 와서 집안일을 하는 것이 당황스러운 것이다. 그는 통로에서 린키를 지나칠 때 그녀가 자신이 보이지 않는 척하고 그도 그녀가 거기에 없는 척하는 것이 싫다. 그는 트레인이 빨래통에 무릎을 꿇고 앉아 그의 옷을 빠는 모습을 보는 게 싫다. 그는 그녀가 마치 그가 거기에 없는 것처럼 '디 클레인바스', 즉 도련님이라는 삼인칭으로 그에게 말을 걸면 어떻게 대답해야 할지 모른다. 그건 정말 당황스럽다.

로스와 프리어크의 관계는 더 쉽다. 그러나 그는 그들하고 있을 때도, 그들이 그를 클레인바스라고 부르면 그들을 예이(당신)라고 칭하는 것을 피하려고 고통스럽게 말을 만들어야 한다. 그는 프리어크가 어른인지 아이인지 확신할 수 없다. 그래서 그가 프리어크를 어른으로 대하면 자신을 우습게 만드는 건 아닌지 확신할 수 없다. 그는 일반적으로 유색인이, 특히 카루에 사는 유색인이 언제 어린아이를 벗어나 성인 남녀가 되는지 알지 못한다. 그것은 너무 빠르고 너무 갑작스러운 일처럼 보인다. 하루는 장난감을 갖고 놀다가도, 다음날 남자들과 함께 나가 일을 하거나 누군가의 부엌에서 설거지를 한다.

프리어크는 부드러운 어조로 말하는 점잖은 사람이다. 그에게는 두툼한 타이어가 달린 자전거와 기타가 있다. 저녁이 되면 그는 집밖에 앉아 다소 몽롱한 미소를 지으며 혼자 기타를 친다. 토요일 아침이면, 자전거를 타고 프레이저버그 로드 지역으로 가서 일요일 저녁까지 머물다 어두워진 지 한참 후에야 돌아온다. 몇 킬로미터 떨어진 곳에서도 그의 자전거 램프에서 반짝이는 작은 빛이 보인다. 자전거를 타고 그렇게 먼 곳을 다녀오다니 영웅처럼 대단해 보인다. 허용되는 일이라면, 그는 프리어크를 영웅으로 떠받들고 싶다.

프리어크는 고용된 일꾼이다. 그는 급료를 받고, 통보를 받고 해고될 수 있다. 그럼에도 불구하고 프리어크가 입에 파이프를 물고 펠트를 응시하며 쪼그리고 앉아 있는 모습을 보면 쿳시 집안보다는 프리어크가 이곳에, 푸엘폰테인이나 카루에 더 확실하게 속해 있는 사람처럼 보인다. 카루는 프리어크의 나라이자 고향이다. 농가의 베란다에서 차를 마시고 잡담을 하는 쿳시 집안 사람들은 제비처럼 오늘은 여기에 있다가 내일은 가버리거나, 참새처럼 짹짹거리고 발이 가볍고 명이 짧은 존재일지 모른다.

농장에서 제일 좋은 것은, 아니 모든 걸 통틀어 가장 좋은 것은 사냥이다. 숙부에게는 총이 딱 한 자루 있는데, 무거운 리-엔필드 303구경 총이다. 어떤 동물에게든 너무 큰 총알을 발사해 버린다(언젠가 그의 아버지가 그것으로 산토끼를 잡았는데 피 묻은 토막밖에 남은 게 없었다). 그래서 그는 농장에 갈 때 이웃에게 낡은 22구경 총을 빌려서 가지고 간다. 단일 탄창을 약실에 바로 밀어넣을 수 있는 총이다. 때때로 불발하면 사냥이 끝날 때까지 몇 시간이고 귀에서 윙윙거리는 소리가 난다. 그는 둑에 있는 개구리와 과수원에 있는 머이스포엘(쥐새)을 제외하고는 이 총으로 아무것도 맞히지 못한다. 그러나 그는 아버지와 함께 총을 들고 부스만강의 마른 바닥 위에 있는 스티언복(작은 영양), 더이커르(영양), 산토끼 등을 찾아다니거나 언덕 비탈에 있는 코르한(멧닭)을 찾아다니는 이른 아침시간보다 더 열정적으로 살았던 적이 없다.

매년 12월이면 그와 그의 아버지는 사냥을 하기 위해 농장에 간다. 그들은 기차를 탄다—최고급인 블루 열차는 말할 것도 없고, 카루 횡단 급행열차와 오렌지 급행열차는 타지 않는다, 전부 너무 비싼데다 프레이저버그 로드에는 서지도 않는다—모든 기차역에, 심지어 잘 알려지지 않은 역까지 다 서고 때때로 급행열차가 지나갈 때는 측선으로 들어가 대기하고 있어야 하는 일반열차를 탄다. 그는 이런 느린 기차를 좋아한다. 승무원이 가져다주는 빳빳하고 하얀 시트와 감청색 담요를 덮고 아늑하게 잠을 자는 것을 좋아한다. 밤중에 기차가 이름 모를 어느 조용한 기차역에 정차해 있을 때 엔진에서 나는 싯싯 소리와 안전요원이 망치로 기차 바퀴를 두드릴 때 나는 소리를 듣는 것도 좋다. 새벽녘에 프레이저버그 로드에 도착하면, 기름때 묻은 낡은 펠트 모자를 쓰고 그들을 기다리던 손 숙부가 함박웃음을 지으며 말한다. "이스라이크, 마아르 예이 보르드 다렘 흐루어트, 존!"—너 많이 컸구나! 그러고 나서 그가 휘파람을 불면, 그들은 스튜드베이커에 짐을 옮겨 싣고 먼길을 갈 것이다.

그는 푸엘폰테인에서 행해지는 가지각색의 사냥을 아무 이의 없이 받아들인다. 그는 토끼 한 마리를 놀래키거나 코르한 두 마리가 멀리서 우는 소리를 듣는 것만으로도 충분히 좋은 사냥이라는 사실을 받아들인다. 그 정도면 해가 높이 떠 돌아갈 때쯤 베란다에 앉아 커피를 마시고 있는 다른 가족들에게 해줄 이야깃거리로 충분한 것이다. 대부분의 아침에 그들은 이야기할 것이 아무것도, 전혀 아무것도 없다.

그들이 잡으려는 동물이 그늘에서 자고 있을 한낮에 사냥을 나가는 건 의미가 없다. 그러나 때때로 그들은 늦은 오후에 스튜드베이커를 타고 농장 길을 돌아다닌다. 손 숙부가 운전을 하고 그의 아버지는 303구경 총을 들고 옆좌석에 앉고, 그와 로스는 뒤에 있는 간이좌석에 앉는다.

보통의 경우 차에서 뛰어내려 구역과 구역 사이를 넘어갈 때마다 문을 열고 차가 지나가기를 기다렸다가 다시 문을 닫는 일은 로스의 몫이다. 그러나 사냥을 할 때 문을 열어주는 일은 그의 특권이다. 로스는 그 모습을 지켜보며 고개를 끄덕인다.

그들은 이야기 속에 나오는 파우(능에)를 찾고 있다. 하지만 파우는 일 년에 한두 번만 나타나기 때문에 그들은 코르한을 잡기로 한다. 파우는 거의 멸종된 상태라, 잡다가 들키면 벌금 50파운드를 물어야 한다. 사냥할 때 로스를 데리고 가는 건 그가 부시먼족이거나 부시먼족에 가까워 불가사의할 정도로 시력이 좋기 때문이다.

실제로 한데 모여 숲속에서 종종걸음을 치는, 어린 암탉 크기의 회갈색 코르한 두세 마리를 제일 먼저 발견하고 차 지붕을 찰싹 치는 사람은 로스다. 스튜드베이커가 멈춰 선다. 그의 아버지가 303구경 총을 창에 걸치고 조준한다. 쾅 하고 총알이 발사되는 소리가 펠트에 울린다. 새들은 놀라서 날아오르는 경우도 있지만, 특유의 요란한 소리를 내며 종종걸음으로 달아나는 경우가 더 많다. 그의 아버지는 코르한을 맞히지도 못하고 (아프리칸스어-영어 사전에서 bush-bustard라고 부르는) 그 새를 가까이서 보지도 못한다.

전쟁중에 그의 아버지는 사수였다. 독일군과 이탈리아군 전투기를 격추하는 보포르 대공포 사수였다. 그는 아버지가 적의 비행기를 한 대라도 떨어뜨린 적이 있는지 궁금하다. 아버지는 그런 자랑을 한 적이 한 번도 없다. 그는 어떻게 사수가 되었을까? 그런 재능도 없는데. 그저 아무 군인에게나 무작위로 할당되었던 일이었을까?

그들이 하는 사냥 중 유일하게 성공하는 것은 밤에 하는 사냥인데, 그는 그것이 자랑할 만한 게 하나도 없는 수치스러운 일임을 곧 알게 된다. 방법은 간단하다. 저녁을 먹고 어두워지면 그들은 스튜드베이커에 탄다. 손 숙부는 헤드라이트를 켜지 않은 채 자주개자리가 있는 들판으로 차를 몬다. 그리고 어느 지점에 이르면 차를 멈추고 헤드라이트를 켠다. 30미터도 안 떨어진 곳에 스티언복이 귀를 쫑긋 세우고 불빛에 눈이 부셔 얼어붙은 채

서 있다. 숙부가 낮게 말한다. "스키트(쏴)!" 그의 아버지가 총을 쏘고, 영양은 쓰러진다.

그들은 양이 먹어야 할 자주개자리를 먹어치우는 골칫거리이기 때문에, 이런 식으로 영양을 잡는 건 괜찮다고 말한다. 그러나 죽은 영양이 푸들보다 크지 않은 아주 작은 동물인 걸 보고, 그는 그 말에 설득력이 없다는 것을 알게 된다. 그들은 낮에 사냥할 실력이 없어서 밤에 사냥을 한다.

그런데 식초에 담갔다가 구워 먹는 영양고기는(그는 그의 숙모가 거무스름한 고기에 칼집을 내고 정향과 마늘을 채워넣는 것을 지켜본다), 톡 쏘고 부드러워서, 새끼양고기보다 훨씬 더 맛있다. 너무 부드러워 입에서 살살 녹을 정도다. 이 불모의 땅에서 구할 수 있는 양식은 무엇이든 살아남았다는 그 자체로 축복을 받기라도 한 듯 복숭아, 수박, 호박, 양고기 등 카루에 있는 모든 것이 맛있다.

그들은 결코 훌륭한 사냥꾼이 되지 못할 것이다. 그래도 그는 손에 느껴지는 총의 무게, 회색 강모래를 밟을 때 나는 발소리, 그들이 멈출 때 구름처럼 무겁게 내려앉는 침묵, 언제나 그들을 감싸고 있는 황토색, 회색, 황갈색, 황록색 풍경을 사랑한다.

농장에 머무는 마지막날, 그는 관례를 따라 울타리에 세워둔 깡통을 향해 22구경 총의 탄창에 든 실탄을 발사할 수 있게 된다. 어려운 상황이다. 빌려온 총이 좋지도 않을뿐더러 그는 사격에 능숙하지도 않다. 베란다에서 가족들이 지켜보는 가운데 그는 급히 총을 쏜다. 맞는 것보다 빗나가는 게 더 많다.

어느 날 아침, 그가 혼자서 마른 강바닥에 나가 머이스포엘을 잡으려고 하는데 22구경 총이 작동되지 않는다. 개머리판에서 탄창을 도통 분리할 수가 없다. 그는 총을 갖고 집으로 돌아온다. 그런데 손 숙부와 그의 아버지는 초원에 나가고 없다. "로스나 프리어크한테 물어보렴." 그는 어머니의 말을 듣고 마구간에 있는 프리어크에게 간다. 그러나 프리어크는 총을 만지고 싶어 하지 않는다. 로스를 찾아가보지만 그도 마찬가지다. 그들은 그 이유를 설명하지 않으려 하지만 아마도 총을 무서워하는 것 같다. 그래서 그는 숙부가 돌아와 주머니칼로 탄창을 틀어서 꺼내줄 때까지 기다려야 한다. "로스와 프리어크한테 도와달라고 했는데 도와주지 않았어요." 그는 불평한다. 그의 숙부가 고개를 저으며 말한다. "그들에게 총을 만지라고 하면 안 된단다. 그들은 그러면 안 된다는 걸 알고 있어."

안 되다니! 왜 안 된다는 걸까? 아무도 그에게 말해주지 않으려 한다. 그는 안 된다mustn't는 말을 곰곰이 생각해본다. 그는 그 말을 다른 곳에서보다 농장에서 더 자주 듣는다. 우스터에서보다 훨씬 더 자주 듣는다. 중앙에 숨어 있는 묵음 t 때문에 철자를 잘못 쓰기 쉬운 이상한 단어. "너는 이것에 손을 대서는 안 된다." "너는 저것을 먹어서는 안 된다." 만약 그가 학교에 가는 걸 그만두고 농장에서 살고 싶다고 한다면, 바로 그것이 그가 지불해야 하는 값일까? 그는 질문하는 걸 그만두고 안 된다는 그 모든 말들에 복종하며 그저 하라는 대로 해야 하는 걸까? 그는 성실히 값을 지불할 준비가 되어 있을까? 가족의 일원이 될 필요 없이 그가 살고 싶은 대로 카루—이 세상에서 그가 살고 싶은 유일한 장소—에서 살 수 있는 방법은 없는 것일까?

농장은 엄청나게 크다. 너무 커서 한번은 아버지와 함께 사냥을 하다 강바닥을 가로질러 울타리가 있는 곳까지 갔다가, 그들이 푸엘폰테인과 다른 농장의 경계에 도달했다는 아버지의 말에 깜짝 놀란다. 그의 상상 속에서 푸엘폰테인은 그 자체로 하나의 왕국이다. 그곳에 평생 살아도 푸엘폰테인의 모든 것을, 그곳에 있는 돌 하나하나와 관목 하나하나까지 다 알기에는 시간이 부족할 것이다. 그렇게 강렬하게 한 곳을 사랑할 때는 어떤 시간도 충분할 수 없다.

그는 하늘에서 쏟아지는 눈부신 빛을 받으며 펼쳐져 있는 여름밤의 푸엘폰테인을 가장 잘 안다. 그러나 푸엘폰테인에는 그것만의 신비로움이 있다. 밤과 그늘의 신비로움 말고도, 아지랑이가 지평선 위에서 춤을 추고 공기가 그의 귀에 대고 노래하는 듯한 더운 여름날의 신비로움도 있다. 모두들 더위에 어리벙벙해져 꾸벅꾸벅 졸고 있을 때, 그는 발소리를 죽이고 집밖으로 나가 언덕을 올라 돌담으로 둘러싸인 미로 같은 크랄로 간다. 그곳은 옛날에 양의 수를 세거나 털을 깎거나 소독물로 씻기기 위해 양 수천 마리를 펠트에서 끌고 와 들여놓았던 곳이다. 크랄의 돌담은 두께가 60센티미터나 되고 높이는 그의 키보다 높다. 담은 판판한 청회색 돌로 이루어져 있는데, 돌 하나하나는 당나귀가 끄는 수레로 이곳까지 운반된 것들이다. 지금은 죽고 없지만, 그는 돌담 그늘 밑에서 햇볕을 피하고 있었을 양떼의 모습을 상상해보려 한다. 본채와 헛간, 크랄이 지어질 당시의 푸엘폰테인을 상상해보려 한다. 몇 년에 걸쳐서 개미처럼 꾸준히, 그리고 끈기 있게 진행되는 작업이었을 것이다. 양을 잡아먹고 살던 자칼은 이제 멸종되거나 사살되거나 독살되었고, 쓸모없어진 크랄은 폐허가 되었다.

크랄의 돌담은 언덕 중턱 몇 킬로미터에 걸쳐 꾸불꾸불 만들어져 있다. 여기서는 아무것도 자라지 않는다. 짓밟혀서 판판해진 땅은 영원한 불모의 상태가 되어버렸다. 어떻게 그렇게 되었는지 몰라도, 땅은 오염되고 병들고 누리끼리한 모습이다. 일단 담장 안으로 들어가자 그는 하늘을 제외한 모든 것으로부터 차단된다. 그는 이곳에 오지 말라는 주의를 받아왔다. 뱀이 나올 위험이 있기도 하고, 도와달라고 소리쳐도 아무도 그 소리를 듣지 못할 것이기 때문이기도 하다. 그는 뱀이 이처럼 더운 오후에 활개를 친다는 경고를 들은 적이 있다. 독사, 코브라, 스카프스티어커르(양을 죽이는 뱀) 등이 차가운 피를 따뜻하게 하기 위해 햇볕을 쬐러 소굴에서 나온다는 것이다.

그는 아직 크랄에서 뱀을 보지 못했다. 하지만 발을 내디딜 때마다 조심한다.

프리어크가 여자들이 빨래를 널어놓는 부엌 뒤에서 스카프스티어커르를 발견한다. 그는 막대기로 그것을 때려죽인 뒤 길고 노란 사체를 덤불에 걸쳐둔다. 여자들은 몇 주 동안 그곳에 가지 않을 것이다. 트레인의 말에 따르면, 뱀은 자기 짝과 일생을 함께한다. 그래서 수컷을 죽이면 암컷이 복수하러 찾아온다.

방학이 일주일밖에 안 되어 탈이지만 봄, 그러니까 9월은 카루에 가기에 가장 좋은 때다. 어느 해 9월, 그들이 농장에 갔는데 양털 깎는 사람들이 찾아온다. 그들은 침낭과 그릇과 냄비를 실은 자전거를 타고 어디서 왔는지도 모르게 불쑥 나타난 야생의 남자들이다.

그는 양털 깎는 사람들이 특별한 사람들이라는 것을 알게 된다. 그들이 농장에 찾아오는 것은 좋은 징조다. 그들을 거기에 붙잡아두려고 거세한 통통한 하멜, 거세한 숫양 한 마리를 잡는다. 그들은 옛 마구간을 차지하고 막사로 사용한다. 그리고 밤늦게까지 불길이 타오르는 가운데 성찬을 즐긴다.

그는 손 숙부와 그들의 우두머리 사이에 오가는 긴 대화를 듣는다. 그 남자는 역삼각형 모양으로 기른 수염에 로프로 바지를 붙들어맨, 원주민이라고 할 수 있을 만큼 검고 거칠게 생긴 남자다. 그들은 날씨와 급료에 대해, 프린스 앨버트 지역과 뷰포트 지역, 프레이저버그 지역의 방목 상태에 대해 이야기를 나눈다. 양털 깎는 사람들이 사용하는 아프리칸스어에는 너무 칙칙하고 이상한 관용구가 많아서 그는 거의 알아들을 수가 없다. 그들은 어디에서 왔을까? 푸엘폰테인보다 더 오지가 있을까? 세상으로부터 더 격리된 심장지대가 있을까?

다음날 아침 동이 트기 한 시간 전, 그는 발굽소리에 놀라 잠에서 깬다. 첫번째로 도착한 양떼가 집을 지나쳐 양털 깎는 헛간 옆 크랄로 들어가면서 내는 소리다. 온 집안이 깨어나기 시작한다. 부엌이 북적거리고 커피 향기가 난다. 날이 밝자 그는 옷을 입고 밖으로 나간다. 너무 흥분해 먹을 수도 없다.

그에게 일이 주어진다. 그는 마른 콩이 가득 담긴 주석 머그컵을 맡는다. 양털 깎는 사람이 한 마리를 다 깎고 궁둥이를 찰싹 때려 내보낸 뒤 깎은 양털을 선별대에 던지고, 털이 깎이는 과정에서 상처가 나서 피가 흐르는 핑크색 맨살을 드러낸 양이 조바심을 치며 두번째 우리로 종종걸음친다. 이 과정이 끝날 때마다 양털 깎는 사람은 컵에 담긴 콩을 집고 고개를 끄덕이며 공손하게 말한다. “메이 바시(도련님)!”

컵을 들고 있는 게 싫증이 나면(털 깎는 사람들은 혼자서 콩을 집을 수 있고, 그들은 시골에서 자란 사람들이라 부정不正이라고는 모른다) 그는 동생과 함께 두텁고 뜨겁고 미끌미끌한 양털 위에 올라가 발을 구르며 자루에 양털을 채워넣는 일을 돕는다. 스키퍼스클루프에서 온 그의 사촌 아그너스도 거기에 있다. 그녀와 그녀의 여동생도 함께 한다. 네 아이는 커다란 깃털 침대 속에 있기라도 한 듯 깔깔거리고 깡충거리며 서로에게 넘어진다.

아그너스는 그의 삶에서 그가 아직 이해하지 못하는 자리를 차지한다. 그는 일곱 살 때 그녀를 처음 보았다. 그들은 스키퍼스클루프에 오라는 초대를 받고 장시간 기차를 타고 가서, 어느 날 오후 늦게 그곳에 도착했다. 하늘에는 구름이 빠르게 흘러가고 햇빛에는 온기가 없었다. 펠트는 차가운 겨울 햇살 아래에서 초록의 흔적이라곤 없는 검붉은 청색으로 펼쳐져 있었다. 경사가 심한 함석지붕이 달린, 하얀 직사각형 모양의 소박한 농가조차 그들을 환영하지 않는 듯했다. 그곳은 푸엘폰테인과는 전혀 달랐다. 그는 그곳에 있고 싶지 않았다.

그보다 몇 개월 먼저 태어난 아그너스에게 그와 친구가 되는 임무가 맡겨졌다. 그녀는 그를 데리고 펠트로 산책을 나갔다. 그녀는 맨발이었다. 그녀는 아예 신발이 없었다. 그들은 곧 집이 보이지 않는 먼 곳까지 갔다. 그리고 이야기를 나누기 시작했다. 머리를 땋아 늘어뜨린 그녀는 혀짤배기소리를 냈는데, 그는 그게 좋았다. 그는 과묵함에서 벗어났다. 말을 하면서도 자신이 어떤 언어로 말을 하는지 잊어버렸다. 생각들이 말이 되어, 솔직한 말이 되어 술술 흘러나왔다.

그는 그날 오후 자신이 아그너스에게 무슨 말을 했는지 더이상 기억할 수 없다. 그러나 그는 자신이 했거나 알거나 원하는 모든 것에 대해 그녀에게 이야기했다. 그녀는 아무 말 없이 모든 것을 받아들였다. 말을 하면서도 그는 그녀가 있기에 그날이 특별하다는 것을 알았다.

해가 지기 시작했다. 해는 아직 불타는 진홍색이었지만 날이 쌀쌀해졌다. 구름이 검어지면서 매서운 바람이 그의 옷 속으로 스며들었다. 아그너스는 얇은 무명 원피스 외에는 아무것도 입지 않았다. 그녀의 발이 추위에 새파래졌다.

"너희 어디 갔었니? 뭘 한 거야?" 그들이 집에 돌아오자 어른들이 물었다. "니크스 니." 아그너스가 대답했다. 아무것도요.

이곳 푸엘폰테인에서는 아그너스가 함께 사냥을 가는 게 허용되지 않는다. 하지만 그녀는 그와 함께 자유롭게 펠트를 산책

하거나 커다란 진흙 둑에서 개구리를 잡을 수 있다. 그녀와 함께 있는 것은 학교 친구들과 있는 것과 다르다. 그것은 그녀의 부드러움과 기꺼이 그의 이야기를 들어주려는 마음과 관련이 있기도 하지만, 그녀의 가녀린 갈색 다리와 드러난 발, 춤을 추듯 돌에서 돌로 건너뛰는 자태와도 관련이 있다. 그는 영리하다. 반에서 일등이다. 그녀도 영리하다고들 한다. 그들은 우주에 시작이 있었는지, 검은 행성인 명왕성 너머에는 무엇이 있는지, 만약 하느님이 존재한다면 어디에 있는지 등, 어른들이 들으면 고개를 절레절레 저을 것들에 관해 이야기하며 돌아다닌다.

그가 아그너스에게 그렇게 편하게 이야기할 수 있는 이유는 무엇일까? 여자애이기 때문일까? 그녀는 그가 무슨 말을 하든 따지지 않고 부드럽게 기꺼이 응수하는 것 같다. 그녀는 그의 사촌이다. 따라서 그들은 사랑하거나 결혼할 수 없다. 어떤 점에서 보면 다행이다. 그는 자유롭게 그녀와 친구가 될 수 있고 그녀에게 마음을 열어 보일 수 있다. 그럼에도 불구하고 그는 그녀와 사랑을 하고 있는 걸까? 이것이 사랑일까? 이런 편안한 너그러움, 가장할 필요도 없고 마침내 이해를 받는다는 이 느낌이 사랑일까?

양털 깎는 사람들은 그날도, 그리고 그다음날도 하루종일 거의 먹지도 않고 일을 한다. 그들은 누가 빨리 털을 깎는지 가리는 내기를 하며 일을 한다. 둘째 날 저녁때쯤 모든 일이 끝난다. 농장에 있는 양은 마지막 한 마리까지 모두 털이 깎였다. 손 숙부는 지폐와 동전으로 가득한 천가방을 가져와 양털 깎는 사람들에게 각자 갖고 있는 콩의 숫자에 맞춰 임금을 지불한다. 그런 뒤에 또다시 불이 지펴지고, 또다시 향연이 펼쳐진다. 다음날 아침 그들은 떠나고 농장은 전처럼 느릿느릿한 삶으로 돌아간다.

양털이 담긴 자루가 너무 많아 헛간이 넘친다. 손 숙부는 스텐실과 인주로 각각의 자루에 자신의 이름과 농장 이름, 양털의 등급을 써넣는다. 며칠 후 대형 트럭이 도착해(그 트럭은 어떻게 승용차도 오도 가도 못한다는 부스만강의 모랫바닥을 건넜을까?) 자루들을 싣고 간다.

이 일이 매년 되풀이된다. 매년 양털 깎는 사람들이 오고, 매년 이런 모험과 흥분이 뒤따른다. 결코 끝나지 않을 것이다. 남은 해가 수없이 많으니 그것이 끝나야 할 이유가 전혀 없다.

그를 농장에 붙들어매는 은밀하고 성스러운 말은 속해 있다belong이다. 그는 펠트에 혼자 나갈 때면 큰 소리로 이렇게 말한다. 나는 농장에 속해 있어I belong on the farm. 그가 진정으로 믿으면서도 마력이 끝나버릴까 두려워 밖으로 내뱉지 않고 속으로 간직하는 말은 그 말과 다르다. 나는 농장의 소유야I belong to the farm.

그는 말이라는 것이 너무 쉽게 오해를 받을 수 있고 또한 너무 쉽게 농장은 내 소유야라는 정반대의 의미로 바뀔 수 있기 때문에 아무에게도 그 말을 하지 않는다. 농장은 결코 그의 것이 되지 못할 것이고, 자신은 결코 손님 이상의 존재가 아닐 것이라는 사실을 인정한다. 그는 푸엘폰테인에 실제로 살고, 거대한 낡은 집을 자기집이라고 부르고, 더이상 하려고 하는 것마다 허락을 구할 필요가 없다는 생각에 현기증이 난다. 그는 그런 생각을 밀어낸다. 나는 농장의 소유야. 이것이 그가 가장 은밀한 마음속에서조차 최대한으로 밀어붙일 수 있는 지점이다. 하지만 그도 속으로는 농장이 알고 있는 사실, 즉 푸엘폰테인은 누구의 소유도 아니라는 사실을 안다. 농장은 그들 중 누구보다 위대하다. 농장은 영원에서 영원까지 존재한다. 그들이 모두 죽어도, 그리고 언덕 중턱에 있는 크랄처럼 농가마저 폐허가 된다 해도 농장은 여전히 이곳에 있을 것이다.

한번은 그가 집에서 멀리 떨어진 펠트로 나가, 손을 씻으려는 듯 몸을 굽히고 손바닥을 땅에 비빈다. 그것은 의식이다. 그는 의식을 행하고 있다. 그는 그 의식이 무엇을 의미하는지 아직 모르지만, 그의 행동을 보고 일러바칠 사람이 옆에 아무도 없다는 사실에 마음이 놓인다.

농장의 소유라는 것은 그의 비밀스러운 운명이다. 그는 그 운명 속에 태어났고 기꺼이 그것을 받아들인다. 그의 또다른 비밀은 가끔 싸우기는 해도 그가 여전히 어머니의 소유라는 사실이다. 그는 이러한 두 가지 종속 상태가 충돌한다는 사실을 모르지 않는다. 농장에 오면 어머니에 대한 종속 상태가 가장 약해진다는 것 또한 모르지 않는다. 여자라서 사냥을 할 수도 없고 펠트를 거닐 수조차 없으니, 그녀는 여기에서 불리한 위치에 있다.

그에게는 어머니가 둘이다. 두 번 태어났기 때문이다. 한 번은 여자한테서, 또 한번은 농장한테서. 어머니는 둘이지만 아버지는 없다.

농장에서 800미터쯤 가면 길이 둘로 갈라지는데, 왼쪽 길은 메르베빌로 가는 길이고 오른쪽은 프레이저버그로 가는 길이다. 갈림길에는 문이 달린 울타리가 둘러쳐진 묘지가 있다. 그곳에서 가장 우뚝 솟은 것은 그의 할아버지 무덤에 있는 대리석 묘비다. 그 주변에 열 개 남짓한 다른 무덤도 있는데, 묘비가 슬레이트로 되어 있으며 더 낮고 더 단순하다. 어떤 것에는 이름과 날짜가 새겨져 있고 어떤 것에는 아무 글자도 새겨져 있지 않다.

거기 묻힌 사람 중에 쿳시 성을 가진 사람은 그의 할아버지뿐이다. 그 농장이 가족한테 넘어온 이래 죽은 유일한 사람이 그의 할아버지이기 때문이다. 이곳이 바로 피켓버그에서 행상으로 시작해 랭스버그에서 가게를 열고, 그 도시의 시장이 되고, 후에는 프레이저버그 로드에 있는 호텔을 인수했던 그분이 인생을 마감한 곳이다. 그는 땅에 묻혔지만 농장은 여전히 그의 것이다. 그의 자식들은 그 위에서 난쟁이들처럼 살고, 그의 손자들은 난쟁이들한테서 나온 난쟁이들이다.

길 건너편에 또다른 묘지가 있는데 거기에는 울타리가 없다. 어떤 봉분은 비바람을 너무 맞아 땅으로 도로 흡수되어버렸다. 오우타 야프와 그 이상으로 거슬러올라가는 하인들과 일꾼들이 거기 묻혀 있다. 아직까지 묘비가 남아 있는 것도 별로 없지만, 있다 해도 이름이나 날짜가 없다. 그러나 그는 할아버지의 묘를 둘러싸며 모여 있는 몇 세대의 보테스 가문 무덤들보다는 이곳에서 더 경외감을 느낀다. 영혼과는 아무런 관련이 없다. 카루에 있는 누구도 영혼을 믿지 않는다. 이곳에서는 어떤 죽음이든 확실하고 결정적이다. 살이 개미에게 파먹히고 뼈는 햇볕에 표백된다. 그런 것이다. 그러나 그는 조바심을 내며 묘지들 사이를 거닌다. 땅에서 깊은 침묵이 흘러나온다. 너무 깊어서 거의 웅얼거리는 것 같은 침묵이다.

그가 죽으면 농장에 묻혔으면 좋겠다. 만약 그들이 허락하지 않는다면, 그를 화장해 그 재라도 여기에 뿌려줬으면 좋겠다.

그가 매년 순례하는 또다른 곳은 첫번째 농가가 있었던 블룸호프다. 전혀 흥미롭지 않은 토대를 제외하면 이제 아무것도 남아 있지 않다. 그 앞에는 지하 샘에서 끌어올린 물로 채워지던 둑이 있었다. 그러나 그 샘은 오래전에 말라버렸다. 한때 이곳에서 가꾸던 정원과 과수원은 흔적도 없다. 그러나 샘 옆에는 커다란 야자수 한 그루가 맨땅을 뚫고 나와 홀로 서 있다. 이 나무의 가지에는 사납고 작은 검정 벌들이 벌집을 만들어놓았다. 나무 기둥은 사람들이 여러 해 동안 꿀을 훔치려고 지폈던 불의 연기에 검게 그을린 상태다. 그러나 꿀벌은, 이 메마른 잿빛 풍경 속 어디에서 꿀을 모아오는지 알 길이 없지만, 그 자리에서 계속 살고 있다.

그는 벌들이, 그가 꿀을 훔치기 위해서가 아니라 그들을 반기고 그들에게 존경심을 표시하기 위해서 빈손으로 그들에게 다가간다는 것을 알아줬으면 싶다. 그러나 그가 야자수에 가까이 가면, 벌들은 화를 내며 붕붕거리기 시작한다. 병정벌들이 그에게 달려들며 접근하지 말라고 경고한다. 언젠가 한번은 벌이 쫓아오는 통에 창피하게 팔을 내저으며 지그재그로 도망을 치기도 했다. 그 모습을 보고 웃을 사람이 없었던 게 얼마나 고마웠는지 모른다.

매주 금요일이면 농장 사람들을 위해 양 한 마리가 도축된다. 그는 로스와 손 숙부를 따라가 잡을 양을 고른다. 그리고 집에서 보이지 않는 헛간 뒤 도살장에서 프리어크가 양의 다리를 잡고,

로스가 무해해 보이는 작은 주머니칼로 양의 멱을 따고, 발길질하고 몸부림치고 재채기하며 생피를 콸콸 쏟는 양을 두 사람이 꽉 붙잡고 있는 모습을 옆에 서서 지켜본다. 또 로스가 아직도 따뜻한 양의 가죽을 벗겨 세링가나무에 걸고, 배를 갈라서 풀이 가득한 커다란 푸른색 위와 내장(로스는 양이 쌀 시간이 없어 창자 속에 남겨둔 똥을 마지막 한 방울까지 짜낸다), 염통, 간, 콩팥 등 양의 뱃속에 들어 있고 그의 뱃속에도 들어 있을 것들을 모두 끄집어내 양동이에 담는 모습까지 계속 지켜본다.

로스는 새끼양을 거세할 때도 똑같은 칼을 사용한다. 그는 그 모습도 지켜본다. 새끼양들과 어미들은 빙빙 돌다 우리에 갇힌다. 로스는 양들 사이로 들어가 양들이 공포에 질려 잇따라 절망적인 울음소리를 내는 동안 새끼양의 뒷다리를 잡아 하나씩 차례로 바닥에 누른 뒤 음낭을 찢어서 연다. 그는 머리를 숙이고 이로 불알을 물어뜯는다. 그것들은 푸르고 붉은 혈관을 늘어뜨린 작은 해파리 두 마리 같다.

로스는 그 일을 하면서 꼬리도 잘라서 옆으로 던진다. 꼬리가 잘린 곳은 피범벅이 된다.

로스는 무릎 아래를 자른 헐렁하고 낡은 바지를 입어 짧은 다리를 드러내고, 집에서 만든 신발을 신고, 너덜너덜 찢어진 펠트 모자를 쓰고서 광대처럼 우리 안을 이리저리 돌아다니며 새끼양을 골라잡아 무자비하게 시술한다. 시술이 끝날 때쯤 양들은 그들을 보호해주지도 못하고 무력하게 서 있기만 했던 어미 옆에 선 채 피를 흘리며 아파한다. 로스가 주머니칼을 접는다. 일이 끝난다. 그가 딱딱한 미소를 살짝 짓는다.

그는 자신이 본 것에 대해 이야기할 길이 없다. "왜 새끼양의 꼬리를 잘라야 하나요?" 그가 어머니에게 묻는다. "그렇게 하지 않으면 꼬리 밑에서 금파리가 번식하거든." 어머니는 이렇게 대답한다. 그들은 둘 다 시치미를 떼고 있다. 그들은 둘 다 그게 진정 무엇에 관한 질문인지 알고 있다.

한번은 로스가 그에게 주머니칼을 잡게 하고는 머리칼이 그것에 얼마나 쉽게 잘리는지 보여준다. 칼날이 아주 살짝 닿았는데 머리칼은 구부러지지도 않고 두 동강이 나버린다. 로스는 날마다 숫돌에 칼을 간다. 숫돌에 침을 뱉으며 앞뒤로 칼을 가볍고 쉽게 갈아낸다. 그의 칼은 수없이 갈고 쓰고 갈고 쓰고 해서 남은 부분이 조금밖에 없다. 로스의 삽도 마찬가지다. 하도 오래 쓰고 자주 갈아서 쇠 부분이 3센티미터나 5센티미터밖에 남아 있지 않다. 나무로 된 삽자루는 땀에 절어 반들반들하고 까맣다.

"넌 그런 걸 보면 안 돼." 어느 금요일, 양을 잡는 일이 끝난 후 어머니가 말한다.

"왜요?"

"그냥 안 돼."

"보고 싶어요."

그는 로스가 있는 곳으로 가서 로스가 양의 가죽을 걸어놓고 그 위에 소금을 뿌리는 모습을 본다.

그는 로스와 프리어크, 숙부가 일하는 모습을 바라보는 게 좋다. 양모 값이 치솟자 숙부는 농장에 더 많은 양을 키우고 싶어 한다. 그러나 몇 년 동안 비가 적게 온 탓에 펠트는 사막이 되어 있다. 풀과 덤불은 밑동만 남았다. 그래서 그는 농장 전체에 다시 울타리를 치고 몇 개의 작은 구역들로 나눠 양이 구역을 이동해가며 풀을 뜯게 함으로써 펠트에 회복기를 주려고 한다. 숙부와 로스, 프리어크는 날마다 나가서 바위처럼 단단한 땅에 말뚝을 박고 거기에 철사를 감은 다음 활시위처럼 팽팽하게 잡아당겨 옆의 말뚝에 연결하는 일을 한다.

손 숙부는 언제나 그를 친절하게 대한다. 그러나 그는 숙부가 자기를 진심으로 좋아하지 않는다는 것을 안다. 그걸 어떻게 아냐고? 그가 주위에 있을 때 손 숙부의 눈에 어리는 불편한 기색과 부자연스러운 목소리로 안다. 만약 손 숙부가 정말 그를 좋아한다면 로스와 프리어크와 함께 있을 때처럼 자유롭고 무뚝뚝하게 그를 대할 것이다. 대신 손 숙부는 그가 아프리칸스어로 말을 해도 언제나 그에게 영어로 대답한다. 그것은 그들 두 사람에게 명예의 문제가 되었다. 그들은 그 함정에서 빠져나오는 방법을 모른다.

그는 손 숙부가 자기를 싫어하는 게 개인적인 이유 때문이 아니라, 단지 동생의 아들인 그가 아직도 갓난아기에 불과한 자기 아들보다 나이가 많기 때문이라고 생각한다. 그러나 그는 그 감정이 더 깊어질까봐 두렵다. 손 숙부가 그를 못마땅하게 생각하는 것은 그가 그의 아버지보다 침입자인 그의 어머니에게 더 충실하기 때문인 것 같다. 또한 솔직하지도 정직하지도 진실하지도 않기 때문일 것 같다.

만약 그에게 손 숙부와 아버지 중 한 사람을 아버지로 택하라고 한다면, 그는 손 숙부를 택할 것이다. 그 대가로 그가 돌이킬 수 없을 정도로 아프리카너가 되어야 하고, 모든 농장 아이들이 그러듯, 농장으로 돌아가기 전에 아프리카너 기숙학교라는 연옥에서 몇 년을 보내야 하더라도 말이다.

어쩌면 그것이 손 숙부가 그를 싫어하는 더 큰 이유일지 모른다. 숙부는 이 이상한 아이가 하고 있는 이해할 수 없는 요구를 느끼고, 들러붙는 갓난아기를 떼어내려 몸을 흔들어대는 사람처럼 그를 거부하고 있다.

그는 아픈 동물에게 약을 먹이는 일부터 풍력 펌프를 고치는 일까지 솜씨 있게 일을 처리하는 손 숙부를 늘 존경하는 마음으로 바라본다. 그는 특히 양에 대한 숙부의 해박한 지식에 매료되었다. 손 숙부는 양을 보는 것만으로도 양의 나이뿐 아니라 종자까지 말할 수 있고, 어떤 종류의 양모를 생산하는지, 각 부위가 어떤 맛을 내는지까지 말할 수 있다. 숙부는 석쇠에 구울 갈빗살이 필요한 경우와 오븐에 익힐 허릿살이 필요한 경우에 따라 그에 맞는 양을 골라서 잡을 수 있다.

그도 고기를 좋아한다. 그는 구운 토마토, 건포도가 섞인 노란 밥, 캐러멜소스를 바른 고구마, 황설탕과 부드러운 빵 조각을 곁들인 호박, 새콤달콤하게 양념한 콩, 비트 샐러드, 그리고 그 중에서 단연 으뜸으로 중앙에 자리잡는, 커다란 접시에 담긴 양고기와 그 위에 부어진 그레이비소스로 구성된 거창한 식사시간을 알리는 정오의 벨소리를 기다린다. 그러나 로스가 양을 잡는 것을 본 후로는 더이상 생고기를 만지고 싶지 않다. 그는 우스터에 돌아가서도 정육점에 가지 않으려 한다. 정육점 주인이 태연하게 고기 토막을 카운터에 털썩 내려놓고 잘게 썬 다음, 갈색 종이에 말고 그 위에 값을 적는 모습을 보면 역겨움을 느낀다. 띠톱이 뼈를 자르는 소리를 들을 때면 귀를 막고 싶다. 몸에서 어떤 기능을 하는지 정확히 모르는 간을 바라보는 것은 그래도 괜찮다. 그러나 진열장에 있는 염통을 보고는 눈을 돌린다. 쟁반에 담긴 내장을 볼 때는 특히 그렇다. 내장이 별미라고들 하지만,

그는 농장에 가서도 내장을 먹는 것은 거부한다.

그는 양들이 왜 자신들의 운명을 받아들이는지, 왜 반항하지 않고 순순히 죽음을 맞는지 이해하지 못한다. 영양은 이 세상에서 인간의 손에 잡히는 것보다 나쁜 일은 없다는 사실을 알고 숨이 끊어질 때까지 사력을 다해 도망치는데, 양들은 왜 그렇게 어리석을까? 결국 그들은 동물이고, 그들에게도 동물들이 가진 날카로운 감각이 있다. 그들은 왜 헛간 뒤에서 죽어가는 양의 마지막 비명을 듣지 못하고, 피 냄새를 맡지 못하며, 주의를 기울이지 못하는가?

때때로 끌려가서 소독액을 맞은 뒤 우리에 빽빽하게 갇혀 도망갈 수 없는 상황에 놓인 양들 사이에 있을 때면, 그는 그들 앞에 무엇이 기다리고 있는지 나지막한 소리로 이야기해주고 싶다. 그러나 그는 그들의 노란 눈에서 말을 할 수 없게 만드는 무언가를 본다. 그것은 체념의 눈빛이다. 헛간 뒤에서 로스의 손에 잡힌 양에게 무슨 일이 일어날지 이미 알고 있을 뿐 아니라, 오랜 시간 대형 트럭에 실려 물도 못 마신 채 케이프타운까지 도착한 자신들에게 무슨 일이 일어날지 이미 알고 있는 듯한 눈빛이다. 그들은 아주 세세한 것까지 모두 알고 있지만, 체념하고 만다. 그들은 이미 그 값을 계산해봤고 그걸 지불할 준비가 되어 있다. 이 땅에 존재하는 값, 살아 있음에 대한 값.

12

우스터에는 언제나 바람이 분다. 겨울에는 가늘고 차가운 바람이, 여름에는 뜨겁고 건조한 바람이 분다. 한 시간만 밖에 나와 있으면 머리와 눈과 혀에 미세한 붉은 먼지가 스며든다.

그는 건강하고 생기와 활력으로 가득차 있지만 언제나 감기에 걸려 있는 것처럼 보인다. 아침이면 목이 아프고 눈이 충혈되고 주체할 수 없을 정도로 재채기가 나오고 체온이 오르락내리락한다. "아파요." 그가 쉰 목소리로 어머니에게 말한다. 그녀는 손등으로 그의 이마를 만진다. "그럼 침대에 누워 있어야겠구나." 그러고는 한숨을 내쉰다.

거쳐야 할 어려운 순간이 한번 더 있다. 아버지가 "존은 어디 있지?" 하고 물으면, 어머니가 "아파" 하고 대답하고, 다시 그의 아버지가 콧방귀를 뀌며 "또 꾀병이군" 하고 말하는 순간이다. 그동안 그는 가급적 조용히 누워 있다. 아버지가 나가고 동생이 나갈 때까지 그렇게 있는다. 그리고 마침내 독서로 하루를 보낼 수 있게 된다.

그는 굉장한 속도로 독서에 완전히 빠져든다. 그가 아플 때면 어머니는 일주일에 두 번씩 도서관에 가서 책을 빌려와야 한다. 그녀의 이름으로 두 권, 그의 이름으로 두 권을 빌린다. 그는 직접 도서관에 가는 걸 피한다. 책을 빌리려고 가져가면 사서가 이것저것 물어볼 것이기 때문이다.

그는 위대한 사람이 되려면 진지한 책을 읽어야 한다는 것을 안다. 에이브러햄 링컨이나 제임스 와트처럼, 다른 사람들이 자고 있을 때 촛불을 켜고 공부하며 라틴어와 그리스어와 천문학을 독학해야 한다. 그는 위대한 사람이 된다는 생각을 버리지 않고 있다. 곧 진지한 책을 읽기 시작할 거라고 스스로에게 다짐한다. 하지만 지금 당장 읽고 싶은 것은 전부 이야기책이다.

그는 이니드 블라이턴 추리소설, 하디 보이스 추리소설, 비글스 추리소설을 모두 읽는다. 그러나 그가 가장 좋아하는 책은 P. C. 렌의 프랑스 외인부대 이야기다. "세상에서 가장 위대한 작가는 누구예요?" 그가 그렇게 물으면, 아버지는 셰익스피어라고 대답한다. "P. C. 렌은 왜 아니죠?" 아버지는 P. C. 렌의 책을 읽지 않았고, 군대에 다녀온 경험이 있음에도 불구하고 렌의 책을 읽는 데 관심이 없는 것 같다. "P. C. 렌은 책을 마흔여섯 권이나 썼어요. 셰익스피어는 몇 권 썼죠?" 그는 의문을 제기하며 제목을 열거하기 시작한다. "아휴!" 아버지는 짜증스럽고 말도 안 된다는 듯 그렇게 내뱉으면서도 아무 대답도 하지 않는다.

그는 만약 아버지가 셰익스피어를 좋아한다면 셰익스피어는 틀림없이 나쁜 작가일 거라 생각한다. 그럼에도 불구하고 사람들이 왜 셰익스피어를 위대하다고 하는지 알아보려고 셰익스피어를 읽기 시작한다. 아버지가 물려받은 그 책은 가장자리가 너덜너덜하고 누리끼리해져 있는데, 오래된 책이라 어쩌면 값이 많이 나갈지도 모른다. 그는 로마식 이름 때문에 「티투스 안드로니쿠스」를 읽고 그다음에는 「코리올라누스」를 읽는데, 도서관에서 빌려온 책 속의 자연 묘사를 건너뛰듯이 장황한 연설은 건너뛰고 읽는다.

아버지는 셰익스피어의 작품 외에도 워즈워스와 키츠의 시집을 가지고 있다. 어머니는 루퍼트 브룩의 시집을 가지고 있다. 이 시집들은 셰익스피어의 작품, 가죽케이스에 든 『산 미켈레 이야기』, A. J. 크로닌의 의사에 대한 책과 함께 거실 벽난로 선반에 여봐란듯이 진열되어 있다. 그는 『산 미켈레 이야기』를 읽으려고 두 번이나 시도해보지만 싫증을 내고 만다. 그는 악셀 문테가 누구이며, 그 책이 실화인지 허구인지, 어느 소녀에 관한 것인지 어느 장소에 관한 것인지 도저히 가늠할 수 없다.

어느 날 아버지가 워즈워스의 시집을 들고 그의 방으로 온다. "이런 책을 읽어야 한단다." 그는 이렇게 말하면서 연필로 줄을 친 시들을 가리킨다. 며칠 후 다시 오더니 그 시들에 관해서 이야기를 나누고 싶어한다. "우렁찬 폭포가 격정처럼 나를 사로잡았다." 아버지가 시를 읊는다. "굉장한 시잖니?" 그는 웅얼거리며 아버지의 눈을 쳐다보기를, 그 게임에 끼어들기를 거부한다. 아버지가 단념하기까지 오랜 시간이 걸리지 않는다.

그는 자신의 무뚝뚝함을 후회하지 않는다. 그는 아버지의 생활에 시가 어떻게 어울리는지 알 수 없다. 그저 가식일 뿐일 거라 생각한다. 그는 어머니가 자매들이 놀리는 것을 피하기 위해 다락방으로 책을 가져가 읽었다고 말하면 믿는다. 하지만 신문 외에는 요즘 아무것도 읽지 않는 아버지에게서 시를 읽는 소년의 모습을 상상할 수는 없다. 그가 상상할 수 있는 것은 아버지가 어렸을 때 농담하고 웃고 덤불 뒤에서 담배를 피우는 모습뿐이다.

그는 아버지가 신문을 읽는 모습을 지켜본다. 아버지는 신문에 있지 않은 어떤 것을 찾으려는 듯 신문을 휙휙 넘기고 탁탁 치면서 빠르고 신경질적으로 읽는다. 다 읽고 나면 신문을 기다랗게 접고서 십자말풀이를 풀기 시작한다.

어머니도 셰익스피어를 숭배한다. 그녀는 「맥베스」가 셰익스피어의 최고 걸작이라고 생각한다. "만약 무엇인가가 살인이라는 결과를 피하게 했다면," 그녀는 이렇게 빠르게 말하고 멈춘다. 그리고 고개를 끄덕이며 박자에 맞춰 계속 말한다. "그건 성공이었으리라. 그러나 아라비아 향수를 다 뿌려도 이 작은 손을 씻어낼 수 없으리라." 그녀는 학교에서 「맥베스」를 배웠다. 그녀의 선생은 그녀가 대사를 전부 암송할 때까지 뒤에 서서 그녀의 팔을 꼬집었다. "콤 노우, 베라!"—"어서 해봐!" 선생이 그렇게 말하면서 꼬집으면 그녀는 몇 구절을 더 암송하곤 했다.

그가 어머니에 대해 이해할 수 없는 것은 6학년 숙제를 도와주지 못할 정도로 아둔한데도 불구하고 구사하는 영어는 완벽하다는 것이다. 글로 쓸 때는 특히 완벽하다. 그녀는 적재적소에 맞는 말을 사용하고 문법도 흠잡을 데가 없다. 그녀는 언어에 정통하다. 그것은 그녀의 확고부동한 영역이다. 어떻게 해서 그렇게 되었을까? 그녀 아버지의 이름은 피트 베흐메이어르였다. 밋밋한 아프리칸스어 이름이었다. 앨범 사진 속의 그는 목깃이 없는 셔츠를 입고 챙이 널따란 모자를 쓴 평범한 농부처럼 보인다. 그들이 살던 유니언데일 지역에는 영국인이 없었다. 이웃은 모두 성이 존다흐였던 듯하다. 그녀의 어머니는 영국인 피가 한 방울도 섞이지 않은 독일인 부모 사이에서 태어난 마리 두빌이었다. 그러나 아이가 생기자 그녀는 그들에게 롤런드, 위니프레드, 엘런, 베라, 노먼, 랜슬롯 같은 영국식 이름을 붙이고 집에서는 그들에게 영어로 이야기했다. 그녀와 피트 할아버지는 어디에서 영어를 배웠을까?

그의 아버지가 구사하는 영어도 꽤 괜찮은 편이다. 물론 그의 억양에는 아프리칸스어의 억양이 남아 있고, '서티thirty'를 '떠띠thutty'라고 발음한다. 아버지는 십자말풀이를 풀 때 언제나 『포켓용 옥스퍼드 영어사전』을 넘겨가면서 푼다. 그는 적어도 사전에 나오는 모든 단어와 숙어에는 어느 정도 익숙한 것처럼 보인다. 그는 암기라도 하려는 듯 협력하다pitch in, 넘어지다come a cropper 같은 무의미한 숙어들을 음미하며 발음해본다.

그는 셰익스피어 희곡집에서 「코리올라누스」 이상은 읽지 않는다. 신문은 스포츠 면과 만화를 제외하면 전부 지루하다. 읽을 게 없으면 그는 초록색 책을 읽는다. "초록색 책 좀 가져다주세요!" 그는 침대에 누워서 어머니에게 이렇게 소리친다. 초록색 책은 아서 미가 지은 『어린이 백과사전』을 일컫는데, 그가 기억하기로 그의 가족은 어디를 가나 그걸 갖고 다녔다. 그는 그 백과사전을 수십 번씩 읽었다. 아직 아기였을 때 몇 쪽을 뜯어내고, 크레용으로 낙서를 하고, 제본을 망가뜨리는 바람에 지금은 조심스럽게 다뤄야 한다.

사실 그는 초록색 책을 읽지 않는다. 거기 쓰여 있는 글은 그를 참을 수 없게 만든다. 사실적인 정보가 가득 담긴 10권 후반부의 색인을 제외하면 너무 감상적이고 유치하다. 그러나 그림은 꼼꼼히 들여다본다. 특히 벌거벗은 남녀 대리석 조각의 가운데를 천으로 가린 사진을 꼼꼼히 들여다본다. 미끈하고 날렵한 여자 조각상들이 그의 성적 환상을 채워준다.

그의 감기가 놀라운 점은 증상이 아주 빨리 낫거나 다 나은 것처럼 보인다는 것이다. 아침 열한시면 재채기가 멈추고 머리에 띵한 느낌이 걷히고 괜찮아진다. 그는 땀에 젖어 냄새가 나는 파자마, 냄새나는 담요와 푹 꺼진 매트리스, 이곳저곳에 널려 있는 젖은 손수건이 더이상 참을 수 없어진다. 그는 침대에서 나오지만 옷을 입지는 않는다. 그렇게 되면 자기 행운을 너무 믿는 것이다. 그는 이웃이나 지나가는 사람들이 보면 무슨 말을 할지 몰라 얼굴을 밖에 보이지 않으려고 조심한다. 그는 메카노 조립 세트를 가지고 놀거나 앨범에 우표를 붙이거나 줄에 단추를 꿰거나 쓰다 남은 털실을 꼬아 끈을 만든다. 서랍에는 그가 꼬아 만든 끈이 가득하다. 그에게 없는 실내복의 벨트로 쓰이는 것 말고는 아무데도 쓸모없다. 어머니가 방에 들어오면 그는 그녀가 빈정댈 것에 대비해 최대한 처량한 표정을 짓는다.

그는 사방에서 사기꾼이라는 의심을 받는다. 그는 자신이 진짜로 아프다는 것을 어머니에게 납득시킬 수 없다. 그녀는 탐탁지 않아하면서도 그의 애원에 굴복한다. 단지 그에게 안 된다고 말하는 법을 알지 못하기 때문이다. 그의 학교 친구들은 그가 유약한 마마보이라고 생각한다.

그러나 진실을 이야기하자면, 그는 아침마다 숨을 헐떡이며 잠에서 깬다. 재채기가 몇 분 동안 계속되고, 결국 숨을 헐떡이고 울먹이면서 죽고 싶다는 생각이 든다. 그가 감기라고 꾸민다는 것은 있을 수 없는 일이다.

결석을 하면 결석계를 가지고 가야 한다. 그는 어머니가 일상적으로 써주는 사유서를 외우고 있다. "어제 존이 결석한 것을 이해해주십시오. 심한 감기에 걸려서 누워 있는 게 좋겠다고 판단했습니다. 안녕히 계십시오." 그는 어머니가 거짓말로 쓰고 거짓말로 읽히는 이런 결석계를 불안한 마음으로 제출한다.

연말이 되면 그는 결석한 날짜를 세어보는데, 거의 사흘에 한 번 꼴이다. 그러나 그는 여전히 반에서 일등이다. 그가 내린 결론은 교실에서 이루어지는 것들이 전혀 중요하지 않다는 것이다. 그는 언제나 집에서 따라잡을 수 있다. 만약 자기 마음대로 할 수 있다면 그는 일 년 내내 학교에 나가지 않다가 시험을 볼 때만 출석할 것이다.

그의 선생들이 이야기하는 것들은 전부 이미 교과서에 나와 있다. 그가 그런 이유로 그들을 깔보는 건 아니다. 다른 애들도 그건 마찬가지다. 그는 이따금 선생의 무지가 드러날 때가 싫다. 할 수만 있다면 선생들을 옹호해주고 싶다. 그는 그들의 말 하나 하나를 주의깊게 듣는다. 그러나 배우기 위해서라기보다는, 다른 생각을 하다 걸려서 ("내가 방금 뭐라고 했지? 내가 한 말을 반복해봐라") 앞으로 불려나가 아이들 앞에서 창피를 당할 경우에 대비해서다.

그는 자신이 유별나고 특별하다고 확신한다. 그가 아직 모르는 것은 자신이 어떤 점에서 특별하고 이 세상에 왜 존재하는가 하는 것이다. 그는 자신이 아서왕이나 알렉산더대왕처럼 생전에 존경받는 사람이 되지는 못할 것이라고 생각한다. 그가 죽고 나서야 세상은 무엇을 잃었는지 깨달을 것이다.

그는 부름을 기다린다. 부름을 받을 때 그는 준비가 되어 있을 것이다. 경기병단 단원들처럼, 그는 설령 자신이 죽는다 해도 분연히 그 부름에 응할 것이다.

그가 지키고자 하는 규범은 VC, 빅토리아 훈장Victoria Cross의 규범이다. 오직 영국인만이 빅토리아 훈장을 받을 수 있다. 미국인은 받을 수 없고, 실망스럽지만 러시아인도 마찬가지다. 물론 남아프리카인도 그럴 수 없다.

그는 VC가 어머니 이름의 머리글자라는 사실을 놓치지 않는다.

남아프리카는 영웅이 없는 나라다. 어쩌면 볼라트 볼터마더는 이름이 그렇게 우스꽝스럽지만 않았어도 영웅으로 간주될 수 있었을 것이다. 폭풍우가 치는 바다에 수없이 뛰어들어 불행에 처한 선원들을 구한 것은 분명 용감한 일이다. 그러나 그 용기는 인간의 것인가, 아니면 말馬의 것인가? 단호하게(그는 단호하다steadfast는 말 속에 담긴 강화되고redoubled 지속적인steady 힘을 사랑한다) 파도 속으로 뛰어드는 볼라트 볼터마더의 백마를 생각하면 목이 멘다.

빅 투빌*이 밴텀급 세계 타이틀을 두고 마누엘 오르티스와 맞붙는다. 권투 경기는 토요일 밤에 열린다. 그는 아버지와 함께 늦게까지 잠을 안 자고 있다가 라디오 중계방송을 듣는다. 마지막 라운드가 되자 지친 투빌이 피를 흘리며 상대를 향해 돌진한다. 오르티스가 비틀거린다. 관중이 함성을 지르고 아나운서도 흥분해 소리를 지른다. 남아프리카의 비키 투빌이 새로운 세계 챔피언으로 등극했다는 심판들의 판정이 내려진다. 그와 아버지는 흥분해서 소리를 지르고 서로를 껴안는다. 그는 기쁨을 어떻게 표현해야 하는지 모른다. 그래서 충동적으로 아버지의 머리

---

* 원래 이름은 빅터 앤서니 투빌. '빅 투빌' '비키 투빌'은 애칭이다.

칼을 붙잡고 온 힘을 다해 잡아당긴다. 아버지가 뒷걸음질치며 이상하다는 듯 그를 쳐다본다.

며칠 동안 신문에는 권투에 관한 기사가 잔뜩 실린다. 비키 투빌은 국가적 영웅이다. 그런데 그의 의기양양한 기분은 곧 시들해진다. 그는 투빌이 오르티스를 이겼다는 사실이 여전히 기쁘지만 그 이유가 궁금해지기 시작한다. 럭비 경기에서는 해밀턴 팀과 빌리저 팀 중 자신이 좋아하는 팀을 자유롭게 선택하는데, 왜 권투 경기에서는 투빌과 오르티스 중 좋아하는 쪽을 자유롭게 선택할 수 없을까? 왜 투빌이(그 우스꽝스러운 이름에도 불구하고) 남아프리카인이라는 이유로, 굽은 어깨와 커다란 코, 흐리멍덩하고 작고 검은 눈을 가진 못생기고 왜소한 그 남자의 편을 들어야 하는가? 왜 남아프리카인들은 모르는 다른 남아프리카인들의 편을 들어야 하는가?

그의 아버지는 도움이 되지 않는다. 아버지는 놀라운 것을 말하는 법이 결코 없다. 그는 한 번도 빠짐없이, 럭비든 크리켓이든 혹은 다른 것이든 상관없이, 남아프리카 팀이 이길 것이고 웨스턴 케이프 팀이 이길 것이라고 예상한다. "어느 팀이 이길 것 같아요?" 웨스턴 케이프 팀과 트란스발 팀의 럭비 경기가 열리기 전날 그가 아버지에게 묻는다. "상당한 점수 차로 웨스턴 케이프 팀이 이길 거다." 아버지의 대답은 거의 자동이다. 그들은 라디오로 중계방송을 듣는다. 트란스발 팀이 이긴다. 아버지는 요지부동이다. "내년에는 웨스턴 케이프 팀이 이길 거다." 아버지가 말한다. "두고 봐라."

자신이 케이프타운 출신이기 때문에 웨스턴 케이프 팀이 이길 거라고 믿는 것은 어리석은 짓 같다. 트란스발 팀이 이긴다고 믿고 있다가 이기지 못할 경우 뜻하지 않은 기쁨을 만끽하는 게 더 좋다.

아버지의 거칠고 뻣뻣한 머리 감촉이 그의 손에 남아 있다. 자신이 그렇게 거칠게 행동했다는 사실이 아직도 마음을 혼란스럽게 한다. 전에는 아버지의 몸을 그렇게 마음대로 한 적이 한 번도 없었다. 다시는 그런 일이 일어나지 않았으면 좋겠다.

13

늦은 밤이다. 모두가 잠들어 있다. 그는 침대에 누운 채 생각에 잠긴다. 리유니언 파크에 밤새도록 켜져 있는 노란 가로등 불빛이 그의 침대 위로 흘러든다.

그는 그날 아침, 기독교도 아이들이 찬송가를 부르는 동안 유대인 아이들과 가톨릭교도 아이들이 마음대로 돌아다닐 때 있었던 일을 떠올린다. 그보다 나이가 많은 가톨릭교도 아이 두 명이 그를 구석으로 몰아붙였다. "너 교리문답에 언제 나올 거야?" 그들이 그렇게 물었다. "나는 교리문답에 갈 수 없어. 금요일 오후에는 어머니 심부름을 해야 하거든." 그는 거짓말을 했다. "교리문답에 나오지 않으면 너는 가톨릭교도일 수가 없어." 그들이 말했다. "나는 가톨릭교도야." 그는 다시 거짓말을 하며 우겼다.

지금 생각해보니, 만약 최악의 상황이 벌어진다면, 신부가 그의 어머니를 찾아와 그가 왜 교리문답에 나오지 않느냐고 묻는다면, 아니면—또다른 악몽인데—교장이 아프리칸스어 이름을 가진 학생들을 모두 아프리칸스어 반으로 보내버린다면, 만약 그 악몽이 현실이 되어 그가 동원할 수 있는 방법이라고는 울며불며 난리를 치고 그도 알고 있듯 아직도 그의 내부에 용수철처럼 감겨 있는 어린애 같은 행동을 하는 것밖에 없다면, 만약 그렇게 법석을 떤 후에 마지막 필사적인 수단으로 어머니한테 매달리고 학교에 가지 않겠다고 떼를 쓰며 자신을 살려달라고 애원한다면, 만약 그가 그렇게 결정적으로 완전히 치욕적인 행동을 해서 그도 나름대로 알고 어머니도 나름대로 알고 어쩌면 그에게 코웃음을 치는 아버지도 나름대로 알고 있는 것, 즉 그가 아직도 어린아이이며 어른이 될 가능성이 전혀 없다는 것이 밝혀진다면, 만약 그가 직접 자기 주위에 만들어놓은, 다년간의 정상적인 행동으로 만들어놓은 모든 이야기들이 와해되고 그의 내부에 있는 추하고 시꺼멓고 울기 잘하는 어린애 같은 모습이 드러나 모든 사람에게 비웃음을 사게 된다면, 그가 계속 살 도리가 있을까? 수면제가 먹여지고 목 졸림을 당하는, 거친 목소리에 입에서는 침이 흐르는, 신체 기형에 발육이 정지된 다운증후군 아이처럼 나쁜 상태가 되지는 않을까?

집에 있는 모든 침대는 오래되고 낡고 스프링이 늘어져서 조금만 움직여도 삐걱거리는 소리가 난다. 그는 창문으로 들어오는 은색 달빛을 받으며 주먹을 꽉 쥐고 가슴에 붙인 채로 최대한 조용히 옆으로 누워 있다. 이 침묵 속에서 그는 자신의 죽음을 상상해보려 한다. 그는 자신을 학교, 집, 어머니 등 모든 것으로부터 제외시킨다. 자기가 없어도 제대로 굴러가는 나날들을 상상해보려 한다. 그러나 그럴 수 없다. 언제나 무언가 뒤에 남는 것이 있다. 호두처럼, 불속에 든 도토리처럼 작고 검고 마르고 잿빛이고 딱딱하고 자랄 수 없는 어떤 것이지만 그래도 거기 남는 것이 있다. 그는 죽어가는 자신을 상상할 수는 있어도 그 자신이 사라지는 것은 상상할 수 없다. 아무리 노력해봐도 자기 자신의 마지막 남은 것을 완전히 없앨 수 없다.

그를 살아 있게 하는 것은 무엇일까? 어머니가 슬퍼할 것에 대한 두려움일까? 너무 심해서 그가 잠깐 이상은 생각도 할 수 없는 어머니의 슬픔이 두려운 걸까? (그는 그녀가 텅 빈 방에 홀로 서서 손으로 눈을 가리고 우는 모습을 상상해본다. 그러다 이내 그 모습 앞에 블라인드를 쳐버린다.) 아니면 그의 내부에 죽기를 거부하는 무엇이 있는 걸까?

아프리카너 아이 두 명이 그의 손을 뒤로 고정시키고 그를 럭비 경기장 끝에 있는 흙담 뒤로 데리고 갔던 때를 떠올린다. 특히 그중 몸집이 컸던 뚱뚱한 아이가 생각난다. 너무 뚱뚱해서 꼭 조이는 옷 사이로 살이 비어져나와 있던 아이다. 그애는 새의 목을 비틀듯 쉽게 남의 손가락을 부러뜨리거나 숨통을 끊고, 그런 짓을 하면서도 태연하게 미소를 짓는 머저리 혹은 반머저리 중 하나였다. 그는 두려웠다. 그건 분명했다. 그의 심장이 쿵쿵 뛰고 있었다. 그러나 그 공포는 얼마나 진실이었을까? 그를 붙잡고 있는 아이들에게 이끌려 비틀거리며 운동장을 지날 때, 그의 마음속에 더 깊은 무언가가 있지 않았을까? 말하자면, 꽤나 의기양양해하는 무언가, "걱정 마. 아무것도 너를 건드리지 못할 거야. 이것은 또다른 모험에 불과해" 하고 말하는 무언가가 마음속에 있지 않았을까?

아무것도 널 건드릴 수 없어, 네가 할 수 없는 것은 아무것도 없어. 이것이 그에 관한 두 가지 사실, 두 가지지만 결국 하나인 사실이다. 그것은 그에게 있어 옳은 것이기도 하고 동시에 잘못된 것이기도 하다. 두 가지에 해당하는 그것은 무슨 일이 있어도 그가 죽지 않는다는 의미다. 그러나 그것은 그가 살지 못할 것이라는 의미도 되는 것 아닐까?

그는 갓난아기다. 그의 어머니가 그를 안아들고 얼굴이 앞으로 향하게 한 채 그를 겨드랑이에 낀다. 그의 다리는 대롱거리고 고개는 늘어진다. 그는 발가벗고 있다. 그러나 어머니는 세상을 향해 그를 내민다. 그녀는 자신이 어디로 가는지 볼 필요가 없다. 그녀는 따라가기만 하면 된다. 그녀가 전진할 때면 그의 앞에 있는 모든 것이 돌로 변하고 부서진다. 그는 배가 불룩 나오고 고개는 늘어진 갓난아기에 지나지 않지만, 그에게는 그런 힘이 있다.

그때 그는 잠이 든다.

14

케이프타운에서 전화가 걸려온다. 로즈뱅크에 있는 애니 할머니가 아파트 계단에서 넘어졌다는 전화다. 엉덩이뼈가 부러져 병원에 실려갔는데, 누군가 와서 입원 수속을 해줘야 한다고 한다.

7월, 한겨울이다. 추위와 비가 웨스턴 케이프의 전 지역을 덮고 있다. 그와 어머니, 동생은 케이프타운으로 가는 아침 기차를 탄다. 그리고 다시 버스를 타고 클루프 스트리트로 가서 폴크스 병원에 다다른다. 꽃무늬 잠옷 차림으로 여자 병실에 있는 애니 할머니는 어린애처럼 작아 보인다. 병실은 환자복을 입고 혼자서 쉿쉿 소리를 내며 발을 질질 끌고 다니는 까다롭고 찌푸린 얼굴의 노파들과 아무렇게나 젖가슴을 비죽 드러낸 채 침대 가장자리에 멍한 얼굴로 앉아 있는 뚱뚱하고 추레한 여자들로 가득하다. 구석에 있는 스피커에서는 스프링복 라디오방송이 흘러나온다. 세시부터 시작되는 오후의 희망 가요 프로그램에서 넬슨 리들과 그의 오케스트라의 〈아일랜드인의 눈이 웃고 있을 때〉가 나오고 있다.

애니 할머니가 쭈글쭈글한 손으로 그의 어머니 팔을 잡고 쉰 목소리로 소곤거린다. "베라, 나 여기서 나가고 싶어. 여기는 내가 있을 곳이 아니야."

어머니는 그녀의 손등을 두드리며 그녀를 안심시키려고 한다. 침대 옆 탁자에는 의치 세척용 물 한 잔과 성경이 놓여 있다.

간호사가 말하길 부러진 엉덩이뼈는 다시 맞췄다고 한다. 뼈가 붙는 동안 애니 할머니는 한 달 더 침대에서 지내야 한다. "연세가 많으셔서 시간이 걸리는 거예요." 그후에도 지팡이를 사용해야 한단다.

간호사는 애니 할머니가 병원에 실려왔을 때 할머니의 발톱이 새 발톱처럼 기다랗고 까맸다는 말을 덧붙인다.

지루해진 동생이 목이 마르다고 칭얼대기 시작한다. 어머니는 간호사에게 물 한 잔만 가져다달라고 부탁한다. 그는 부끄러움에 고개를 돌린다.

그들은 복도를 지나 사회복지사 사무실로 간다. "친척입니까?" 사회복지사가 묻는다. "환자를 집으로 모셔갈 수 있나요?"

어머니는 입술을 굳게 다문다. 그녀는 고개를 젓는다.

"할머니는 왜 자기 아파트에 돌아갈 수 없는 거예요?" 나중에 그가 어머니에게 묻는다.

"계단을 오르내릴 수도 없고 가게에 가실 수도 없으니까."

"나는 할머니와 같이 사는 게 싫어요."

"할머니는 우리와 같이 살지 않을 거야."

면회시간이 끝난다. 작별인사를 해야 할 때다. 애니 할머니의 눈에 눈물이 솟는다. 그녀가 어머니의 팔을 움켜쥔다. 너무 세게 움켜쥐는 바람에 힘주어 손가락을 떼어내야 할 정도다.

"에크 빌 히어스투 한, 베라." 그녀가 속삭인다—나 집에 가고 싶어.

"다시 걸을 수 있을 때까지 며칠만 더 계세요, 애니 고모." 어머니는 최대한 부드러운 목소리로 그녀를 달랜다.

그는 그녀의 이런 면, 이렇게 불성실한 면을 전에는 본 적이 없다.

이제 그의 차례다. 애니 할머니가 손을 내민다. 애니 할머니는 그의 고모할머니이자 대모다. 앨범에 그녀가 갓난아기를 안고 있는 사진이 있는데, 사진 속 아이가 그라고 한다. 그녀는 발목까지 내려오는 검은색 원피스를 입고 촌스러운 검은색 모자를 썼다. 뒤로는 교회가 보인다. 애니 할머니는 자신이 그의 대모이기 때문에 그와 특별한 관계에 있다고 생각한다. 그가 병원 침대에 누워 있는 쭈글쭈글하고 보기 흉한 그녀에게 느끼는 혐오감과 보기 흉한 여자들로 가득한 병동 전체에서 느끼는 혐오감을 그녀는 알아차리지 못하는 것 같다. 그는 자신이 느끼는 혐오감을 내보이지 않으려고 노력한다. 그의 마음이 수치심으로 활활 타오른다. 그는 그의 팔을 잡은 그녀의 손을 견딘다. 그러나 이곳에서 나가 다시는 돌아오지 않고 싶다.

"넌 머리가 아주 좋아." 애니 할머니가 그의 기억 속에 늘 그랬듯 낮고 쉰 소리로 말한다. "너는 다 컸어. 네 어머니는 너를 믿고 산단다. 어머니를 사랑하고 버팀목이 되어주렴. 동생에게도 마찬가지야."

어머니의 버팀목? 말도 안 되는 소리. 그의 어머니는 바위 같고 돌기둥 같다. 그가 그녀에게 버팀목이 되어주는 게 아니라 그녀가 그에게 버팀목이 되어줘야 한다! 여하튼, 애니 할머니는 어째서 이런 말을 하는 걸까? 엉덩이뼈가 부러졌을 뿐인데 곧 죽을 것처럼 이야기하고 있다.

그는 속으로 그녀가 자신을 놓아주기만을 기다리고 있으면서도, 머리를 끄덕이며 심각하게 경청하고 온순한 표정을 지으려 노력한다. 그녀는 자신과 베라의 큰아들 사이에 존재하는 특별한 유대관계, 그는 전혀 느끼지 못할뿐더러 인정하지도 않는 유대관계를 뜻하는 의미심장한 미소를 짓는다. 그녀의 눈은 밋밋하고 창백한 푸른색이며 흐리멍덩하다. 여든 살인 그녀는 앞을 거의 못 본다. 안경을 끼고도 성경을 제대로 읽을 수 없다. 그저 성경을 무릎에 놓고 혼자 중얼거릴 뿐이다.

그녀가 그의 팔을 잡았던 손을 뗀다. 그는 무언가를 중얼거리며 뒤로 물러난다.

이제 그의 동생 차례다. 동생은 그녀가 입맞춤까지 하게 한다.
"잘 가렴, 베라." 애니 할머니가 쉰 소리로 말한다. "마흐 디 헤레 요우 시엔, 요우 엔 디 킨데르스"—너와 네 자식들에게 하느님의 가호가 있기를.

오후 다섯시다. 날이 어두워지기 시작한다. 그들은 익숙하지 않은 러시아워의 부산함 속에서 로즈뱅크로 가는 기차를 탄다. 그들은 애니 할머니의 아파트에서 하룻밤을 보낼 예정이다. 그 생각을 하자 그는 암담해진다.

애니 할머니의 집에는 냉장고가 없다. 식료품 저장실에는 말라비틀어진 사과 몇 개, 곰팡내나는 빵 반 덩어리, 그의 어머니가 탐탁지 않게 생각하는 생선 페이스트 외에는 아무것도 없다. 그녀는 그를 인도인 가게로 보낸다. 그들은 저녁으로 빵에 잼을 발라 먹고 차를 마신다.

변기는 때가 끼어 갈색이다. 발톱이 길고 검은 노파가 그 위에

쭈그려앉아 있는 모습을 떠올리자 토할 것 같다. 변기를 사용하고 싶지 않다.

"왜 우리가 여기에 있어야 하죠?" 그가 묻는다. "왜 우리가 여기에 있어야 하죠?" 동생이 그의 말을 흉내낸다. "그래야 하니까." 어머니가 그 질문에 엄하게 대답한다.

애니 할머니는 전기를 절약하려고 40와트 전구를 사용한다. 어머니는 침실의 희미한 노란 불빛 속에서 애니 할머니의 옷들을 종이상자에 담기 시작한다. 그는 애니 할머니의 침실에 들어와본 적이 없다. 벽에는 그림들이 붙어 있고 굳고 엄한 표정의 남자들과 여자들 사진이 액자에 걸려 있다. 그의 조상인 브레셔가와 두빌가의 사람들이다.

"왜 할머니는 앨버트 할아버지한테 가서 같이 살 수 없어요?"

"키티 할머니가 아픈 사람을 둘이나 돌볼 수는 없으니까."

"나는 할머니가 우리와 같이 사는 게 싫어요."

"할머니는 우리와 같이 살지 않을 거야."

"그럼 할머니는 어디서 살죠?"

"집을 마련해드릴 거야."

"집이라니 무슨 말이에요?"

"집, 집, 노인들을 위한 집."

애니 할머니의 아파트에서 그가 좋아하는 유일한 방은 창고로 쓰는 방이다. 그 방에는 오래된 신문과 종이상자가 천장에 닿을 정도로 높이 쌓여 있다. 서가에는 책이 가득하다. 모두 같은 책이다. 아프리칸스어 책에 사용되는, 얼룩과 파리똥이 묻은 압지처럼 두껍고 거친 종이에 인쇄하고 붉은색으로 장정한 낮고 폭이 좁은 책이다. 책등에는 제목이 '에비헤 헤니싱(영원한 치료)'인데 앞표지에는 '디어르 엔 헤파를리케 크란크헤이트 토트 에비헤 헤니싱(위험한 질병에서 영원한 치료까지)'이라고 적혀 있다. 이 책은 그의 외증조부이자 애니 할머니의 아버지가 쓴 것이다. 그는 그 책에 얽힌 이야기를 여러 차례 들어서 알고 있다. 할머니는 대부분의 삶을 그 책에 쏟았다. 처음에는 독일어로 된 원고를 아프리칸스어로 번역했고, 그다음에는 저축해둔 돈으로 스텔렌보스의 출판사에서 수백 권을 인쇄하고 제본해서, 그걸 들고 케이프타운의 서점들을 하나하나 찾아다녔다. 서점들이 그 책을 팔아주지 않으려 하자, 그녀는 직접 그 책을 들고 집집마다 돌아다니며 팔았다. 팔리고 남은 책들이 이 창고의 책장에 있는 것이다. 상자들에는 제본하지 않은 접힌 페이지들이 들어 있다.

그는 『에비헤 헤니싱』을 읽어보려고 해보지만 내용이 너무 따분하다. 발타자르 두빌은 자신의 소년 시절에 대한 이야기를 시작하자마자, 하늘의 빛과 천국으로부터 들려온 목소리들에 대해 장황하게 늘어놓더니 하던 이야기를 중단해버린다. 책 전체가 그런 식인 것 같다. 자신에 대한 짤막한 이야기 다음에 목소리들이 그에게 무슨 말을 했는지 장황하게 서술하는 대목이 나온다. 그와 그의 아버지에게는 애니 할머니와 그녀의 아버지인 발타자르 두빌과 관련된 오래된 농담이 있다. 그들은 무게를 잡고 단조롭게 말하는 프레디칸트* 억양으로 "디어르 엔 헤파아아아를리케 크라아아아안크헤이트 토트 에에에에비헤 헤니이이이이싱" 하고 모음을 길게 늘여서 책 제목을 읊조린다.

"애니 할머니의 아버지는 미쳤던 건가요?" 그가 어머니에게 묻는다.

"그래, 난 그분이 미쳤었다고 생각해."

"그렇다면 할머니는 왜 그 책을 인쇄하는 데 돈을 다 써버린 거예요?"

"틀림없이 무서워서 그랬을 거야. 그는 끔찍한 독일 늙은이였어. 끔찍하게 잔인하고 독재적이었단다. 자식들이 모두 무서워했지."

"하지만 이미 돌아가시지 않았나요?"

"그래, 돌아가셨지. 하지만 할머니는 분명히 그분에게 의무감을 느꼈을 거야."

---

* 남아프리카공화국의 네덜란드 개혁파 교회 목사.

그녀는 애니 할머니와 미친 늙은이에 대한 그녀의 의무감을 비방하고 싶지 않다.

그 창고에 있는 최고의 것은 제본기다. 그것은 기관차 바퀴처럼 무겁고 단단한 쇠로 만들어졌다. 그는 동생에게 제본기 밑에 팔을 놓아보라고 한다. 그런 다음 팔이 제본기에 눌려 동생이 꼼짝 못할 때까지 커다란 나사를 돌린다. 이번에는 자리를 바꿔 동생이 그에게 똑같이 한다.

한 번이나 두 번만 더 돌리면 뼈가 으스러질 거라고, 그는 생각한다. 그들 둘이 그러지 못하게 만드는 것은 무엇일까?

우스터에 이사온 지 몇 개월이 안 되었을 때, 그들은 스탠더드 캐너스에 과일을 납품하는 농장에 초대를 받았다. 어른들이 차를 마시는 동안 그와 동생은 농가의 마당을 돌아다녔다. 거기에서 그들은 옥수수 빻는 기계를 보았다. 그는 동생을 설득해 옥수수알이 들어가는 깔때기 모양 통 안에 손을 넣게 한 다음 손잡이를 돌렸다. 그 순간, 동작을 멈추기 직전에, 그는 실제로 톱니가 동생 손가락의 고운 뼈를 바스러뜨리는 것을 느낄 수 있었다. 동생은 기계에 손이 갇힌 채 고통으로 잿빛이 된 얼굴로 어리벙벙하고 의아한 표정을 짓고 있었다.

농장 주인이 그들을 급히 병원으로 데려갔다. 의사는 동생의 왼쪽 가운뎃손가락을 잘라냈다. 얼마 동안 동생은 손에 붕대를 감고 어깨끈을 멘 상태로 돌아다녔다. 그러다 잘린 손가락에 작은 가죽주머니를 꼈다. 그는 일곱 살이었다. 아무도 그의 손가락이 다시 자랄 것처럼 굴지 않았지만, 동생은 불평하지 않았다.

그는 동생에게 결코 사과하지 않았고, 그가 한 일 때문에 혼이 난 적도 없었다. 그럼에도 그 기억은 무거운 물건처럼 그의 마음속에 남아 있다. 살과 뼈가 부드럽게 저항하다가, 으깨지는 느낌에 대한 기억.

"적어도 가족 중에 인생에서 무언가를 이루고 무언가를 뒤에 남긴 사람이 있다는 건 자랑할 만한 일이지." 어머니가 말한다.

"엄마는 그분이 무서운 늙은이였다고 했잖아요. 잔인한 사람이었다고 했잖아요."

"그래, 하지만 인생에서 무언가를 이룬 사람이었어."

애니 할머니의 침실에는 험상궂게 노려보는 눈과 거칠고 긴장한 입술의 발타자르 두빌의 사진이 걸려 있다. 그의 옆에 있는 아내는 피곤하고 언짢아 보인다. 발타자르 두빌은 이교도를 개종시키기 위해 남아프리카에 왔을 때 다른 선교사의 딸인 그녀를 만났다. 나중에 복음을 전하러 미국에 갔을 때 그는 그녀와 세 아이를 데리고 갔다. 그들이 미시시피강에서 외륜선을 타고 있는데 누군가 그의 딸 애니에게 사과 한 개를 주었다. 애니는 그걸 가져와 그에게 보여줬다. 그는 낯선 사람과 이야기했다는 이유로 그녀에게 매질을 했다. 이런 것들이 그가 발타자르에 관해 알고 있는 몇 안 되는 사실이다. 하나 더 아는 게 있다면, 세상이 필요로 하는 것보다 훨씬 많은 수의 어설픈 붉은색 책에 담긴 내용이다.

발타자르의 자녀는 애니, 그의 어머니의 어머니인 루이자, 그리고 애니 할머니의 침실에 있는 사진에서 선원복 차림에 겁먹은 얼굴을 한 앨버트, 이렇게 셋이다. 그 앨버트가 늘 몸을 바들바들 떨고 걸을 때는 부축을 받아야 하고 살갗이 버섯처럼 흐늘흐늘하며 창백하고 등이 굽은 노인인 앨버트 할아버지다. 앨버트 할아버지는 평생 제대로 돈을 벌어본 적이 없다. 책과 소설을 쓰며 세월을 보냈고, 그의 아내가 나가서 돈을 벌었다.

그는 어머니에게 앨버트 할아버지의 책에 대해 묻는다. 그녀는 오래전에 한 권 읽었는데 지금은 기억이 나지 않는다고 말한다. "그런 책들은 구식이야. 사람들은 더이상 그런 책을 읽지 않는단다."

그는 앨버트 할아버지가 쓴 책 두 권을 창고에서 찾아낸다. 『에비헤 헤니싱』처럼 두꺼운 종이에 인쇄되어 있지만 장정은 철도역에 있는 벤치처럼 갈색이다. 한 권은 『카인』이고, 또 한 권은 『디 미스다드 판 디 파데르스(아버지들의 죄)』다. "이 책 가져가도 돼요?" 그가 어머니에게 묻는다. "물론이지." 그녀가 말한다. "아무도 찾지 않을 테니까."

그는 『디 미스다드 판 디 파데르스』를 읽어보려고 하지만 열 페이지를 넘어가지 못한다. 너무 지루하다.

"어머니를 사랑하고 버팀목이 되어주렴." 그는 할머니의 가르침을 곱씹어본다. 사랑, 입에 담기 싫은 말이다. 그의 어머니도 그에게 사랑해라고 말하지 말아야 한다는 걸 알게 되었다. 잘 자라는 인사를 할 때 가끔 부드럽게 내 사랑이라고 할 때가 있긴 하지만 말이다.

그는 도저히 사랑을 이해할 수 없다. 영화에서 바이올린 음악이 배경으로 들리는 가운데 남녀가 키스하는 걸 보면, 그는 앉은 자리에서 몸을 비비 꼰다. 그는 그렇게 부드럽고 감상적인 사람은 되지 않겠다고 맹세한다.

그는 아버지의 누이들을 제외하고는 아무에게도 입맞춤을 허락하지 않는다. 그들을 예외로 하는 것은 그것이 그들의 관습이고, 그들이 그 밖의 다른 것을 이해하지 못하는 사람들이기 때문이다. 입맞춤은 그가 농장에 가는 대신 지불해야 하는 값 중 일부다. 그의 입술에 잠깐 스쳐가는 그들의 입술. 다행히 그들의 입술은 언제나 메말라 있다. 어머니의 가족은 입맞춤을 하지 않는다. 그는 어머니와 아버지가 제대로 입맞춤하는 걸 본 적도 없다. 때때로 다른 사람들이 있는 자리에서 그런 시늉을 할 필요가 있을 때, 아버지는 어머니의 뺨에 입을 맞춘다. 그녀는 누가 억지로 시키기라도 한 것처럼 화가 난 모습으로 마지못해 그에게 뺨을 대준다. 아버지의 입맞춤은 가볍고 빠르고 신경질적이다.

그는 딱 한 번 아버지의 성기를 본 적이 있다. 1945년, 아버지가 막 전쟁에서 돌아와 모든 가족이 푸엘폰테인에 모였을 때였다. 아버지와 아버지의 두 형제는 그를 데리고 사냥을 하러 나갔다. 무더운 날이었다. 둑에 도착한 그들은 수영을 하기로 했다. 그들이 수영을 하려고 발가벗는 걸 보고 그는 안 하려고 했지만, 그들은 그를 내버려두지 않았다. 그들은 농담을 쏟아내며 즐거워했다. 그들은 그가 옷을 벗고 같이 수영하기를 바랐지만 그는 하지 않았다. 그렇게 해서 그는 세 사람의 성기를 모두 보게 되었다. 특히 아버지의 창백하고 하얀 성기를 너무나 생생하게 보고 말았다. 그는 그걸 쳐다봐야 하는 상황에 처했다는 사실에 얼마나 화가 났었는지 분명히 기억하고 있다.

그의 부모는 각자의 침대에서 잔다. 그들은 더블침대를 가져본 적이 없다. 그가 본 유일한 더블침대는 농장의 안방에 있는, 할아버지와 할머니가 사용했던 침대다. 그는 더블침대가 부인들이 암양이나 암퇘지처럼 일 년에 하나씩 아이를 낳던 케케묵은 옛날에 속하는 물건이라고 생각한다. 그는 자신이 그것을 제대로 이해하기 전에 그의 부모가 그 일을 그만뒀다는 게 고맙다.

그는 오래전, 자신이 세상에 태어나기 전에 그의 부모가 빅토리아 웨스트에서 서로 사랑을 했다고 믿을 준비가 되어 있다. 사랑은 결혼의 전제조건이니까. 앨범 속 사진들이 그것을 증명하는 듯하다. 예를 들어 소풍을 가서 둘이 다정하게 앉아 있는 사진이 그렇다. 그러나 그런 것은 오래전에 끝나버렸다. 그리고 그가 생각하기로 그것이 그들에게 훨씬 좋은 일이다.

그런데 그가 어머니에게 느끼는 격하고 화가 나는 감정은 영화관 스크린에 나오는 녹아드는 듯한 황홀함과 어떤 관련이 있는 걸까? 어머니는 그를 사랑하고 그도 그것을 부정할 수 없다. 하지만 정확히 그것이 문제다. 그것이 잘못된 것이다. 그를 향한 그녀의 태도에는 잘못된 것, 옳지 않은 것이 있다. 그녀의 사랑은 전부 경계심에서, 그가 위험에 처하면 달려들어 그를 구해주려는 마음에서 나온다. 그는 그녀의 보살핌에 자신을 맡기고 남은 평생 그녀를 견디며 사는 걸 선택할 수도 있다(물론 그는 그렇게 하지 않을 것이다). 그가 긴장을 풀지 않고 그녀에게 기회를 주지 않으려 늘 경계하는 것은 그녀의 보살핌에 대해 너무 확신을 갖고 있기 때문이다.

그는 어머니의 빈틈없는 관심에서 벗어나고 싶다. 어쩌면 그것을 관철하는 때가, 그가 자신의 독립을 선언하고 무자비하게 그녀를 거부해, 그녀가 충격을 받고 주춤주춤 뒤로 물러나며 결국 그를 놓을 수밖에 없는 때가 올지도 모른다. 그러나 그는 그저 그 순간을 생각하는 것만으로도, 그녀의 놀란 표정과 상처받은 마음을 생각해보는 것만으로도 죄의식이 몰려온다. 그렇다면 그는 그 충격을 완화하는 조치를 취해야 할 것이다. 그녀를 위로하며 떠나지 않겠다고 약속해야 할 것이다.

그녀가 받을 상처를 느끼며, 마치 그가 그녀의 일부이고 그녀가 그의 일부인 듯 그 상처를 세밀하게 느끼며, 그는 자신이 함정에 걸려 있고 빠져나갈 수 없다는 것을 안다. 누구의 잘못일까? 그는 그녀를 비난한다. 그녀에게 화가 난다. 그러나 그는 자신의 배은망덕이 수치스럽다. 사랑, 그래 이것이 진정 사랑이다. 그가 당황스러워하는 가엾은 개코원숭이처럼 정신없이 왔다갔다하는 이 우리 말이다. 무지하고 순진한 애니 할머니가 사랑에 대해 뭘 알 수 있을까? 말도 안 되는 자기 아버지의 원고에 노예처럼 인생을 바친 그녀보다 그가 세상에 대해 수천 배는 더 잘 안다. 그의 심장은 늙고 어둡고 단단하다. 돌로 된 심장이랄까. 이것이 그의 한심한 비밀이다.

15

그의 어머니는 대학을 일 년 다니다가 남동생들에게 길을 내주기 위해 학업을 포기했다. 그의 아버지는 공인 변호사다. 그가 스탠더드 캐너스에서 일하는 유일한 이유는 개업을 하려면(그의 어머니는 그에게 그렇게 말한다) 그들이 가진 것보다 많은 돈이 필요하기 때문이다. 그는 자신이 정상적인 아이로 크지 못하게 했다고 부모를 비난하면서도, 그들의 학력에 대해서는 자부심을 가지고 있다.

그들이 집에서 영어를 사용하고 그가 늘 영어 과목에서 일등을 하기 때문에, 그는 자신이 영국인이라고 생각한다. 그의 성이 아프리칸스어 성이고, 그의 아버지가 영국인보다는 아프리카너에 더 가깝고, 그 자신도 영어식 억양이 없는 아프리칸스어를 쓰지만, 그는 한순간도 아프리카너처럼 보일 수 없을 것이다. 그가 구사하는 아프리칸스어의 범위는 빈약하고 실체가 없다. 진짜 아프리카너 아이들이 구사하는 속어나 암시의 복잡한 세계 전체에—욕은 일부분일 뿐이다—그는 접근할 수 없다.

아프리카너들이 공통적으로 가진 태도가 있는데, 무뚝뚝함과 고집스러움, 그리고 이것과 그리 다르지 않은 위협적인 완력이 그것이다(그는 그들이 육중하고 움직임이 둔하고 힘센 몸을 서로 부딪치며 나아가는 코뿔소 같다고 생각한다)—그는 그런 태도를 전혀 공유하지 않을뿐더러 오히려 꺼린다. 우스터의 아프리카너들은 적에게 몽둥이를 휘두르듯 자신들의 언어를 휘두른다. 길거리에서는 그들 무리를 피하는 게 상책이다. 그들은 혼자 있을 때조차 공격적이고 위협적인 분위기를 풍긴다. 때때로 그는 아침에 학생들이 안뜰에 줄을 서 있으면, 아프리카너 아이들을 하나하나 바라보며 그중에서 조금이라도 다르거나 부드러운 기미가 있는 사람이 있는지 살펴보지만, 그런 아이는 하나도 없다. 그들 사이에 던져진다는 것은 생각할 수도 없는 일이다. 그들이 그를 깔아뭉개고 그의 영혼을 죽여버릴 것이다.

그러나 그는 아프리칸스어에 관한 한 자신이 그들에게 지고 싶어하지 않는다는 사실을 깨닫는다. 그는 네다섯 살 때 푸엘폰테인에 처음 갔는데, 당시에는 전혀 아프리칸스어를 할 줄 몰랐다. 그의 동생은 아직 갓난아기여서 햇빛을 피해 집안에만 있었다. 그곳에는 유색인 아이들 말고는 같이 놀 사람이 하나도 없었다. 그는 그들과 함께 콩 꼬투리로 배를 만들어 수로에 띄우며 놀았다. 그러나 그는 말을 못하는 동물 같았다. 모든 것을 몸짓으로만 해야 했다. 때때로 무언가 이야기하고 싶은데 말을 할 줄 모르니 가슴이 터질 것 같았다. 그런데 어느 날 갑자기 입이 뚫리고 술술 말이 나왔다. 생각하고 말 것도 없이 쉽게, 술술 나왔다. 어머니가 있는 곳으로 뛰어들어가 "들어봐요! 이제는 아프리칸스어로 말할 수 있어요!" 하고 소리치던 것이 아직도 기억에 생생하다.

아프리칸스어를 할 수 있게 되자, 인생의 복잡한 것이 모두 한순간에 사라져버린 것 같은 느낌이 든다. 아프리칸스어는 어디를 가든 따라다니는 보이지 않는 덮개 같다. 그는 자유자재로 그 속으로 들어가 즉시 다른 사람으로 변신하고, 더 단순하고 즐거워지며 걸음걸이도 더 가벼워진다.

영국인이 하는 행동 가운데 그를 실망시키는 것 중 하나이자 그가 따라하고 싶지 않은 것 중 하나는 아프리칸스어를 경멸하는 것이다. 그들이 눈썹을 치키고 거만하게 아프리칸스어 단어를 일부러 잘못 발음할 때, 가령 펠트veld를 벨트라고 발음하는 게 마치 신사의 표시라도 되는 양 틀리게 발음할 때, 그는 그들에게서 등을 돌린다. 그들은 틀렸다. 아니, 틀렸다기보다는 나쁘고 우습다. 그의 경우 영국인들 사이에 있을 때도 양보하지 않는다. 그는 아프리칸스어의 딱딱한 자음과 어려운 모음을 원래 발음대로 발음한다.

그의 반에는 그 말고도 아프리칸스어 성을 가진 아이들이 여럿 있다. 그런데 아프리칸스어 반에는 영어 성을 가진 사람이 한 명도 없다. 스미트와 다름없는 스미스라는 영어 성을 가진 아프리카너 아이가 고학년에 하나 있을 뿐이다. 그게 전부다. 유감스럽지만 이해할 수 있는 일이다. 아프리카너 여자들은 몸집이 무지무지하게 크고 뚱뚱하고 젖가슴만 불룩하고 황소개구리처럼 목이 두툼하거나 몸이 앙상하고 볼품없게 생겼는데, 어떤 영국 남자가 아프리카너 여자와 결혼해 아프리카너 가족을 이루고 싶겠는가?

그는 어머니가 영어를 한다는 사실을 하느님께 감사한다. 그러나 아버지는 셰익스피어와 워즈워스를 읽고 십자말풀이를 푸는데도 불구하고 여전히 불신한다. 그는 아버지가 우스터에 와서도 영국인이 되려고 하는 이유를 알 수 없다. 이곳에서는 아프리카너로 다시 돌아가는 것이 몹시 쉬울 텐데도 말이다. 아버지가 형제들과 프린스 앨버트에서의 어린 시절에 대해 농담하는 것을 들어보면, 우스터에 사는 아프리카너의 삶과 전혀 다를 바가 없는 것 같다. 두들겨맞고 벌거벗고 있는 것, 다른 사내아이들 앞에서 생리작용을 해결하는 것, 사생활에 대해 동물적으로 무관심한 것에 집중되어 있기는 마찬가지다.

빡빡머리에 신발을 신지 않은 아프리카너 아이가 된다는 생각만으로도 그는 겁에 질린다. 그것은 감옥에 들어가 사생활이 없는 삶을 사는 것이나 마찬가지다. 그는 사생활 없이는 살 수 없다. 만약 그가 아프리카너라면, 매일 밤낮을 다른 사람들이 있는 곳에서 지내야 한다. 그건 참을 수 없는 일이다.

그는 보이스카우트 캠프에서 보낸 사흘을 떠올린다. 너무 비참했던 마음과 몰래 텐트로 돌아가 혼자 책이나 읽고 싶은 마음이 계속 좌절되었던 걸 떠올린다.

어느 토요일, 아버지가 담배 심부름을 시킨다. 그에게는 선택지가 있다. 멀리 시내까지 자전거를 타고 가서 진열창과 금전등록기가 있는 번듯한 가게에 갈 수도 있고, 철도 건널목 근처의 자그만 아프리카너 가게로 갈 수도 있다. 아프리카너 가게는 집 뒤쪽에 딸린 방 한 칸짜리 가게인데, 카운터는 짙은 갈색으로 칠해져 있고 선반에는 거의 아무것도 없다. 그는 가까운 가게를 택한다.

더운 오후다. 가게 천장에는 빌통*이 매달려 있고 파리가 여기저기 날아다닌다. 그는 카운터 뒤의 아이에게—그보다 나이가 많은 아프리카너 아이다—스프링복 보통 담배를 스무 갑 달라고 한다. 그런데 그 순간 파리 한 마리가 그의 입속으로 들어온다. 그는 역겨워하며 그것을 뱉어낸다. 침에 젖은 파리가 허우적거리며 그 앞에 있는 카운터 위에 떨어진다.

"시스(더러워)!" 다른 손님 하나가 말한다.

그는 이렇게 항의하고 싶다. "그럼 내가 어떻게 해야 하죠? 뱉지 말아야 했나요? 파리를 삼켜버려야 했나요? 나는 어린애일 뿐이에요!" 그러나 이 무자비한 사람들 사이에서는 설명해봤자 소용이 없다. 그는 손으로 카운터의 침을 닦고, 못마땅해하는 침묵 속에서 담뱃값을 치른다.

어느 날, 아버지와 아버지의 형제들이 옛날이야기를 하다가 그들의 아버지에 대한 이야기를 다시 한번 하게 된다. "엔 바레 오우 옌틀만!"—진짜 노신사셨지! 그들은 자기 아버지에 대해 이야기할 때면 늘 하던 말을 되풀이하며 웃는다. "진짜 농부에 진짜 신사, 디스 바트 헤이 오프 세이 흐라프스티언 소우 헤벤스 헤트"—묘비명에도 그렇게 써주기를 바라셨을 거야. 그들은 다른 사람들 모두가 농장에서 펠스쿤(가죽신)을 신는데, 아버지는 늘

* 남아프리카공화국 영어로 '육포'를 뜻한다.

구두를 신고 있었다며 깔깔 웃는다.

어머니는 그들의 말을 듣고 있다가 경멸적으로 코웃음을 친다. "당신들이 그분을 얼마나 무서워했는지 잊지 마세요." 그녀가 말한다. "어른이 되어서도 그분 앞에서는 담뱃불도 못 붙였잖아요."

그들은 당황해서 한마디도 하지 않는다. 그녀가 급소를 정확히 건드린 것이다.

신사인 척했던 할아버지는 한때 농장과 프레이저버그 로드에 있는 호텔과 식료품점의 지분을 반이나 갖고 있었을 뿐 아니라 국왕의 생일에 영국 국기를 게양할 수 있는 깃대가 있는 집을 메르베빌에 갖고 있었다.

"엔 바레 오우 옌틀만 엔 엔 바레 오우 징고!" 형제들은 이렇게 말한다. 진짜 맹목적 애국주의자였지! 그들이 다시 웃음을 터뜨린다.

어머니 말이 맞다. 그들이 하는 말을 듣고 있으면, 그들은 부모의 등뒤에서 버르장머리없이 부모 흉을 보는 아이들 같다. 여하튼 그들은 무슨 권리로 자기 아버지를 놀리는 걸까? 하지만 그들은 그가 있을 때는 영어를 일절 사용하지 않으려 한다. 그들도 양이나 날씨에 관한 게 아니면 아무 이야기도 못하는, 멍청하고 건달 같은 이웃 보테스나 니그리니 집안 사람들과 다르지 않다.

적어도 가족들이 함께 모여 있을 때는 이 언어 저 언어가 뒤섞인 농담도 하고 왁자지껄 웃기도 한다. 그런데 니그리니나 보테스 가족이 찾아오면 분위기는 금세 무겁고 엄숙해진다. 보테스 가족 중 누군가가 한숨을 쉬며 "야-니(맞아요)!" 하고 말하면, 쿳시 가족 중 한 사람이 "야-니!" 하고 말하며 그들이 어서 가주기를 바란다.

그는 어떤가? 만약 그가 존경하는 할아버지가 맹목적 애국주의자라면, 그도 맹목적 애국주의자가 되어야 할까? 어린아이도 맹목적 애국주의자일 수 있을까? 그는 영사기에서 영국 국가가 흘러나오고 스크린에서 영국 국기가 펄럭이면 차려 자세를 취한다. 백파이프 음악을 들으면 충직한, 용감한 같은 단어를 들을 때처럼 그의 등골에 전율이 스친다. 그는 영국에 대한 이런 애착을 비밀로 간직해야 하는 걸까?

그는 주변의 수많은 사람들이 영국을 싫어하는 이유를 이해할 수 없다. 영국은 곧 뒹케르크 철수 작전이고 영국 본토 항공전이다. 영국은 자신의 임무를 수행하며 묵묵히 운명을 받아들이고 있다. 영국은 유틀란트해전에서 발밑의 갑판에 불이 붙었는데도 자기 총을 움켜잡고 서 있던 소년이다. 영국은 호수의 랜슬롯 경이고 사자왕 리처드 1세이며 황록색 옷을 입고 주목으로 만든 긴 화살을 들고 있는 로빈 후드다. 아프리카너에게는 거기에 견줄

만한 것이 뭐가 있는가? 죽을 때까지 말을 타고 달렸다는 더르키어이스. 딩간 추장에게 농락당한 피트 레티프. 총도 없는 수천 명의 줄루족 사람들을 총으로 쏘아죽이고 복수랍시고 자랑스럽게 생각하는 푸어르트레커르*들.

우스터에는 영국 성공회교회와 머리가 희끗희끗하고 파이프를 물고 보이스카우트 단장을 겸하는 신부가 있다. 그의 학급에 있는 몇몇 영국 아이들은—우스터의 유서 깊고 녹음이 우거진 지역에 살며 제대로 된 이름과 집을 가진 제대로 된 영국 아이들이다—그 사람을 친근하게 '파드레**'라고 부른다. 영국 아이들이 그렇게 말하면 그는 침묵을 지킨다. 영어라면 그도 편하게 할 수 있다. 그는 자신이 영국과 영국이 표방하는 모든 것에 충성하고 있다고 믿는다. 그러나 진짜 영국인으로 받아들여지려면 그 이상이 요구되는 것이 분명하다. 그러기 위해서는 몇 가지 시험을 거쳐야 하는데, 그는 자신이 그중 몇 개는 통과하지 못하리라는 것을 알고 있다.

---

* 아프리칸스어로 '개척자'를 뜻한다. 그레이트 트렉 시기에 열악한 조건 속에서 이주를 감행했던 보어인을 가리킨다.

** 원래 군대 부속 신부를 부르는 말이나, 현재는 '신부님'이라는 의미로 사용된다.

16

무엇인지는 모르지만 전화로 무슨 일인가 결정되었고, 그것이 그의 마음을 불편하게 만든다. 그는 어머니가 머금은 즐겁고 은밀한 미소가 마음에 들지 않는다. 그 미소는 그녀가 그의 일에 개입했다는 의미다.

지금은 그들이 우스터를 떠나기 며칠 전이다. 시험도 끝났고 선생이 성적표 작성하는 걸 돕는 것 말고는 아무것도 할일이 없는 최고의 날들이다.

호우스 선생이 점수를 부른다. 아이들은 각 과목의 점수를 하나하나 더하고 백분율로 환산한다. 그들은 제일 먼저 손을 들려고 경쟁한다. 어떤 점수가 어떤 사람의 것인지 맞히는 게임이다. 보통 그는 자신의 점수를 알아볼 수 있다. 90점대로 올라가다 수

학에서 100점을 찍고 역사와 지리 과목에서 70점대로 내려가는 걸 보면 자신의 점수라는 것을 짐작할 수 있다.

그는 암기하는 것을 싫어해서 역사나 지리를 잘 못한다. 그는 그게 너무 싫어서 정말 마지막 순간까지, 시험 전날 밤이나 시험 당일 아침까지 역사나 지리 공부를 미룬다. 그는 빳빳한 초콜릿색 표지와 역사적 사건의 원인들(나폴레옹전쟁의 원인, 그레이트 트렉의 원인)이 길게 나열된 역사 교과서는 거들떠보기도 싫다. 저자는 탈야르트와 슈만이다. 그는 탈야르트는 호리호리하고 마른 사람이고, 슈만은 뚱뚱하고 머리가 벗어지고 안경을 쓴 사람일 것이라고 상상한다. 그는 탈야르트와 슈만이 파를에 있는 연구실 탁자 양쪽에 앉아 심술궂은 글을 쓴 뒤 서로에게 건네는 장면을 상상해본다. 엥헬세(영국) 아이들에게 굴욕감을 주고 교훈을 주기 위해서가 아니라면 그들이 왜 영어로 책을 쓰고 싶어했는지 가늠할 수 없다.

도시와 강과 생산품이 지루하게 나열된 지리 교과서도 나을 것이 없다. 이 나라의 생산품을 열거하라는 문제가 나오면, 그는 언제나 하이드hide와 스킨skin이라고 쓰고 자신의 답이 맞기를 바란다. 그는 하이드와 스킨의 차이를 알지 못한다. 하지만 다른 아이들도 모르긴 마찬가지다.

나머지 과목들의 경우 그는 딱히 기대하지 않는다. 그러나 시험이 다가오면 기꺼이 달려든다. 그는 시험을 잘 본다. 만약 그가 잘 볼 수 있는 시험이 없다면 그에게는 특별한 점이 아무것도 없는 게 된다. 시험을 볼 때 그는 격렬하고 전율하는 흥분 상태가 되면서 빠르고 자신 있게 답안을 작성한다. 그가 그 상태 자체를 좋아하는 것은 아니지만, 저수지 문을 열듯 자기에게서 끌어낼 것이 있다는 사실이 고무적이다.

때때로 그는 두 개의 돌을 맞부딪쳐 그 냄새를 맡아보는데, 그러면 이러한 상태, 이러한 냄새, 이러한 맛이 다시 떠오른다. 화약, 쇠, 열기, 지속적인 혈관 박동의 맛과 냄새.

전화와 어머니의 미소에 숨겨진 비밀이 오전 휴식시간에 호우스 선생이 그를 손짓으로 부르면서 밝혀진다. 호우스 선생에게도 허위적인 분위기, 그가 불신하는 친절함이 있다.

호우스 선생은 그에게 자기집으로 차를 마시러 오라고 한다. 그는 얼간이처럼 고개를 끄덕이고 주소를 외운다.

이것은 그가 원하는 것이 아니다. 그렇다고 그가 호우스 선생을 싫어하는 것도 아니다. 만약 그가 6학년 담임인 샌더슨 선생만큼 그를 신뢰하지 않는다면, 그것은 오로지 호우스 선생이 남자이기 때문이다. 남자 선생이 담임이 된 건 처음이다. 그는 모든 남자에게서 풍겨나오는 무언가를 경계한다. 불안함, 거의 억제되지 않은 거칢, 잔인함에서 쾌감을 느끼는 듯한 분위기 등을 경계하는 것이다. 그는 호우스 선생이나 보통 남자들에게 어떻게 행동해야 할지 모르겠다. 저항하기를 포기해야 할지, 인정받으려고 노력해야 할지, 단단한 벽을 유지해야 할지 모르겠다. 여자들은 남자들보다 친절해서 더 편하다. 그러나 그는 호우스 선생이 그 누구보다도 공정하다는 사실을 부인할 수 없다. 그가 구사하는 영어는 훌륭하고, 그는 영국인 학생들이나 영국인이 되려 하는 아프리카너 가정의 학생들에게 적개심을 품고 있지 않다. 호우스 선생은 그가 결석한 기간 동안 아이들에게 술부 보어의 어구 해부를 가르쳤다. 그는 술부 보어를 이해하고 수업을 따라가느라 애를 먹고 있다. 술부 보어가 관용구처럼 아무 의미도 없는 것이라면 다른 아이들도 어려워할 것이다. 그러나 다른 아이들은, 아니 대부분의 아이들은 술부 보어 문제를 쉽게 이해하는 것 같다. 결론은 나와 있다. 호우스 선생은 그가 모르는 영어 문법을 알고 있다.

호우스 선생도 다른 선생들만큼 회초리를 사용한다. 그러나 학생들이 오랫동안 시끄럽게 떠들 때 그가 애용하는 벌은 펜을 내려놓고 책을 덮은 뒤 양손을 머리 뒤로 깍지 끼고 눈을 감고 꼼짝 않고 앉아 있게 하는 벌이다.

호우스 선생이 책상들 사이를 거니는 발소리를 제외하면 교실에는 완벽한 정적이 감돈다. 건물 주변의 유칼립투스나무에서 비둘기들이 한가롭게 구구거리는 소리가 들려온다. 비둘기, 주변의 아이들이 내뱉는 부드러운 숨소리. 이런 벌이라면 그는 언제까지라도 차분히 견딜 수 있다.

호우스 선생이 사는 다이자 로드 역시 리유니언 파크에 있는데, 그곳은 그가 한 번도 가보지 못한 북쪽 신시가지다. 호우스 선생은 리유니언 파크에 살고 두툼한 타이어가 달린 자전거를 타고 학교로 출근한다. 그뿐 아니라 그에게는 수수하고 피부가 검은 아내가 있고, 더욱 놀라운 것은 아이도 둘이나 있다. 그는 다이자 로드 11번지의 거실에서 그 사실을 알게 된다. 탁자에는 스콘과 찻주전자가 놓여 있고, 그가 두려워했던 대로 결국 호우스 선생과 단둘이서, 필사적이고 허위적인 대화를 해야 할 참이다.

상황이 더 안 좋아진다. 타이와 재킷을 벗고 반바지에 카키색 양말을 신은 호우스 선생은 그들 두 사람이 이제 친구가 될 수 있는 척하려고 한다. 이제 학년이 끝났고 그가 우스터를 떠나게 되었으니 그럴 수 있다는 것이다. 사실 호우스 선생은 그들이 반에서 가장 우수한 학생과 선생으로 일 년 내내 친구 같은 관계였음을 암시하려고 노력한다.

그는 점점 당황하고 몸이 굳는다. 호우스 선생이 스콘을 하나 더 권하지만 그는 거절한다. "먹으렴!" 호우스 선생은 이렇게 말하고 미소를 지으며 그의 접시에 스콘을 얹어준다. 그는 이 자리를 벗어나고 싶다.

그는 모든 것을 잘 정리하고 우스터를 떠나고 싶었다. 그는 자신의 기억 속에서 샌더슨 선생 옆에 호우스 선생의 자리를 마련해줄 준비가 되어 있었다. 그녀와 동급은 아니더라도 그녀와 가까운 자리에 말이다. 그런데 호우스 선생이 지금 그것을 망치고 있다. 그는 호우스 선생이 그러지 않았으면 싶다.

두번째 스콘은 접시에 그대로 놓여 있다. 그는 더이상 마음을 숨기려고 하지 않을 것이다. 그는 점점 말이 없고 완강해진다. "가야 하니?" 호우스 선생이 묻는다. 그가 고개를 끄덕인다. 호우스 선생이 일어서서 현관문까지 그를 따라온다. 그 현관문은 포플러 애비뉴 12번지에 달린 것과 똑같다. 열릴 때 경첩에서 높은 소리가 나는 것까지 정확하게 똑같다.

적어도 호우스 선생은 그와 악수를 하거나 다른 멍청한 짓을 하지 않을 정도의 지각은 있다.

그들은 우스터를 떠나기로 한다. 그의 아버지는 자신의 미래가 사양길에 접어든 스탠더드 캐너스에 있지 않다고 판단했다. 그는 변호사직으로 돌아가려고 한다.

사무실에서 환송회가 열리고, 아버지는 시계를 선물로 받아 돌아온다. 그 직후 그는 혼자 케이프타운으로 떠난다. 뒤에 남아

이사를 책임지는 것은 어머니의 몫이다. 그녀는 레티프라는 업자와 15파운드에 계약을 한다. 가구뿐 아니라 좌석에 그들 세 사람까지 태워다주는 조건이다.

레티프의 인부들이 화물차에 짐을 옮겨 싣고 어머니와 동생은 차에 올라탄다. 그는 텅 빈 집을 마지막으로 한 바퀴 돌아보고 작별을 고한다. 현관문 뒤에 대개 골프채 두 개와 지팡이가 꽂혀 있던 우산꽂이가 이제 텅 빈 채로 있다. "우산꽂이를 빼먹었어요!" 그는 소리친다. "어서 와라! 우산꽂이는 놔둬!" 어머니가 외친다. "안 돼요!" 그가 다시 소리친다. 인부들이 우산꽂이를 싣기 전에는 떠나지 않으려 한다. "디스 네트 엔 오우 스터크 페이프." 레티프가 투덜거린다—그냥 낡은 파이프일 뿐이잖아.

그렇게 해서 그는 자신이 우산꽂이라고 생각했던 것이 사실은 어머니가 1미터쯤 되는 하수구용 콘크리트 파이프에 녹색 페인트를 칠한 것임을 알게 된다. 이것을 코사크가 위에서 자곤 해서 개털로 뒤덮여버린 쿠션, 둘둘 만 닭장 철망, 크리켓 공 던지는 장치, 모스부호가 적힌 막대기 등과 함께 케이프타운으로 가져간다. 옛 삶의 보잘것없는 물건들을 싣고 미래를 향해 베인스 클루프 고갯길을 힘들게 올라가는 레티프의 트럭이 노아의 방주처럼 느껴진다.

리유니언 파크에서 그들은 한 달에 12파운드를 냈다. 그런데 그의 아버지가 플럼스테드에 얻어놓은 집은 25파운드를 내야 한다. 그 집은 플럼스테드의 끝자락에 있는데, 그들이 도착하고 일주일 후에 경찰이 갈색 종이박스에 담긴 죽은 아이를 발견한, 모래와 아카시아숲이 널찍하게 펼쳐진 곳을 마주보고 있다. 다른 쪽으로 반시간쯤 걸어가면 플럼스테드 기차역이 나온다. 집 자체는 에브레몬드 로드에 있는 모든 집처럼 전망창과 쪽마루가 있는 새집이다. 그런데 문들은 비뚤어져 있고, 자물쇠는 잠기지 않고, 뒷마당에는 깨진 돌이 쌓여 있다.

이웃에는 영국에서 새로 온 부부가 산다. 남자는 끝없이 차를 닦고, 붉은색 반바지를 입고 선글라스를 낀 여자는 접의자에 앉아 기다랗고 하얀 다리에 햇볕을 쬐며 하루를 보낸다.

시급한 일은 그와 그의 동생이 다닐 학교를 찾는 것이다. 케이프타운은 남학생은 모두 남학교로 가고 여학생은 모두 여학교로 가는 우스터와 다르다. 케이프타운에서는 여러 학교 중에 선택할 수 있고, 그중에는 좋은 학교도 있고 그렇지 않은 학교도 있다. 하지만 좋은 학교에 들어가기 위해서는 연줄이 있어야 하고 그들에게는 그런 연줄이 거의 없다.

그들은 어머니의 동생인 랜스 외삼촌의 주선으로 론데보스 학교에 가서 인터뷰를 할 수 있게 된다. 그는 반바지와 셔츠를 입고 넥타이를 매고 가슴 호주머니에 우스터 초등학교 배지가 달린 짙은 남색 블레이저를 말끔하게 차려입고, 어머니와 함께 교장실 밖에 있는 벤치에 앉아 있다. 차례가 되자, 그들은 럭비와 크리켓 팀 사진으로 가득한, 벽에 목재 패널을 댄 교장실로 안내된다. 교장의 질문은 어디에 사느냐, 아버지의 직업은 무엇이냐 등 모두 그의 어머니를 향해 있다. 그런 다음 그가 기다리던 순간이 다가온다. 그녀는 핸드백에서 그가 학급에서 일등을 했으며, 따라서 그에게 모든 문이 열려야 함을 증명하는 성적표를 꺼낸다.

교장이 돋보기를 쓰고 읽는다. "그러니까 네가 반에서 일등을 했구나." 그가 말한다. "좋다, 좋아! 하지만 여기서는 그리 쉽지 않을 게다."

그는 시험받기를 바랐다. 피의 강 전투가 언제 있었는지, 혹은 더 좋게는 암산을 해보라는 등의 질문을 받기를 바랐다. 그러나 그것이 전부다. 인터뷰는 끝난다. 교장이 말한다. "약속드릴 수는 없습니다. 아이 이름을 대기자 명단에 올려두겠습니다. 그런 다음 빈자리가 생기기를 기다려야 합니다."

그의 이름은 학교 세 곳의 대기자 명단에 올라가지만 소득이 없다. 우스터에서 일등을 했다는 것이 케이프타운에서는 별것 아닌 게 분명하다.

마지막으로 의지할 곳은 세인트조지프 가톨릭학교다. 세인트조지프 학교에는 대기자 명단이 없다. 수업료를 낼 준비가 되어 있는 누구든지 받아준다. 가톨릭교도가 아닌 학생은 분기당 12파운드를 내면 된다.

그들에게, 그와 그의 어머니에게 명백해지는 것은 케이프타운에서는 서로 다른 계층의 사람들이 서로 다른 학교에 간다는 사실이다. 세인트조지프 학교에는 들어갈 수 있다. 그런데 그 학교는 수준을 따지자면 가장 낮은 등급이거나 두번째로 낮은 등급이다. 그를 더 좋은 학교에 보내지 못하게 되어 어머니는 비통해하지만, 그는 아무렇지도 않다. 그는 자신들이 어느 등급에 속하는지, 어디에 들어맞는지 잘 모른다. 현재로서는 그럭저럭 들어가는 것에 만족한다. 아프리카너 학교로 보내져 아프리카너로 살아야 하는 위협은 이제 사라졌다. 그것만이 중요하다. 그는 긴장을 풀 수 있다. 더이상 가톨릭교도인 척할 필요도 없다.

진짜 영국인은 세인트조지프 같은 학교에 다니지 않는다. 그러나 그는 론데보스의 거리에서 그들의 학교를 오가는 진짜 영국인들을 날마다 볼 수 있다. 그리고 곱슬거리지 않는 금발머리와 금빛 피부, 너무 작지도 너무 크지도 않은 옷, 그들에게서 배어나오는 말없는 자신감에 감탄할 수 있다. 그들은 그에게 익숙한 요란하고 조야한 방식이 아닌 편안한 방식으로 서로를 악의 없이 (그가 읽었던 공립학교 이야기책에서 알게 된 말이다) 놀린다. 그들과 어울리고 싶은 생각은 없지만 주의깊게 지켜보면서 배우려고 노력한다.

교구 학교에 다니는 남학생들은 그중에서도 가장 영국적인 학생들인데 세인트조지프 학교와는 럭비나 크리켓을 하려고도 하지 않으며, 기찻길에서 멀리 떨어져 있어 그가 듣기는 했어도 본 적은 없는 비숍스코트, 펀우드, 콘스탄셔 같은 고급 지역에 산다. 그들의 누이들은 그들을 온화하게 지켜주고 보호해주는 허셜이나 세인트사이프리언 같은 학교에 다닌다. 우스터에 있을 때 그는 여자들에게 눈길을 준 적이 거의 없었다. 친구들에게도 늘 누이는 없고 남자형제만 있는 것 같았다. 이제 그는 처음으로 영국인 누이들을 본다. 황금빛 금발머리의 그들이 너무나 아름다워 이 세상 사람이라는 사실을 믿을 수 없다.

여덟시 삼십분까지 학교에 도착하기 위해서는 일곱시 삼십분에 집을 나서야 한다. 기차역까지 삼십 분을 걷고, 기차를 타고 십오 분을 가고, 기차역에서 학교까지 오 분을 걸어가고, 연착에 대비해 십 분을 더한 것이다. 그런데도 그는 늦을까 불안해 일곱시에 집을 나서 여덟시까지 학교에 도착한다. 그는 수위 아저씨가 막 열어준 교실에 들어가 그의 책상에 앉아 머리를 팔에 대고 엎드려 기다린다.

그는 시곗바늘을 잘못 읽고 기차를 놓치고 엉뚱한 방향으로 가는 악몽을 꾼다. 악몽을 꾸면서 무력한 절망감에 젖어 운다.

그보다 일찍 학교에 도착하는 아이들은 드프레이타스 형제가 유일하다. 야채장수인 그들의 아버지가 찌그러진 파란색 트럭을 몰고 새벽에 솔트 리버 야채시장에 가는 길에 그들을 학교에 내려준다.

세인트조지프의 선생들은 마리스트회에 소속되어 있다. 엄숙해 보이는 검은색 성직자 옷을 입고 빳빳이 풀을 먹인 하얀 깃을 세운 수사들은 특별한 사람들이다. 그들에게 깃든 신비한 분위기가 그에게 깊은 인상을 남긴다. 그들이 어디에서 왔고, 그들이 벗어던진 본래 이름은 무엇이었는지 신비롭기만 하다. 그는 크리켓 코치인 어거스틴 수사가 평범한 사람처럼 하얀색 셔츠와 검은색 바지를 입고 크리켓용 신발을 신고 연습장에 오는 걸 좋아하지 않는다. 특히 어거스틴 수사가 타격을 할 때, 일명 '박스'라고 하는 보호대가 그의 바지 속에서 미끄러져내리는 모습을 좋아하지 않는다.

그는 수사들이 가르치는 일을 하지 않을 때 무엇을 하는지 모른다. 그들이 잠을 자고 먹고 개인적인 생활을 하는 학교 부속건물은 출입금지 구역이다. 그도 그곳에 어렵사리 들어가보고 싶은 생각은 없다. 그는 그들이 그곳에서 아침 네시에 일어나 기도 하면서 시간을 보내고 검소한 식사를 하고 양말을 기우며 엄격한 삶을 살고 있다고 생각하고 싶다. 그는 그들이 잘못된 행동을 해도 그들을 이해하려고 최선을 다한다. 예를 들어 뚱뚱하고 면도를 하지 않는 알렉시스 수사가 아프리칸스어 수업시간에 품위 없이 방귀를 뀌면서 잠을 자면, 알렉시스 수사는 가르치는 일이 자기 수준에 맞지 않는 지적인 사람이라 그런다고 생각하려 한다. 그리고 장피에르 수사가 어린아이들에게 뭔가 수상한 짓을 했다는 소문 때문에 기숙사에서 갑자기 퇴출되면, 그는 그 이야기를 애써 잊어버리려고 한다. 그에게는 수사들에게도 성적 욕망이 있고 그걸 억누르지 못한다는 것은 상상할 수 없는 일이다.

영어가 모국어인 수사들이 거의 없기 때문에, 그들은 가톨릭 평신도를 고용해 영어 수업을 하게 한다. 휄런 선생은 아일랜드인이다. 그는 영국인을 싫어하고 신교도에 대한 증오심을 숨기려고도 하지 않는다. 그리고 아프리칸스어 이름을 정확히 발음하려고 노력하지도 않는다. 그는 아프리칸스어가 이교도의 횡설수설이라도 되는 양 흉하게 입술을 비틀며 발음한다.

영어 수업시간의 대부분은 셰익스피어의 「줄리어스 시저」를 읽는 데 할애된다. 휄런 선생의 수업 방식은 학생들에게 배역을 맡기고 각자 배역의 대사를 크게 읽게 하는 것이다. 학생들은 문법 교과서에 있는 연습문제를 풀고 일주일에 한 번씩 에세이를 쓴다. 그들이 삼십 분에 걸쳐 에세이를 써서 제출하면, 집에 가서까지 일을 해야 한다고 생각하지 않는 휄런 선생은 남은 십 분 동안 점수를 매긴다. 그가 십 분 동안 점수를 매기는 것은 그의 피에스 드 레지스탕스* 중 하나가 된다. 아이들은 그 모습을 존경심으로 가득한 미소를 띠고 바라본다. 휄런 선생은 파란색 펜을 들고 쌓여 있는 글들을 후다닥 훑어본다. 그러고 나면 그것들을 모아서 반장에게 준다. 그러면 나지막하고 역설적인 박수의 물결이 인다.

휄런 선생의 이름은 테런스다. 그는 갈색 가죽으로 된 라이더 재킷을 입고 모자를 쓴다. 추울 때는 실내에서도 계속 모자를 쓰고 있다. 그는 손을 따뜻하게 하려고 창백한 하얀 손을 비빈다. 그는 얼굴이 시체처럼 창백하다. 그가 남아프리카에서 하는 일이 무엇이며, 왜 아일랜드로 돌아가지 않는지는 분명하지 않다. 그는 이 나라와 이 나라의 모든 일에 불만이 있는 것처럼 보인다.

그는 휄런 선생의 수업시간에 마르쿠스 안토니우스의 성격, 브루투스의 성격, 도로 안전, 스포츠, 자연 등에 관한 에세이를 쓴다. 대부분의 에세이는 지루하고 기계적인 작업일 뿐이다. 하지만 이따금 에세이를 쓰면서 흥분이 솟구치기도 한다. 그러면

* 프랑스어로 '가장 중요한 것'을 뜻한다.

펜이 빠른 속도로 움직이기 시작한다. 그가 쓴 에세이 중 길옆에 숨어 먹잇감을 기다리는 노상강도에 관한 것이 있다. 강도의 말이 내뿜은 부드러운 콧김이 차가운 밤공기에 수증기로 바뀐다. 달빛이 채찍처럼 그의 얼굴을 내리친다. 그는 탄약이 습기에 젖지 않게 하려고 총을 코트 자락 밑에 넣어 잡고 있다.

강도에 관한 에세이는 휄런 선생에게 아무런 인상을 주지 못한다. 휄런 선생의 창백한 눈이 그의 에세이를 훑으며 깜빡거리고, 그의 연필이 6.5점이라는 점수를 적는다. 6.5점은 그가 거의 매번 에세이 점수로 받는 점수다. 7점을 넘은 적이 없다. 영어 이름을 가진 아이들은 7.5점이나 8점을 받는다. 테오 스타브로풀로스라는 아이는 우스운 이름에도 불구하고 8점을 받는데, 옷을 잘 입고 웅변 수업을 받기 때문이다. 테오에게는 언제나 마르쿠스 안토니우스 역할이 맡겨진다. 그것은 그가 "친구들이여, 로마인들이여, 동포들이여, 내 말을 들어보시오"라는 가장 유명한 연설을 큰 소리로 읽는다는 의미다.

우스터에서 학교에 다닐 때 그는 걱정도 많았지만 흥분되기도 했다. 그가 어느 순간 거짓말쟁이라고 폭로되고 그에 따라 끔찍한 결과가 뒤따를 수 있었던 것도 사실이다. 그러나 학교는 매혹적이었다. 사물의 일상적인 표면 밑에서 날뛰는 잔인성과 고통, 증오가 날마다 새롭게 드러나는 것 같았다. 그는 당시 벌어지고 있는 일들이 잘못된 것이며 그런 게 허용되어서는 안 된다는 것을 알았다. 게다가 그는 그런 일들에 노출되기에는 너무 어리고 너무 어린아이 같고 취약했다. 그럼에도 불구하고 우스터 시절의 흥분과 분노는 그를 움켜쥐었다. 그는 충격을 받았지만 더 많은 것을 보고 싶은, 볼 것은 다 보고 싶은 욕심이 있었다.

반면, 케이프타운에서 그는 시간을 허비하고 있다고 느낀다. 학교는 더이상 거대한 흥분이 감도는 장소가 아니다. 그것은 쪼그라든 협소한 세계이며, 다소간 온화한 형태의 감옥이다. 그런 세계에서 교실의 일상을 견뎌내느니 감옥에서 바구니를 짜며 살아가는 게 낫다. 케이프타운은 그를 더 영리한 아이로 만들어주지 않는다. 그것은 그를 더 멍청하게 만들고 있다. 그 사실을 깨닫자 고통이 엄습해온다. 그가 진짜로 누구든, 소년기의 잿더미에서 솟아나와야 하는 진정한 '나'가 누구든, 그는 태어나는 게 허락되지 않았고, 성장을 저해당한 채 별 볼 일 없는 상태로 놓여 있다.

그는 이런 감정을 휄런 선생의 수업시간에 가장 절망적으로 느낀다. 그는 휄런 선생이 허락하는 것 이상의 수많은 것들을 쓸 수 있다. 휄런 선생을 위해 쓰는 것은 자신의 날개를 펼치지 못하는 일이다. 반대로 자신을 가능한 한 작고 거슬리지 않게 만들어 공 속에 쑤셔넣는 일이다.

그는 스포츠(멘스 사나 인 코르포레 사노*)나 도로 안전에 대해서는 쓰고 싶은 생각이 없다. 너무 지루해서 쥐어짜듯 말을 나열해야 한다. 노상강도에 대해서도 쓰고 싶지 않다. 그는 그들의 얼굴에 쏟아지는 달빛, 피스톨을 쥔 하얀 손, 그들이 일으키는 순간적인 인상이 무엇이든 그에게서가 아니라 어딘가 다른 곳에서 온 것이며 이미 시들고 상한 상태로 온 것이라는 사실을 안다. 만약 자신이 쓴 것을 읽는 대상이 휄런 선생이 아니라면, 그는 더 어두운 것에 관해 쓰고 싶다. 일단 그의 펜에서 흘러나오기 시작하면 그것은 엎질러진 잉크처럼 주체할 수 없이 흘러갈 것이다. 엎질러진 잉크처럼, 고요한 물의 표면을 질주하는 그림자처럼, 하늘을 가르는 번개처럼.

가톨릭교도 학생들이 교리문답 수업을 받는 동안, 가톨릭교도가 아닌 8학년 학생들은 휄런 선생한테 수업을 받는다. 휄런 선생은 루카복음이나 사도행전을 학생들과 함께 읽기로 되어 있다. 그런데 학생들은 그에게서 파넬과 로저 케이스먼트, 영국인의 배반에 대한 이야기를 거듭 듣게 된다. 어떤 날에는 그날의 〈케이프 타임스〉를 가지고 와서 러시아인이 그들의 위성국가에서 저지른 새로운 만행을 이야기해주며 노발대발해서 소리친다. "그

* 라틴어로 '건전한 신체에 건전한 정신이 깃든다'를 뜻한다.

들은 무신론을 가르치는 수업을 개설해 아이들로 하여금 우리 주님에게 침을 뱉도록 강요하고 있단다. 믿어지니? 끝까지 자신의 신앙에 충실한 가난한 아이들을 악명 높은 시베리아 수용소로 보내고 있단다. 그것이 그들이 뻔뻔스럽게도 인간의 종교라고 일컫는 공산주의의 실체란다."

그들은 휄런 선생에게서 러시아에 관한 뉴스를 듣고, 오토 수사에게서는 박해받는 중국 신자들에 관한 이야기를 듣는다. 오토 수사는 휄런 선생 같지 않다. 그는 조용하고 얼굴이 잘 빨개지고 이야기를 해달라고 꼬드겨야 이야기를 해준다. 그러나 그의 이야기에는 권위가 있는데, 그가 실제로 중국에 가본 적이 있기 때문이다. "그래, 내가 두 눈으로 직접 봤다." 그가 더듬거리는 영어로 말한다. "그들은 좁은 감방에 갇혀 있었고, 그 수가 너무 많아 숨도 쉴 수 없는 상황에서 죽어갔어. 내가 직접 봤다."

아이들은 오토 수사 뒤에서 그를 '칭총차이나맨'이라고 부른다. 그들에게 오토 수사의 중국 이야기나 휄런 선생의 러시아 이야기는 얀 판리비어크나 그레이트 트렉보다도 현실적이지 않다. 사실 얀 판리비어크와 그레이트 트렉은 8학년 교과과정에 있지만 공산주의는 없기 때문에, 중국과 러시아에서 일어나는 일은 이야기하지 않는 편이 좋다. 중국이나 러시아는 오토 수사나 휄런 선생이 이야기하게 하기 위한 구실에 지나지 않는다.

그는 머릿속이 혼란스럽다. 그는 선생의 이야기가 거짓말이 틀림없다는 것을 안다. 공산주의자들은 좋은 사람들인데, 그들이 왜 그렇게 잔인한 짓을 저지를까? 그러나 그에게는 그걸 증명할 방법이 없다. 그들의 이야기를 수동적으로 듣고 앉아 있어야 한다는 게 화가 나지만, 그는 거기에 항의하거나 이의를 달지 않을 정도로 신중하다. 그는 직접 〈케이프 타임스〉를 읽었다. 그래서 공산주의 동조자들에게 무슨 일이 일어나는지 안다. 그는 공산주의 동조자로 비난받고 배척당하고 싶지 않다.

휄런 선생은 가톨릭교도가 아닌 학생들에게 복음서를 가르치는 것을 내키지 않아하지만, 그렇다고 복음서를 완전히 소홀히 할 수는 없다. 그는 '네 뺨을 때리는 자에게 다른 뺨을 내밀고'라는 루카복음의 한 구절을 읽는다. "예수님의 말씀이 의미하는 바가 뭘까? 우리가 자신을 옹호하는 걸 포기해야 한다는 말일까? 우리가 유약한 사람이 되어야 한다는 말일까? 그건 물론 아니다. 하지만 불량배가 와서 네게 싸움을 걸고 싶어 안달하면 예수님은 이렇게 말씀하시지. '자극받지 마라. 서로의 이견을 해결하는 데 주먹질보다 더 좋은 방법이 있는 법이다.'

'누구든지 가진 자는 더 받아 넉넉해지고, 가진 것이 없는 자는 가진 것마저 빼앗길 것이다.' 예수님의 말씀이 의미하는 바가 뭘까? 구원을 얻는 유일한 방법은 가진 것을 모두 포기해야 한다는 말일까? 아니다. 만약 예수님이 우리에게 넝마를 입고 다니라고 하실 생각이었다면 그렇게 말씀하셨겠지. 예수님은 우화로 말씀하신다. 그분의 말씀을 진실로 믿는 자는 천국에서 보상을 얻을 것이고, 믿음이 없는 자는 지옥에 가서 영원한 벌을 받게 될 것이라는 의미란다."

그는 휄런 선생이 가톨릭교도가 아닌 학생들에게 이런 교리를 가르치기 전에 수사들과 상의를 했는지, 특히 출납을 담당하고 수업료를 걷는 오딜로 수사와 상의를 했는지 궁금하다. 평신도 교사인 휄런 선생은 가톨릭교도가 아닌 사람들은 이교도이며 저주를 받는다고 분명히 믿는다. 그에 반해 수사들은 그들에게 아주 관대한 것 같다.

휄런 선생의 성경 수업에 대한 그의 반감은 아주 깊다. 그는 휄런 선생이 예수의 우화가 진정으로 의미하는 바를 알지 못한다고 확신한다. 그는 무신론자이고 언제나 그래왔지만, 자신이 휄런 선생보다 예수를 더 잘 이해한다고 생각한다. 그는 딱히 예수를 좋아하지는 않는다. 예수는 너무 쉽게 화를 내기 때문이다. 하지만 그는 예수를 참아줄 준비가 되어 있다. 적어도 예수는 하느님인 척하지 않았고 아버지가 되기 전에 죽었다. 그것이 예수의 강점이다. 그것이 예수가 권위를 유지하는 방식이다.

그러나 루카복음 중에 그가 듣고 싶어하지 않는 부분이 있다.

그 부분에 이르면 그는 몸이 굳어지고 귀를 닫아버린다. 여자들이 예수의 몸에 향유를 바르기 위해 무덤에 도착한다. 예수는 그곳에 없다. 대신 그들은 두 천사를 만난다. 천사들이 말한다. '어찌하여 살아 계신 분을 죽은 이들 가운데에서 찾고 있느냐? 그분께서는 여기에 계시지 않는다. 되살아나셨다.' 만약 그가 귀를 열고 그 말을 들었다면, 그는 벌떡 일어나 승리감에 겨워 춤을 추고 소리를 질렀을 것이다. 그리고 자신을 영원히 웃음거리로 만들어버렸을 것이다.

그는 휄런 선생이 그에게 나쁜 감정을 품고 있다고는 생각하지 않는다. 그럼에도 불구하고, 그가 영어 시험에서 받은 최고 점수는 70점이다. 70점으로는 영어 과목에서 일등을 할 수 없다. 선생이 더 예뻐하는 아이들이 그를 쉽게 능가해버린다. 그가 역사나 지리 과목을 잘하는 것도 아니다. 그 과목들은 전보다 더 그를 싫증나게 한다. 그가 최고 점수를 받는 것은 수학과 라틴어 과목이다. 그가 오기 전에 반에서 가장 영리했다는 스위스 아이 올리버 마터를 따돌리고 그는 그 과목에서 일등을 한다.

이제 올리버라는 제대로 된 상대를 만났기 때문에, 언제나 일등 성적표를 가지고 집에 가겠다는 그의 오랜 다짐은 냉혹한 개인적 명예의 문제가 된다. 그는 그 문제에 대해 어머니에게 아무 말도 하지 않지만, 그녀에게 이등을 했다는 이야기를 해야 할 날에 대비해 마음의 준비를 한다.

올리버 마터는 이등을 하는 것에 그다지 구애받지 않을 것처럼 보이는, 동그란 얼굴에 온순하고 미소를 잘 짓는 아이다. 그와 올리버는 날마다 가브리엘 수사가 내는 퀴즈를 풀며 경쟁한다. 가브리엘 수사는 아이들을 일렬로 세워두고 줄의 앞뒤로 왔다갔다하며 질문을 해 오 초 안에 답하게 한다. 답하지 못한 사람은 맨 뒤로 가야 한다. 그 퀴즈가 끝날 때쯤 맨 앞에 있는 사람은 언제나 그 아니면 올리버다.

그런데 올리버가 학교에 오지 않는다. 아무런 설명 없이 한 달이 지나고, 가브리엘 수사가 소식을 전한다. 올리버가 백혈병에 걸려 병원에 입원해 있으니 모두 그를 위해 기도를 해야 한다는 것이다. 아이들은 고개를 숙이고 기도한다. 그는 하느님을 믿지 않기 때문에 기도하지 않고 입술만 달싹거린다. 그는 생각한다. 모두 내가 일등을 차지하기 위해 올리버가 죽기를 원한다고 생각할 거야.

올리버는 영영 학교로 돌아오지 않는다. 그는 병원에서 죽는다. 가톨릭교도 아이들은 그의 영혼의 안식을 위한 특별 미사에 참석한다.

위협이 사라졌다. 그는 더 편하게 숨을 쉰다. 하지만 일등을 하며 느끼던 옛날의 즐거움은 깨지고 만다.

17

케이프타운에서의 삶은 우스터에서의 삶보다 변화가 적다. 특히 주말에는 〈리더스 다이제스트〉를 읽거나 라디오를 듣거나 크리켓 공을 이리저리 튕기며 노는 것 외에는 할일이 없다. 그는 더이상 자전거를 타지 않는다. 플럼스테드에는 가보고 싶은 곳도 없다. 사방으로 몇 킬로미터에 걸쳐 집들이 늘어서 있을 뿐이다. 여하튼 그의 몸이 부쩍 자라는 바람에 스미스 자전거는 이제 어린이용 자전거처럼 보이기 시작한다.

길거리에서 자전거를 타는 것이 사실 좀 우습게 보이기 시작한다. 메카노 조립 세트를 갖고 노는 것이나 우표 수집처럼 한때 그의 흥미를 끌었던 것들이 더는 흥미롭지 않다. 그는 자신이 왜 그런 것에 시간을 허비했는지 더이상 이해할 수 없다. 그는 거울에 비친 자신의 모습을 살피고 못마땅해하며 욕실에서 몇 시간을 보낸다. 그는 더이상 미소를 짓지 않고 험악하게 인상을 쓴다.

아직 사그라들지 않은 유일한 열정은 크리켓을 향한 열정이다. 그는 자신처럼 크리켓에 푹 빠진 사람을 알지 못한다. 학교에서 크리켓 경기를 하지만 그것으로는 충분하지 않다. 플럼스테드에 있는 집은 앞쪽 베란다 바닥이 석판으로 되어 있다. 거기에서 자신이 크리켓 경기장에 있는 척하며, 왼손에 배트를 들고 오른손으로 벽에 공을 던져 튕겨나오게 하면서 혼자 크리켓을 한다. 그는 몇 시간이고 공을 벽으로 쳐서 보낸다. 이웃들이 그의 어머니에게 시끄럽다고 불평하지만 그는 개의치 않는다.

그는 교본들을 탐독했고 다양한 타격 자세를 암기하고 있으며 정확한 발놀림으로 타격을 할 수 있다. 그러나 진실을 말하자면, 그는 진짜 크리켓보다 베란다에서 혼자 하는 게임이 더 좋아지기 시작했다. 실제로 들어오는 공을 친다고 생각하면 짜릿한 맛도 나지만 두려움이 일기도 한다. 그는 빠른 공을 던지는 투수들이 특히 두렵다. 공에 맞을 게 두렵고 아플 게 두렵다. 실제로 크리켓을 할 때면 그는 움츠리지 않고 자신이 겁쟁이라는 사실을 들키지 않는 데 모든 에너지를 집중시켜야 한다.

그는 점수를 거의 내지 못한다. 즉시 아웃당하거나, 아니면 점수도 내지 못하면서 반시간 동안 타격을 해서 같은 팀 동료들을 포함한 모든 사람을 짜증나게 만든다. 그는 공을 피하는 것만으로도 충분한, 아주 충분한 소극성의 무아지경에 접어든 것처럼 보인다. 그는 자신의 이런 실패들을 되돌아보며, 악착같고 자제심 강하고 입술을 꼭 다문 한 사람이, 보통 요크셔 사람인데, 아주 어려운 상황의 크리켓 결승전에서 다른 타자들이 모두 아웃당하고 있음에도, 아웃당하지 않고 버티며 최선을 다했다는 이야기로 위안을 삼는다.

어느 금요일 오후, 열세 살 이하 파인랜즈 팀과의 경기에 첫번째 타자로 나선 그는 키가 크고 호리호리한 아이와 맞서게 된다. 팀 동료들이 재촉하자 그애는 최대한 빠르고 무섭게 공을 던진다. 공은 위킷도 벗어나고 그도 벗어나고 때로는 위킷 수비자까지도 벗어나며 여기저기 날아다닌다. 그는 거의 배트를 사용할 필요도 없다.

세번째 공이 매트 밖 흙바닥에 내리꽂혔다가 튀어오르더니 그의 관자놀이를 친다. '이건 정말 너무하는군! 해도 너무하는군!' 그는 짜증을 내며 속으로 생각한다. 야수들이 그를 이상하다는 듯이 쳐다보는 게 느껴진다. 아직도 공이 퍽 하고 뼈를 둔탁하게 때리는 소리가 들리는 듯하다. 그는 정신이 멍해지더니 쓰러지고 만다.

그는 경기장 가장자리에 누워 있다. 얼굴과 머리는 젖어 있다.

주위를 돌아보며 배트를 찾지만 배트는 보이지 않는다.

"잠시 누워서 쉬렴." 어거스틴 수사가 말한다. 그의 목소리는 아주 쾌활하다. "공에 맞았어."

"전 타격을 하고 싶어요." 그가 이렇게 중얼거리고 일어나 앉는다. 그는 자신이 맞는 말을 했다는 사실을 안다. 그것은 자신이 겁쟁이가 아님을 증명하는 말이다. 그러나 그는 타격을 할 수 없다. 차례를 놓쳤다. 누군가 다른 사람이 그의 자리에서 이미 타격을 하고 있다.

그는 그들이 그 일을 중요하게 생각할 줄 알았다. 위험한 공을 던진 것에 대해 항의를 해줄 거라 생각했다. 그러나 게임은 진행되고 있고, 그의 팀은 아주 잘하고 있다. "괜찮니? 아파?" 팀 동료 하나가 이렇게 묻고는 그의 대답은 제대로 듣지도 않는다. 그는 경계선에 앉아 남은 이닝이 진행되는 것을 지켜본다. 다음에 그는 수비를 한다. 그는 두통이 있었으면 하고 바란다. 눈이 안 보이거나 정신을 잃거나 무언가 극적인 일이 벌어졌으면 싶다. 하지만 그는 멀쩡하다. 그는 관자놀이를 만져본다. 아픈 부위가 느껴진다. 그 부위가 부어오르고 시퍼렇게 멍들어, 그가 정말 공에 맞았다는 사실을 증명해줬으면 좋겠다.

학교에 있는 다른 모든 아이들처럼 그도 럭비를 해야 한다. 소아마비에 걸려 왼쪽 팔이 말라빠진 셰퍼드라는 아이조차 럭비를 해야 한다. 임의로 각자의 위치가 정해진다. 그는 열세 살 이하 B팀의 수비를 맡는다. 그들은 토요일 아침에 경기를 한다. 토요일에는 언제나 비가 내린다. 춥고 축축하고 처량한 날씨 속에서 스크럼을 짜고 젖은 잔디에서 무거운 걸음을 옮기며 그는 매번 몸집이 큰 아이들한테 떠밀린다. 그는 수비여서 아무도 그에게 공을 건네주지 않는다. 그는 그것이 고맙다. 태클을 당하는 게 무섭기 때문이다. 여하튼, 가죽을 보호하기 위해 말기름을 바른 공은 너무 미끄러워서 계속 붙들고 있을 수가 없다.

자신이 빠졌을 때 열네 명만 남게 되는 상황이 아니라면 그는 토요일에 아픈 척하고 빠지고 싶다. 럭비 경기에 나오지 않는 것은 학교에 빠지는 것보다 훨씬 더 나쁘다.

열세 살 이하 B팀은 모든 경기에서 진다. 열세 살 이하 A팀도 대부분 진다. 사실 세인트조지프 학교의 팀들은 대부분의 경기에서 진다. 그는 세인트조지프 학교가 럭비 경기를 해야 하는 이유를 알지 못한다. 오스트리아나 아일랜드 출신인 수사들은 럭비에 관심이 없는 것이 확실하다. 그들은 때때로 경기를 보러 오는데, 멍해 보이는 게 무슨 일이 진행되는지 이해하지 못하는 것 같다.

어머니는 맨 아래 서랍에 『이상적인 결혼생활』이라는 검은 표지의 책을 간직하고 있다. 섹스에 관한 책이다. 그는 그 책의 존재를 몇 년 전부터 알고 있었다. 어느 날 그는 그것을 서랍에서 감쪽같이 꺼내 학교에 가져간다. 그의 친구들 사이에 소동이 일어난다. 부모에게 그런 책이 있는 아이는 그가 유일한 것 같다.

그것은 읽기에는 실망스러운 책이지만—신체 부위를 그린 그림은 과학책에 나오는 도형처럼 보이고, 자세에 관한 부분도 자극적인 점이라고는 아무것도 없다(남성의 성기를 여자의 성기에 집어넣는 것도 관장에 관한 묘사 같다)—다른 애들은 그것을 게걸스럽게 들여다보며 빌려달라고 떠들어댄다.

그는 화학 수업을 들으러 갈 때 그 책을 책상 안에 넣어두고 간다. 그들이 돌아오자 보통 유쾌한 표정의 가브리엘 수사가 쌀쌀맞고 못마땅한 얼굴을 하고 있다. 그는 가브리엘 수사가 그의 책상을 열고 그 책을 봤다고 확신한다. 이제 그것이 공공연히 알려지고 수모가 뒤따를 것을 생각하자 가슴이 방망이질친다. 가브리엘 수사는 아무 말도 없다. 그러나 가브리엘 수사가 무심코 하는 말 하나하나가 가톨릭교도가 아닌 그가 학교에 가져온 악마적인 책을 은근히 암시하는 것으로 들린다. 가브리엘 수사와 그 사이의 모든 것이 망가져버렸다. 그는 책을 가져온 것을 몹시 후회한다. 그는 그것을 집으로 가져가 서랍에 넣은 뒤 다시는 쳐다보지 않는다.

얼마 동안 그와 친구들은 쉬는 시간마다 운동장 구석에 모여 섹스에 대해 이야기한다. 그는 책에서 얻은 이런저런 지식을 이야기해준다. 하지만 그것은 분명 그다지 흥미롭지 않다. 나이가 많은 아이들은 곧 무리에서 갈라져 자기들끼리만 이야기를 하기 시작한다. 그들은 갑자기 목소리를 낮추고 소곤거리다 왁자지껄 웃음을 터뜨린다. 그런 대화의 중심에 빌리 오언스가 있다. 그는 열네 살이고 열여섯 살이 된 누나가 있다. 그는 여자에 대해 잘 알고, 춤추러 갈 때 입는 가죽재킷을 입었다. 어쩌면 섹스도 해봤을 것이다.

그는 테오 스타브로풀로스와 친구가 된다. 테오가 모피, 동성애자라는 소문이 있다. 그러나 그는 그 소문을 믿을 준비가 되지 않았다. 그는 테오의 생김새를 좋아한다. 그의 고운 피부와 발그레한 혈색과 나무랄 데 없는 머리 모양과 세련된 옷차림을 좋아한다. 우스꽝스러운 세로줄무늬가 있는 교복 블레이저도 그에게는 어울리는 것 같다.

테오의 아버지는 공장을 운영한다. 그 공장이 정확하게 무엇을 생산하는 곳인지는 아무도 모른다. 그러나 그것은 생선과 관련이 있다. 그의 가족은 론데보스의 가장 부유한 지역에 있는 커다란 저택에 산다. 그들은 돈이 많기 때문에, 만약 그들이 그리스인이 아니었다면 틀림없이 아들들을 교구 학교에 보낼 수 있었을 것이다. 그러나 그들은 그리스인이고, 외국 성을 갖고 있기 때문에 세인트조지프 학교에 다닌다. 그는 이제야 세인트조지프 학교가 어느 곳에도 맞지 않는 아이들을 받아들이는 일종의 바구니라는 사실을 알게 된다.

그는 테오의 아버지를 딱 한 번, 잠깐 본다. 테오의 아버지는 키가 크고 우아하게 옷을 입고 검은 안경을 썼다. 그는 테오의 어머니를 더 자주 본다. 그녀는 작고 호리호리하고 거무스름하다. 담배를 피우고, 케이프타운에—어쩌면 남아프리카를 통틀어—단 한 대밖에 없다는 자동변속기가 달린 파란 뷰익을 몰고 다닌다. 테오에게는 누나도 있는데, 너무 아름답고 너무 비싼 교육을 받고 너무 결혼 적령기여서 테오의 친구들에게는 그녀를 볼 기회가 주어지지 않는다.

스타브로풀로스 가문의 아이들은 아침에 파란 뷰익을 타고 학교에 온다. 때때로 그들의 어머니가 운전할 때도 있지만 검은색 제복을 입고 앞챙이 달린 모자를 쓴 기사가 운전하는 경우가 더 많다. 뷰익이 학교 뜰 안으로 웅장하게 들어오고 테오와 그의 동생이 내리면 차는 쏜살같이 사라진다. 그는 테오가 왜 그렇게 하도록 놔두는지 이해할 수 없다. 만약 그가 테오였다면, 한 블록 떨어진 곳에 내려달라고 할 것이다. 하지만 테오는 농담과 야유를 태연히 받아들인다.

어느 날 학교가 끝난 후, 테오가 그를 집에 초대한다. 그들이 테오의 집에 도착했을 때 그는 점심식사가 준비되어 있다는 걸 알게 된다. 그래서 그들은 오후 세시에 은제 식기와 깨끗한 냅킨이 놓인 식탁에 앉아 흰색 제복을 입은 집사가 갖다주는 스테이크와 감자칩을 먹는다. 그들이 식사를 하는 동안 집사는 테오의 의자 뒤에 서서 지시를 기다린다.

그는 놀라움을 감추려고 최선을 다한다. 하인의 시중을 받는 사람들이 있다는 것은 알고 있었지만 아이들에게도 하인이 있을 수 있다는 것은 미처 몰랐다.

그런데 테오의 부모와 누나가—소문에 따르면 그의 누나는 영국 남작과 결혼할 예정이라고 한다—외국으로 간다. 그래서 테오와 그의 동생은 기숙사에서 살게 된다. 그는 테오가 다른 기숙생들의 질투와 악의, 형편없는 음식, 사생활이 없는 모욕적인 삶을 경험하고 기가 꺾일 것이라고 생각한다. 또한 테오가 다른 사람들과 똑같은 머리를 하게 될 것이라고 생각한다. 그러나 어찌된 일인지 테오의 머리는 여전히 우아하다. 그리고 그의 이름에도 불구하고, 운동을 못하는데도 불구하고, 그리고 모피라는 소문이 났음에도 불구하고, 그는 온화한 미소를 잃지 않고 불평도 하지 않으며 모욕도 당하지 않는다.

예수가 가슴을 열어젖히고 불타는 진홍색 심장을 드러내고 있는 벽화 아래 그의 책상에서 테오가 그에게 바짝 붙어 앉아 있다. 그들은 역사 과목을 복습하기로 되어 있지만 실제 그들은 작은 문법책을 펴놓고 있다. 테오가 그에게 고대 그리스어를 가르쳐주는 중이다. 현대 그리스어의 발음을 가진 고대 그리스어, 그는 그 괴상함이 좋다. 아프토스*, 테오가 속삭인다. 에브데모니아**. 에브데모니아, 그가 따라서 속삭인다.

가브리엘 수사가 귀를 쫑긋 세운다. "스타브로풀로스, 너 뭐 하는 거니?" 그가 묻는다.

"얘한테 그리스어를 가르쳐주고 있어요, 수사님." 테오가 침착하고 당당한 태도로 말한다.

"네 책상에 가서 앉아라."

테오는 미소를 지으며 자기 책상으로 어슬렁어슬렁 걸어간다.

수사들은 테오를 좋아하지 않는다. 그의 오만한 태도가 그들의 심기를 건드린다. 그들도 아이들처럼 테오가 버릇없고 돈이 너무 많다고 생각한다. 그런 부당함이 그를 화나게 한다. 그는 테오를 위해서 싸우고 싶다.

* '그 자신'.

** '행복'.

18

아버지가 새로 개업한 변호사 사무실에서 수입이 생길 때까지 살림을 꾸려가기 위해 어머니는 교직으로 돌아간다. 그녀는 이가 거의 다 빠지고 뼈만 앙상한 실리아라는 여자를 가정부로 고용해 집안일을 하게 한다. 때때로 실리아는 자기 여동생을 데리고 온다. 어느 날 오후 집에 돌아온 그는 그 두 사람이 부엌에서 차를 마시는 모습을 보게 된다. 실리아보다 더 매력적인 여동생이 그를 향해 미소를 짓는다. 그녀의 미소에는 무언가 그를 혼란스럽게 만드는 것이 있다. 그는 어디에 시선을 둬야 할지 몰라 방으로 들어가버린다. 그는 그들이 웃는 소리를 들을 수 있고, 그들이 자신을 보고 웃고 있는 걸 안다.

무언가 변하고 있다. 그는 늘 쩔쩔매는 것 같다. 그는 어디를 쳐다봐야 할지, 손을 어떻게 해야 할지, 몸동작을 어떻게 해야 할지, 어떤 표정을 지어야 할지 모른다. 모든 사람이 그를 쳐다보고 평가하고 무언가 부족하다고 생각하는 것 같다. 그는 자신이 껍데기 밖으로 빠져나온, 상처를 입고 흉물스러운 핑크빛 게 같다는 느낌을 받는다.

옛날에 그의 머릿속은 가고 싶은 곳, 말하고 싶은 것, 하고 싶은 일에 대한 생각으로 가득했다. 그는 언제나 다른 사람보다 한 걸음 앞서 있었다. 그는 대장이었고 다른 사람들이 뒤를 따라왔다. 그런데 지금은 그가 자신에게서 흘러나온다고 느꼈던 에너지가 사라지고 없다. 열세 살이 되자 그는 무뚝뚝하고 인상을 쓰고 음산해진다. 그는 이 새롭고 추한 자아를 좋아하지 않는다. 거기에서 몸을 빼내고 싶다. 그런데 그것은 그가 혼자서 할 수 없는 일이다.

그들은 아버지의 새 사무실이 어떻게 생겼는지 보러 간다. 사무실은 굿우드에 있는데, 그곳은 굿우드, 패로, 벨빌로 연결되는 아프리카너들이 사는 교외에 속한다. 창문에는 짙은 녹색이 칠해져 있고 그 위에 금색 글씨로 **프로커리어르**(변호사)—**Z. 쿳시—변호사**라고 써놓은 것이 보인다. 말총과 붉은색 가죽으로 겉천을 씌운 육중한 가구가 놓인 실내는 음산하다. 아버지가 마지막으로 변호사 일을 한 1937년 이후로 그들과 함께 남아프리카 이곳저곳을 옮겨다녔던 법률 서적들이 이제 상자에서 나와 책꽂이에 꽂혀 있다. 그는 한가하게 성폭행과 관련된 부분을 찾아본다. 주석을 보니 원주민은 때때로 남자 성기를 여자의 몸안으로 집어넣지 않고 허벅지 사이에 밀어넣는다고 되어 있다. 그것은 관습법에 속한다. 그것만으로는 성폭행이 성립되지 않는다.

그들이 법정에서 다루는 것이 이런 종류일까? 그는 궁금하다. 페니스가 어디로 들어갔는지 공방을 벌이는 것일까?

아버지의 변호사업은 잘되는 것 같다. 아버지는 타자수와 엑스티언이라는 이름의 계약직 사무원까지 고용한다. 아버지는 부동산 양도 절차나 유언 같은 통상적인 업무는 엑스티언에게 맡기고, 자신은 사람들의 형벌을 면해주는 흥미진진한 법정 업무에 매달린다. 그는 매일 자신이 형벌을 면하게 해준 사람들에 관한 이야기, 그들이 자신에게 얼마나 고마워하는지에 대한 새로운 이야기를 가지고 집으로 돌아온다.

어머니는 아버지가 형벌을 면하게 해준 사람들보다 아버지에게 빚을 진 사람들의 수가 늘어나는 데 더 신경을 쓴다. 특히 자동차 영업사원인 르루라는 사람이 계속 화제에 오른다. 당신이 변호사니, 르루가 돈을 갚게 할 수 있지 않느냐며 그녀가 아버지를 몰아붙인다. 아버지는 르루가 반드시 월말에 빚을 갚을 거라고 한다. 그러나 월말이 되어도 르루는 또다시 돈을 갚지 않는다.

르루는 돈을 갚지 않는다. 그렇다고 잠적해버리는 것도 아니다. 오히려 반대로 아버지를 불러 함께 술을 마시고, 압류된 차량으로 얼마나 많은 돈을 벌 수 있는지 장밋빛 청사진을 제시하며 더 많은 일감을 약속한다.

집에서 벌어지는 싸움은 열기를 더해가지만 동시에 더 신중해진다. 그가 어머니에게 무슨 일이냐고 묻는다. 그녀는 비통한 목소리로 아버지가 르루에게 돈을 빌려주고 있다고 말한다.

더이상 들을 필요가 없다. 그는 아버지를 알고, 무슨 일이 일어나고 있는지 안다. 아버지는 인정받고 싶어하고 인정을 받기 위해서는 무슨 일이든 할 사람이다. 아버지가 자신의 활동 반경 내에서 인정을 받기 위해서는 두 가지 방법이 있다. 사람들에게 술을 사주든가 돈을 빌려주든가.

아이들은 술집에 들어가지 못하게 되어 있다. 그러나 그와 그의 동생은 프레이저버그 로드 호텔에 딸린 술집 구석의 탁자에 종종 앉아 있곤 했다. 그들은 오렌지주스를 마시며, 아버지가 낯선 사람들에게 물 탄 브랜디를 여러 번 사주는 걸 지켜보면서 아버지의 또다른 면을 알게 된다. 아버지가 브랜디를 마시면 유쾌해지고 허풍이 많아지고 씀씀이가 헤퍼진다는 사실을.

그는 어머니의 일방적인 긴 불평을 열심히, 우울하게 듣는다. 그는 더이상 아버지의 간계에 속지 않지만, 어머니가 그것을 간

파하고 있는지는 확신할 수 없다. 그는 아버지가 과거에도 너무나 자주 그녀를 달콤한 말로 속이는 모습을 보았다. "아버지 말 믿지 마세요." 그가 어머니에게 경고한다. "어머니한테 늘 거짓말만 하잖아요."

르루 문제가 더 복잡해진다. 전화로 길게 이야기가 오간다. 벤수산이라는 새로운 이름이 튀어나오기 시작한다. 벤수산은 믿을 수 있는 사람이야, 어머니가 말한다. 벤수산은 유대인이고 술을 마시지 않아. 벤수산이 잭을 구제해 원래의 위치로 돌려놓을 거라고 한다.

그러나 르루만 관련된 것이 아니라는 사실이 드러난다. 다른 남자들, 아버지가 술을 마시면서 돈을 빌려준 다른 남자들도 관련되어 있다. 그는 그걸 믿을 수도 이해할 수도 없다. 아버지는 양복 한 벌에 구두 한 켤레밖에 없고 기차를 타고 일을 하러 다니는 사람인데 도대체 어디서 그런 돈이 나오는 걸까? 사람들의 형벌을 면하게 해주는 일로 그렇게 많은 돈을 그렇게 빨리 벌 수 있는 걸까?

그는 르루를 본 적이 없지만 쉽게 상상해볼 수 있다. 르루는 금발 콧수염을 기른 혈색 좋은 아프리카너일 것이다. 그리고 청색 양복에 검은색 넥타이를 매고 있을 것이다. 약간 뚱뚱하고 땀을 많이 흘리며 큰 목소리로 야한 농담을 하는 사람일 것이다.

굿우드에 있는 술집에 르루가 그의 아버지와 같이 앉아 있다. 아버지가 쳐다보지 않을 때 르루는 아버지의 등뒤에서 술집에 있는 다른 남자들을 향해 윙크를 보낸다. 르루는 아버지를 봉으로 잡고 있다. 아버지가 그렇게 미련하다는 사실이 너무나 수치스러워 그는 얼굴이 화끈거린다.

그런데 아버지가 빌려줬다는 돈이 실제로 아버지의 돈이 아니었다는 사실이 드러난다. 그것이 바로 벤수산이 개입한 이유다. 벤수산은 변호사협회를 대신해 개입하고 있다. 문제가 심각하다. 돈은 신탁 계정에서 나온 것이다.

"신탁 계정이 뭔데요?" 그가 어머니에게 묻는다.

"맡고 있는 돈이지."

"왜 사람들이 아버지에게 신용으로 돈을 줘요?" 그가 말한다. "미친 사람들이네요."

어머니가 고개를 젓는다. 그녀의 말에 따르면, 이유는 몰라도 변호사들은 신탁 계정을 가지고 있다. "잭은 돈 문제에 관한 한 어린애란다."

벤수산과 변호사협회가 개입했다는 것은 아버지를 구제해주려는 사람들이 있다는 말이다. 그들은 그의 아버지가 주택 임대 담당 관리였던 옛날에 알던 사람들이다. 그들은 아버지에게 호의적이기 때문에 그가 감옥에 가는 것은 원치 않는다. 옛날의 인연을 생각해서, 그리고 그에게 아내와 자식들이 딸려 있기 때문에, 그들은 어떤 것은 눈을 감아주면서 조정을 해보려고 한다. 그는 오 년에 걸쳐 돈을 상환할 수 있고 일단 상환을 끝내면 모든 일이 해결되고 잊힐 것이다.

어머니는 직접 법률 자문을 구한다. 그녀는 새로운 재앙이 닥치기 전에, 예를 들어 식탁, 거울 달린 장롱, 애니 할머니한테서 받은 취목臭木 커피테이블 같은 그녀의 재산을 남편에게서 떼어놓고 싶다. 부부가 서로의 빚을 책임지도록 되어 있는 부부 재산 계약을 변경하고 싶다. 그러나 부부 재산 계약을 변경할 수 없다는 사실이 드러난다. 아버지가 망하면 어머니도 망하고, 그녀와 그녀의 아이들도 망한다.

엑스티언과 타자수가 해고 통보를 받고, 굿우드의 변호사 사무실은 문을 닫는다. 그는 금색 글씨가 쓰인 녹색 창문이 어떻게 되는지 보지 못한다. 어머니는 교사 일을 계속한다. 아버지는 직장을 알아보기 시작한다. 그는 정확히 매일 아침 일곱시에 시내를 향해 출발한다. 그러나 한두 시간 후—이것은 그의 비밀이다—모든 사람이 집을 나갔을 때 집으로 돌아온다. 그는 다시 파자마를 입고 0.25리터짜리 브랜디, 〈케이프 타임스〉의 십자말풀이를 가지고 침대로 들어간다. 그리고 오후 두시쯤, 그의 아내와 아이들이 돌아오기 전에 옷을 입고 클럽으로 간다.

아버지가 가는 클럽은 와인버그 클럽이라고 불리지만 실제로는 와인버그 호텔의 일부일 뿐이다. 아버지는 그곳에서 저녁을 먹고 술을 마시며 저녁시간을 보낸다. 자정이 조금 지나면 차가 집 앞에 멈추고—깊이 잠들지 않는 편인 그는 그 소리 때문에 잠에서 깬다—현관문이 열리고 아버지가 들어와 화장실로 향한다. 그리고 이내 부모의 침실에서 낮은 목소리로 말다툼하는 소리가 들려온다. 아침이 되면 화장실 바닥과 변기 위에 검고 노란 얼룩이 져 있고 고약한 냄새가 난다.

그는 **변기 시트를 올리고 용변을 보세요**라는 말을 써서 화장실에 붙인다. 그 공고문은 무시된다. 변기 시트 위에 소변을 보는 것은 자신에게 등을 돌린 아내와 아이들에 대한 아버지의 최후의 저항이다.

어느 날 그는 아파서 혹은 아프다는 핑계를 대고 학교에 가지 않았다가 아버지의 비밀을 알게 된다. 그는 침대에 누워 아버지가 현관문 자물쇠를 열고 들어와 옆방으로 가는 소리를 듣는다. 나중에 그들은 죄의식을 느끼며 화가 난 표정으로 복도에서 서로를 지나친다.

아버지는 오후에 집을 나서기 전에 우체통이 비었는지 확인한다. 어떤 우편물은 버리고 어떤 우편물은 옷장 바닥에 깔린 종이 밑에 숨긴다. 마침내 어머니의 분노가 폭발했을 때 그녀가 가장

원통하게 생각한 것은 옷장에 숨겨진 것들—굿우드 시절과 관련된 고지서, 청구서, 변호사의 편지—이다. 그녀가 말한다. "내가 알았더라면 계획을 세웠을 텐데. 이제 우리 인생은 끝났어."

도처에 빚이 널려 있다. 사람들이 밤낮으로 시도 때도 없이 찾아온다. 그는 찾아오는 사람들을 만나지 못한다. 누군가 현관문을 두드릴 때마다 아버지는 침실에 틀어박힌다. 어머니가 낮은 목소리로 사람들을 맞아 거실로 데리고 간 다음 문을 닫는다. 그 후에 그는 화가 난 그녀가 부엌에서 나직하게 혼잣말하는 소리를 들을 수 있다.

알코올중독자 모임에 관한 이야기가 나온다. 아버지가 성실성을 증명하는 차원에서 그 모임에 나가는 것이 어떠냐는 것이다. 아버지는 가겠다고 약속하지만 가지 않는다.

법원에서 나온 관리 두 명이 집안에 있는 물건들 목록을 작성하러 온다. 화사한 토요일 아침이다. 그는 침실에 숨어서 책을 읽으려고 해본다. 그러나 소용이 없다. 그 남자들은 그의 방을 비롯한 모든 방을 보려고 한다. 그는 뒤뜰로 간다. 그들은 그곳까지 따라와 주위를 살펴보고 종이철에 뭔가를 적어넣는다.

내내 그는 분노로 속이 부글부글 끓는다. 그는 어머니와 이야기할 때 아버지를 그 사람이라고 호칭한다. 화가 나서 도저히 이름을 부를 수 없다. 우리가 왜 그 사람과 관련되어야 하죠? 왜 그 사람을 감옥에 보내지 않는 거죠?

그의 우체국 예금통장에는 25파운드가 들어 있다. 어머니는 아무도 그의 25파운드는 빼앗아가지 않을 것이라고 장담한다.

골딩 씨가 온다고 한다. 골딩 씨는 유색인이지만 그의 아버지에게 권한을 행사할 수 있는 어떤 위치에 있다. 그를 맞을 준비가 조심스럽게 진행된다. 골딩 씨는 다른 방문객들과 마찬가지로 거실에서 접대를 받을 것이다. 다른 사람들과 똑같이 차를 대접받을 것이다. 그렇게 잘 대접해준 것에 대한 보답으로 골딩 씨가 고소를 하지 않기를 바라면서.

골딩 씨가 도착한다. 그는 더블재킷 양복을 입었고 웃음이 없다. 그는 어머니가 내온 차를 마시지만 아무것도 약속하지 않는다. 그는 자기 돈을 돌려받기를 원한다.

그가 떠난 후, 찻잔을 어떻게 할지에 대한 논쟁이 벌어진다. 관례에 따르면 유색인이 마신 잔은 깨버려야 한다. 그는 다른 것은 아무것도 믿지 않는 어머니의 가족이 그런 걸 믿는다는 게 놀랍다. 그러나 결국 어머니는 표백제로 잔을 씻어내기만 한다.

마지막 순간에 윌리스턴에 사는 걸리 이모가 가족의 명예를 위해 그들을 구원해주러 온다. 그녀는 돈을 빌려주는 대신 몇 가지 조건을 제시하는데, 그중 하나는 잭이 다시는 변호사업을 하지 않는 것이다.

아버지는 그 조건들을 수락하고 서류에 서명도 하겠다고 한다. 그러나 시간이 되자, 침대 밖으로 나오도록 그를 구워삶는 데 한참이 걸린다. 마침내 그가 헐렁한 회색 바지에 위에는 파자마를 입은 채 맨발로 나타난다. 그는 말없이 서명을 한다. 그리고 다시 침대로 돌아간다.

그날 저녁 그는 외출복을 입고 밖으로 나간다. 그들은 그가 어디서 그날 밤을 보냈는지 모른다. 그는 다음날까지 돌아오지 않는다.

"왜 서류에 서명하게 한 거죠?" 그가 어머니에게 불평한다. "다른 빚도 갚지 않는 사람인데, 걸리 이모한테 갚겠어요?"

"아버지는 신경쓰지 마라. 내가 갚을 거야."

"어떻게요?"

"일해서 벌 거야."

어머니의 행동에는 그가 더이상 모른 척할 수 없는 굉장한 무언가가 있다. 새롭고 쓰라린 사실이 밝혀질 때마다 그녀는 점점 더 강해지고 더 완강해지는 것 같다. 마치 그녀가 다른 목적 없이, 그저 세상 사람들한테 자신이 얼마나 참을 수 있는지를 보여주기 위해 스스로에게 재앙을 불러들이는 것 같다. "나는 그가 진 빚을 다 갚을 거야." 그녀가 말한다. "나눠서 갚을 거야. 일을 할 거란다."

개미처럼 끈덕진 그녀의 결정은 그녀를 후려치고 싶은 마음이 들 만큼 그를 화나게 한다. 그 뒤에 무엇이 있는지는 분명하다. 그녀는 자식을 위해 자신을 희생하고 싶어한다. 끝없는 희생, 그는 그 정신에 대해 너무 잘 알고 있다. 그러나 그녀가 자신을 완전히 희생하고, 자기 옷을 벗어 모두 팔아버리고, 아니 신발까지 팔아버리고 피투성이가 된 발로 돌아다니면 그는 어떻게 될 것인가? 그 생각을 하자 그는 견딜 수 없다.

12월 휴가철이 돌아오지만 아버지는 아직도 직장이 없다. 그들 넷은 이제 갈 곳도 없이, 우리 속의 쥐처럼 집에 있다. 그들은 각자의 방에 숨어 서로를 피한다. 그의 동생은 〈독수리〉나 〈연회〉 같은 만화에 빠져 있다. 그가 가장 좋아하는 건 맨체스터의 공장에서 일하고 생선과 감자튀김을 먹고 사는 단거리경주 챔피언 알프 터퍼의 이야기를 다룬 〈유랑자〉*라는 만화다. 알프 터퍼에 완전히 빠져보려고 하지만, 집안에서 나는 속삭임과 삐걱거리는 소리 하나하나에 신경이 쓰인다.

어느 날 아침, 이상한 침묵이 감돈다. 어머니는 나가고 없지만 냄새, 분위기, 답답함 같은 대기 중에 있는 무언가를 통해 그는

* 〈독수리〉 〈연회〉 〈유랑자〉 모두 영국의 어린이 연재 만화다.

그 사람이 아직 여기 있다는 걸 안다. 설마 아직까지 잠을 자고 있는 건 아닐 것이다. 물론 불가사의 중의 불가사의겠지만, 그가 자살했을 수도 있을까?

만약 그렇다면, 만약 그가 자살했다면 모른 척하는 것이 최선 아닐까? 그래서 수면제든 뭐든, 그가 복용한 것이 효과를 발휘할 시간이 되도록 말이다. 어떻게 하면 동생이 호들갑을 떨지 않게 할 수 있을까?

그는 자신이 아버지와 벌이는 전쟁에서 동생이 협조자인지 아닌지 완전히 확신해본 적이 한 번도 없다. 그가 기억하기로 사람들의 말에 의하면, 그는 어머니 얼굴을 닮았고 동생은 아버지 얼굴을 닮았다고 한다. 동생이 아버지에게 너그러울지 모른다고 의심될 때가 몇번 있었다. 그는 창백하고 걱정스러운 얼굴을 하고 눈꺼풀에 경련을 일으키는 습관이 있으며 누구에게나 상냥한 동생을 의심한다.

어쨌든 아버지가 정말 자살했다면 그의 방을 피하는 것이 상책임이 분명하다. 그래서 만약 나중에 질문을 받게 되더라도 "동생하고 이야기하고 있었어요"라고 하거나 "내 방에서 책을 읽고 있었어요"라고 대답할 수 있도록 말이다. 그러나 그는 호기심을 억누를 수 없다. 그는 발끝으로 살금살금 다가간다. 그리고 문을 열어 안을 들여다본다.

따뜻한 여름날 아침이다. 바람은 잠잠하다. 참새들이 짹짹거리는 소리와 날갯짓하는 소리가 귀에 들릴 정도로 잠잠하다. 덧문이 내려져 있고 커튼이 쳐져 있다. 남자 땀냄새가 난다. 어둠 속에서 그는 아버지가 침대에 누워 있는 것을 본다. 아버지가 숨을 쉴 때마다 목구멍 뒤쪽에서 부드럽게 갈갈거리는 소리가 난다.

그는 더 가까이 다가간다. 눈이 어둠에 익숙해지고 있다. 아버지는 파자마 바지에 면내의를 입고 있다. 면도를 하지 않은 상태다. 햇볕에 탄 목이 창백한 가슴과 만나는 부분에 붉은 V자 모양이 나 있다. 침대 옆에는 요강이 있는데, 갈색 오줌 위에 담배꽁초가 떠다닌다. 그는 인생에서 그보다 더 추한 광경을 본 적이 없다.

약의 흔적은 없다. 그 사람은 죽어가는 것이 아니라 그저 잠을 자고 있을 뿐이다. 그렇다, 그는 밖에 나가 직장을 구할 용기가 없는 것과 마찬가지로 수면제를 복용할 용기도 없다.

그의 아버지가 세계대전에서 돌아온 날부터 그들은 계속 싸웠다. 그것은 아버지가 이길 도리가 없는 또다른 전쟁이었다. 아버지는 자신의 적이 얼마나 무자비하고 집요한지 예상하지 못했기 때문이다. 그 전쟁은 칠 년 동안 계속되었다. 오늘 그는 마침내 승리했다. 그는 브란덴부르크 개선문에서 베를린의 폐허 위로 깃발을 들어올리는 러시아 군인이 된 기분이다.

그러나 동시에 그는 이렇게 치욕적인 것을 보며 여기에 있지 않았으면 싶다. 불공평해! 그는 울부짖고 싶다. 나는 어린아이일 뿐이야! 그는 누군가, 어떤 여자가 자기를 안아주고 아픈 곳을 낫게 해주고 위로해주고 이것은 악몽일 뿐이라고 이야기해줬으면 좋겠다. 그는 할머니의 뺨을 생각한다. 입을 맞추라고 그에게 내민, 비단처럼 부드럽고 서늘하고 마른 그 뺨을 생각한다. 할머니가 와서 모든 것을 바로잡아줬으면 좋겠다.

아버지의 목에 가래가 걸린다. 그는 기침을 하고 옆으로 돌아눕는다. 그가 눈을 뜬다. 자신이 어디에 있는지 충분히 알고 의식하는 사람의 눈이다. 그 눈이, 있어서는 안 되는 곳에서 염탐을 하고 있는 그를 본다. 그 눈에는 판단력도 없지만 인간적인 다정함도 없다.

그 사람의 손이 늘쩍지근하게 아래로 내려가더니 파자마 바지를 추스른다.

그는 그 사람이 무언가를, 어떤 평범한 말—"지금 몇시니?"—이라도 해서 자기 마음을 편하게 해줬으면 좋겠다. 그러나 그 사람은 아무 말도 하지 않는다. 그 눈은 평화롭게, 그리고 아득하게 계속 그를 바라본다. 그런 다음 눈이 감기고 다시 잠이 든다.

그는 자기 방으로 돌아와 문을 닫는다.

때때로 며칠 동안 우울함이 걷힐 때도 있다. 손에 닿을 정도로 가깝지도 않고 그렇다고 그렇게 멀지도 않은 높이에서 그의 머리 위를 빽빽하게 덮고 있던 하늘이 잠깐 열리면, 잠시 동안 그는 있는 그대로의 세상을 볼 수 있다. 그는 하얀색 셔츠의 소매를 말아올리고 이제 몸에 맞지 않는 짧은 회색 바지를 입은 자신의 모습을 본다. 그는 지나가는 사람이 아이라고 부를 정도의 어린아이가 아니고 아이라고 부르기에는, 그런 핑계를 대기에는 이제 너무 크지만, 여전히 어린아이처럼 어리석고 자기 안에 갇혀 있고 유치하고 표현도 못하며 무지하고 미숙하다. 이러한 순간이면 그는 아버지와 어머니를 분노의 감정 없이 내려다볼 수 있다. 그의 어깨를 짓누르고 앉아 그가 비참해지도록 밤낮으로 음모를 꾸미는 형체 없는 우울한 짐이 아니라, 따분하고 고난으로 가득한 자신들의 삶을 살아가는 한 남자와 한 여자로 그들을 내려다볼 수 있다. 하늘이 열리면 그는 세상을 있는 그대로 본다. 그런 다음 하늘이 닫히면 다시 자신으로 돌아와 그가 받아들이는 유일한 이야기, 즉 자신에 관한 이야기를 살아간다.

어머니는 부엌에서 가장 침침한 구석인 싱크대 앞에 서 있다. 그녀는 그에게 등을 보이고 팔뚝에 비누 거품을 묻힌 채 크게 서두르지도 않고 그릇을 닦는다. 그는 주변에서 얼쩡거리며 늘 그러듯 자신도 모르는 무언가에 대해 격렬하게 불평을 늘어놓고 있다.

어머니가 설거지를 하다 돌아선다. 그녀의 눈길이 그를 바라보며 깜빡거린다. 신중한 눈길이다. 예뻐하는 기색도 없다. 처음으로 그녀는 그를 보고 있지 않다. 아니, 그녀는 그의 한결같은 모습을, 그녀가 환상에 젖어 있지 않을 때는 늘 알고 있던 있는 그대로의 모습을 바라보고 있다. 그녀는 그를 보고 판단하고 못마땅해한다. 그에게 질려 있기까지 하다.

이것이 그가 세상에서 그를 가장 잘 아는 사람인 그녀에게서 두려워하는 것이다. 그녀는 그의 가장 무력하고 가장 친밀했던 처음 몇 년의 삶에 대해 모든 것을 알고 있기에 엄청나게 불공평한 우위에 있다. 그가 아무리 노력해도 그 몇 년의 삶에 대해서는 아무것도 기억해낼 수 없다. 어쩌면 그녀는 캐묻기 좋아하고 나름의 정보망도 갖고 있어서 그의 학교생활과 관련된 자질구레한 것들까지 알고 있을지도 모른다. 그는 어머니의 판단을 두려워한다. 두 사람에게 생기를 부여할 열정도, 그녀의 능력을 바꾸지는 못해도 분명하게 만들어줄 근거도 전혀 없는 이런 순간에 틀림없이 그녀의 마음을 스치고 지나갈 냉정한 생각들을 두려워한다. 그는 무엇보다, 아직 그런 순간이 오진 않았지만, 그녀가 최종 판결의 말을 선언하게 될 순간을 두려워한다. 번개가 내리칠 때와 같을 것이다. 그는 견디지 못할 것이다. 그는 듣고 싶지 않다. 정말이지 너무 듣고 싶지 않아서 그의 머릿속에서 손이 불쑥 나와 귀를 막고 눈을 가리는 것을 느낄 수 있을 정도다. 그는 어머니가 자신에 대해 어떻게 생각하는지 알게 되느니 차라리 눈이 멀고 귀가 먹고 싶다. 차라리 껍데기 속에 사는 거북이처럼 살고 싶다.

이 여인은 그를 사랑하고 보호하고 그에게 필요한 것들을 채워주는 목적만 가지고 이 세상에 태어났다고 그는 믿고 싶지만, 그것은 사실이 아니다. 반대로, 그녀에게는 그가 태어나기 전의 삶, 그에 대해 전혀 생각하지 않았던 삶이 있었다. 그녀 인생의 어느 시점에 그녀는 그를 낳았다. 그녀는 그를 낳고 그를 사랑하기로 결정했다. 어쩌면 그를 낳기 전부터 그를 사랑하기로 결정했는지도 모른다. 그럼에도 불구하고, 그녀는 그를 사랑하기로 결정했고, 따라서 그를 사랑하는 것을 그만두기로 결정할 수도 있다.

"너도 자식 낳아봐." 그녀는 비통한 기분이 들면 때로 그에게 이런 말을 한다. "그러면 너도 알게 될 거야." 그가 무엇을 알게 될 거라는 말인가? 그것이 그녀가 사용하는 판에 박힌 표현, 과거로부터 들려오는 듯한 판에 박힌 표현이다. 어쩌면 그것은 한 세대가 다음 세대에게 경고로서, 위협으로서 하는 말일지도 모른다. 그러나 그는 그 말을 듣고 싶지 않다. "너도 자식 낳아봐." 이 얼마나 말도 안 되고 모순적인 말인가! 어떻게 아이가 아이를 낳을 수 있단 말인가? 여하튼, 만약 그가 아버지라면 알게 될 것, 그가 자기 자신의 아버지라면 알게 될 것, 바로 그것이야말로 그가 알고 싶지 않은 것이다. 그는 그녀가 그에게 강요하려 드는 세상에 대한 시각, 냉정하고 실망스럽고 환멸적인 시각을 받아들이지 않을 것이다.

19

애니 할머니가 죽었다. 의사들의 장담에도 불구하고 그녀는 넘어진 이후 다시 걷지 못했다. 지팡이도 소용없었다. 그녀는 폴크스 병원의 침대에서 스티클랜드의 양로원 침대로 옮겨졌다. 하지만 양로원이 너무 멀어서 아무도 병문안을 갈 시간을 내지 못했고 그녀는 거기서 혼자 죽었다. 이제 그녀는 볼터마더 공원묘지 3번 묘소에 묻힐 참이다.

처음에 그는 가지 않으려 한다. 기도는 학교에서도 어쩔 수 없이 신물나게 들어서 더이상 듣고 싶지 않다. 사람들이 흘릴 눈물이 경멸스럽다고 큰 소리로 이야기한다. 애니 할머니에게 적절한 장례식을 치러주는 것은 친척들이 자기들 마음 편하자고 하는 일일 뿐이다. 그녀는 양로원 정원의 구덩이에 묻혀야 한다.

그러면 돈이 절약될 것이다.

그의 속마음은 그렇지 않다. 그러나 그는 어머니에게 그 말을 해야만 한다. 그녀가 상처를 받고 분노해서 얼굴이 굳어지는 모습을 지켜볼 필요가 있다. 그녀가 마침내 그에게 달려들어 조용히 하라고 할 때까지 얼마나 더 지껄여야 하는 걸까?

그는 죽음에 대해 생각하고 싶지 않다. 사람이 늙고 병이 들면 그저 존재하기를 그만두고 사라진다고 하는 게 더 좋을 것 같다. 그는 추하고 늙은 몸을 좋아하지 않는다. 늙은이가 옷을 벗는다는 생각만 해도 진저리가 난다. 그는 플럼스테드에 있는 그들의 집 욕조를 노인이 사용한 적이 없었기를 바란다.

자신의 죽음은 다른 문제다. 어떻게 해서든 그는 죽은 후에도 주변을 떠돌면서, 자신을 죽게 만든 사람들이 너무 늦긴 했지만 그가 아직 살아 있으면 좋겠다며 슬퍼하는 모습을 즐길 것이다.

그러나 결국 그는 어머니와 함께 애니 할머니의 장례식에 간다. 그녀가 애원했기 때문에 가는 것이다. 그는 누가 자기에게 애원하는 게 좋다. 그것이 부여하는 힘이 느껴지기 때문이다. 또 다른 이유는 장례식에 가본 적이 없어서 무덤을 얼마나 깊이 파고, 관이 어떻게 그 속으로 들어가는지 보고 싶어서다.

결코 거창한 장례식은 아니다. 문상객 다섯 명과 얼굴에 여드름이 난 젊은 네덜란드 칼뱅교회 도미니가 전부다. 문상객 다섯

명은 앨버트 할아버지와 그의 아내와 아들, 그리고 그의 어머니와 그 자신이다. 그는 앨버트 할아버지를 몇 년 동안 보지 못했다. 그는 이제 허리가 몹시 굽어 지팡이를 짚고 있다. 그의 창백한 푸른 눈에서 눈물이 쏟아진다. 다른 사람이 넥타이를 매준 것처럼 목깃 가장자리가 올라와 있다.

영구차가 도착한다. 검은 양복을 입은 장의사와 그의 조수는 그들 중 누구보다 말쑥한 차림새다(그는 세인트조지프 학교 교복을 입고 있다. 그에게는 양복이 없다). 도미니는 이승을 떠난 자매를 위해 아프리칸스어로 기도한다. 그런 다음 영구차가 묘지까지 후진하고, 관이 내려와 무덤 위 쇠막대에 놓인다. 실망스럽게도 관은 무덤 속으로 내려가지 않는다. 그걸 보려면 묘지 일꾼이 올 때까지 기다려야 한다. 하지만 장의사가 관 위에 흙을 조금씩 뿌려도 된다는 몸짓을 신중하게 해 보인다.

가랑비가 내리기 시작한다. 장례식이 끝난다. 그들은 가도 된다. 자신들의 삶으로 돌아가도 된다.

오래된 무덤과 새로운 무덤이 있는 땅 몇천 평을 지나 묘지 정문으로 돌아가면서, 그는 낮은 목소리로 이야기를 나누는 어머니와 그녀의 사촌인 앨버트 할아버지의 아들 뒤를 따라 걷는다. 그는 그들의 걷는 모습이 똑같다는 걸 알아챘다. 나막신을 신은 농부처럼 왼쪽과 오른쪽 발을 차례로 들어올리고 무겁게 내딛는 모습이 똑같다. 포메라니아에서 온 두빌 가문, 너무 느리고 무거워 도시와는 맞지 않는 시골 농부들.

그는 쓸쓸한 이곳 볼터마더의 빗속에 버려진 애니 할머니와, 간호사들이 병원에서 깎아줬다는, 그리고 이제 아무도 깎아주지 않을 그녀의 기다랗고 검은 발톱을 생각한다.

"넌 참 아는 게 많구나." 애니 할머니는 언젠가 그에게 이야기했다. 칭찬이 아니었다. 입술은 미소를 짓고 있었지만, 동시에 고개를 젓고 있었다. "그렇게 어린 나이에 그렇게 많이 알다니. 대체 그걸 머릿속에 어떻게 다 담아두려고 그러니?" 그녀는 몸을 앞으로 기울이고 앙상한 손가락으로 그의 머리를 가볍게 두드렸다.

저애는 특별해, 애니 할머니가 그의 어머니에게 말했다고, 그의 어머니가 말해줬다. 그러나 어떤 점에서 특별할까? 아무도 말해준 적이 없다.

그들은 입구에 도착한다. 비가 더 심하게 내리고 있다. 솔트 리버로 가는 기차와 플럼스테드로 가는 기차에 각각 올라탈 때까지는 볼터마더역을 향해 터벅터벅 빗속을 걸어가야 할 것이다.

영구차가 그들을 지나친다. 어머니가 손을 들어 차를 세우고 장의사와 이야기하더니 이렇게 말한다. "시내까지 우리를 태워주시겠다는구나."

그렇게 해서 그는 영구차에 올라 어머니와 장의사 사이에 앉는다. 그는 자신을 그런 자리에 앉게 만든 그녀가 싫다. 학교 친구들 중 누구도 그를 보지 않았으면 싶다. 차가 푸어르트레커르 로드를 따라 조용히 달린다.

"돌아가신 분이 학교 선생님이셨죠?" 장의사가 묻는다. 스코틀랜드 말투다. 이민자인 그가 남아프리카에 대해, 애니 할머니 같은 사람들에 대해 무엇을 알 수 있을까?

그는 그렇게 털이 많은 사람을 본 적이 없다. 코와 귀에도 검은 털이 나 있고, 풀 먹인 소맷부리에서도 한 움큼 나와 있다.

"네." 그의 어머니가 말한다. "사십 년 넘게 교직에 계셨어요."

"그렇다면 그분은 뭔가 좋은 걸 뒤에 남기고 가셨군요. 교사란 고귀한 직업이니까요."

"애니 할머니의 책들은 어떻게 됐어요?" 다시 단둘이 남았을 때, 그가 어머니에게 묻는다. 책들이라고 이야기하지만, 사실은 여러 권의 『에비헤 헤니싱』을 가리키는 것이다.

어머니는 어떻게 되었는지 모르거나 말해주지 않으려 한다. 애니 할머니가 아파트에서 엉덩이뼈가 부러지고 병원과 스티클랜드의 양로원을 거쳐 볼터마더 3번지의 묘소에 이를 때까지, 어쩌면 할머니를 제외하고는 그 누구도 그 책들, 아무도 읽지 않을 그 책들에 관심을 가지지 않았다. 이제 애니 할머니는 빗속에 누워 누군가 시간을 내서 그녀를 묻어주기를 기다리고 있다. 오직 그만이 생각하도록 남겨진다. 그는 어떻게 그 모든 것을, 모든 책과 모든 사람과 모든 이야기를 머릿속에 간직하게 될까? 그가 그것들을 기억하지 않는다면, 누가 그렇게 할까?

"모든 글은 자서전이다.
모든 자서전은 스토리텔링이다."

J. M. 쿳시는 1940년, 유럽 식민주의의 교두보였던 남아프리카공화국의 케이프타운에서 태어났다. 그의 아버지는 남아프리카에 정착한 네덜란드계 백인, 즉 아프리카너의 후손이었고, 그의 어머니는 현재 폴란드의 일부가 된 동독 지역에서 남아프리카로 이주한 백인의 후손이었다. '쿳시'라는 성은 남아프리카에서 아주 흔한 아프리카너 성 중 하나다. 특이하게도 그는 이러한 배경에도 불구하고, 아프리카너의 언어인 아프리칸스어가 아니라 영어로 교육을 받았다.

쿳시는 『마이클 K』와 『추락』으로 영연방에서 가장 권위 있는 문학상인 부커상을 세계 최초로 2회 수상하고 각종 문학상을 휩

쓸다시피 하다가, 급기야 2003년에는 노벨문학상까지 수상했다. 스웨덴 한림원은 의심과 회의의 눈길로 세상을 관조하며 서구 문명이 기초하고 있는 "잔인한 합리성"을 해체하고, 인간의 심리를 유례가 없을 정도로 심도 있게 해부한 예술적 성취를 높이 평가하면서 그에게 노벨문학상을 수여했다.

쿳시의 소설에 관한 가장 치밀하고 통찰력이 있는 글들을 발표해온 데이비드 애트웰은 쿳시를 "지적인 힘과 균형적 스타일, 역사적 비전과 윤리적 통찰력을 독특한 방식으로 통합"시킨 작가라고 평가하는데, 쿳시의 소설을 제대로 읽어본 사람이라면 이러한 평가에 동의하지 않기는 어렵다. 이것은 윤리성, 역사성, 정치성, 문학성 등을 두루두루 갖췄다는 평가로, 작가라면 누구나 도달해보고 싶은 최고의 경지가 아닐 수 없다.

1987년에 쓰기 시작했지만 한동안 유보했다가 1993년부터 다시 쓰기 시작해 1997년에 출간된 『소년 시절』을 읽어보면, 쿳시가 왜 그처럼 높은 평가를 받는지를 적어도 부분적으로는 이해할 수 있다. 쿳시는 한 오라기의 감상도 없이 소년 시절을 회고하며, 아니 회고한다기보다는 다시 살면서 케이프타운, 우스터, 카루에서 보고 느끼고 체험한 것들을 특유의 간결하고 절박한 문장으로 펼쳐 보인다. 간결하고 절박한 문장들은 작가의 '잃어버린 시간'에 현재적인 성격을 부여하면서, 『소년 시절』이 회고록이 아니라 또다른 한 편의 소설이라는 느낌을 준다. 그가 화자를 일인칭이 아니라 삼인칭으로, 시제를 과거가 아니라 현재로 설정한 것은 자신의 경험을 객관화하고 과거를 현재화하면서, 서술하는 자신과 과거 속의 자신을 대화 관계에 놓고, 과거라는 것이 단순한 복원의 대상이 아니라 현재에서 바라보는 과거이며 현재와 연결된 과거임을 환기시키려는 서술 전략이다. 그의 다른 소설들에 나오는 성, 인종, 식민주의, 폭력 등에 관한 담론이 『소년 시절』에서 변주되는 것은 그래서 우연이 아니다.

『소년 시절』은 쿳시가 쓴 다른 소설들을 보완하는 역할을 하는 단순한 회고록 내지 자서전이 아니다. 『소년 시절』은 쿳시의 다른 주요 소설들에 나타나는 압축적이고 폭발적인 힘을 고스란히 갖고 있을 뿐만 아니라, 『추락』을 제외한 쿳시의 주요 소설들이 나온 후에 발표된 것이니만큼, 어느 평자가 지적한 것처럼 작가의 "모든 예술적 능력"이 총동원되어 있는 작품이기도 하다. 『소년 시절』에 대한 화려한 비평적 찬사들은 이 작품이 그의 주요 소설들에 대한 보완적인 성격의 것이 아니라 개별적이고 독립적인 문학작품임을 시사한다. 이것은 쿳시 자신의 말에서도 확인된다. 나는 1998년, 『소년 시절』이 출판된 직후에 쿳시를 만나 인터뷰를 하면서 "『소년 시절』을 자서전이자 소설로 분류해도 되느냐?"고 물은 적이 있는데, 그는 "『소년 시절』의 10분의 9에

해당하는 부분의 진실을 증언할 수 있는 살아 있는 유일한 사람"은 자신뿐이라며 "소설과 자서전 사이에 분명한 선이 있다고 생각하지 않는다"고 말했다. 이것을 쿳시가 2003년에 한 말로 옮기면 다음과 같다.

"자서전에 나오는 역사의 일부는 외부 세계를 참조함으로써 확인할 수 있지만, 대부분의 경우는 개인적인 것이고 확인할 수도 없습니다. 우리가 역사를 진실한 것으로 보느냐 그렇지 않느냐는 주로, 우리가 화자의 진실성을 얼마나 신뢰하느냐에 달려 있습니다. 그런데 화자의 진실성에 대한 신뢰는 글쓰기의 불가해한 속성들에 달려 있습니다. 이것은 화자가 진실성 있게 들리느냐, 하는 문제입니다. 소설을 쓰는 작가들은 진실하다는 인상을 주기 위해 열심히 노력합니다." (왕은철, 『문학의 거장들』)

이러한 맥락에서 보면, 『소년 시절』은 자서전이나 회고록이 아니라 소설과 자서전의 중간쯤에 있는 자전적 소설이라고 할 수 있다. 그가 말한 것처럼, "모든 글은 자서전이고, 모든 자서전은 스토리텔링"인지 모른다. 그래서 중요한 것은 장르의 구분보다는 화자의 이야기가 "진실성 있게 들리느냐" 하는 문제다. 결국 소설도 그렇고 자서전도 그렇고, 진실성이 핵심이다.

십대의 전반부(1950~1956) 삶을 돌아보는 『소년 시절』의 화자는 진실성이 있는 화자다. 그는 자신을 포함한 모든 사람들과 남아프리카 사회를 정말이지 한 오라기의 감상도 없이 응시한다. 그 응시가 그와 가장 가까운 부모를 향할 때는 때로 고통스럽게 느껴지기도 하지만, 어쩌면 고통스러운 느낌을 주기에 더욱 "진실성 있게" 들린다. 화자의 말을 통해 드러나는 작가의 부모, 특히 그의 아버지는 이기적이고 모순적이며 무능력하다. 작가의 모습 또한 때로는 자가당착적이고 이기적이다. 화자는 자신을 포함한 모든 사람들의 허위를 가차없이 폭로한다. 결국 『소년 시절』은 작가가 자신의 과거를 아름다운 무지개색으로 채색하기 위한 것이 아니라, 식민주의와 종족차별로 얼룩진 남아프리카 역사에 얽힌 삶의 한 자락을 현재화하면서 그것의 역사적, 정치적, 윤리적 의미를 되새기기 위한 것이다.

그렇다. 쿳시의 위대성은 이처럼 가족사와 자신의 성장기에 관련된 사적인 공간에도 윤리성, 역사성, 정치성, 문학성을 가미할 수 있는 놀라운 진실성에 있다. 2002년에 발표된 『청년 시절 *Youth*』과 더불어 『소년 시절』이 쿳시의 '젊은 예술가의 초상'이라고 할 수 있다면, 그것은 때로는 비정하다고 생각될 만큼 매몰차게 감상이 배제된 투명하고도 정직한 '젊은 예술가의 초상'이다.

그는 자신마저 객관화해 분석과 아이러니의 대상으로 삼을 만큼 정직하다. 자신의 어린 시절에 낭만적인 색깔을 덧씌우고 감상적인 것으로 만들 수도 있건만, 노년의 작가는 타협하지 않는다. 쿳시가 "이 시대의 작가들 중 가장 타협하지 않는 작가일 뿐만 아니라 가장 분명하고 가장 용감한 작가들 중 한 사람"이라는 영국 평론가 보이드 톤킨의 말은 『추락』을 지칭해 한 말이지만, 『소년 시절』에도 정확히 들어맞는다. 어쩌면 이것은 그의 소설 모두에 적용될 수 있는 말이라고 해도 과언이 아니다.

"나는 왜 진실이 내 이익에 부합하지 않는데 나 자신에 대한 진실에 관심을 가져야 하는가?" 이것은 톨스토이, 루소, 도스토옙스키의 고백적 이야기에 관한 에세이에서, 자신에게 득이 될 것이 전혀 없음에도 고백에 관한 문제를 돌아보고 또 돌아보는 자신을 향해 쿳시가 던지는 질문이다. 그는 그 이유를 "진실에 대한 방향성"에서 찾는다. 그에 따르면 우리는 "진실에 대한 개념을 갖고 태어나기 때문에" 그것이 자신의 이익에 부합하지 않아도 고백을 감행한다. 궁극적인 진실이 무엇인지 때로는 분명치 않아도, 어딘가에 있을 진실을 향한다는 사실 자체가 중요해서다. 화자가 끊임없이 십대 소년인 '존'의 내면을 파고들어 때로는 자해에 가까운 고백을 하고, 부모를 비롯한 모든 사람들과 남아프리카 사회를 날카롭게 응시하고 분석하는 것은 바로 이러한 이유에서다. 따라서 『소년 시절』은 2002년에 발표된 『청년 시절』과 더불어, 자기고백적인 화자를 활용하고 있는 쿳시의 다른 소설들의 의미망을 총체적으로 짚어내기 위해서 반드시 참조해야 하는 작품이다. 고백의 담론이 작가 자신과 구체적으로 연결되어 있기 때문이다. 또한 2009년에 발표된 『서머타임*Summertime*』도 이어서 읽을 필요가 있다. 작가가 죽었다는 가상의 상황을 전제로 그의 삶과 역사를 파고드는 것의 문제, 허위성 등을 아이러니와 유머를 섞어 형상화한 작품이기 때문이다. 흥미롭게도, 쿳시는 2012년에 '시골생활의 풍경'이라는 제목 밑에 『소년 시절』 『청년 시절』 『서머타임』을 묶어서 펴냈는데, 이것은 처음부터 의도된 것이었다. 세 권의 책은 삼부작으로 묶이면서 결과적으로, "모든 글은 자서전이다. 모든 자서전은 스토리텔링이다"라는 쿳시의 생각을 요약한 형태가 되었다.

다시 『소년 시절』로 돌아가서 얘기하자면, 과거를 술회하는 쿳시가 늘 비정하기만 한 것은 아니다. 남아프리카 사회에 대한 신랄하고 통렬한 아이러니의 배후에는 남아프리카에 대한 작가의 한없는 애정이 배어 있으며, 폭력이 기승을 부리는 남아프리카 사회에 대한 묘사에는 폭력 없는 이상적 사회를 향한 염원이 담겨 있다. 또한 부모의 모순을 지적해내는 그의 모습에는 인간이기에 어쩔 수 없는 나름대로의 약점을 갖고 남아프리카에서 살아야 했던 부모에 대한 안쓰러움과 애정이 배어 있다.

『소년 시절』은 특히 어머니에 대한 그의 그리움과 애정을 유감 없이 드러내준다. 자신의 사생활에 대해 침묵하기로 유명한, 아니 거의 전설적인 쿳시가 2003년 12월 7일, 노벨문학상 시상식 연회장에서 어머니에 대한 그리움을 얘기한 것은 『소년 시절』에 묘사된 모자간의 관계로 미루어 보면 새삼스러운 일이 아닐 듯하다. 그는 살아 있었으면 아흔 살이 넘었을 자신의 어머니에게 수상의 영광을 돌렸다. 그것이 노벨상이든 뭐든 '엄마, 나 상 탔어요!' 하고 달려가면 그를 안아줄 어머니가 더이상 이 세상에 없다는 사실이 못내 안타까웠던지(노년의 쿳시는 여기에서 『소년 시절』의 화자로 돌아간다), 그는 이렇게 말했다. "우리 어머니들을 위해서가 아니라면 누구를 위해서 쓰겠습니까!" 과묵하기로 유명한 예순세 살의 쿳시가 천오백 명의 축하객이 모인 자리에서 2분이 채 안 되는 시간에 자신의 어머니를 그리워하는 모습은 좀처럼 속내를 드러내지 않는 그이기에 더욱 감동적이었다. 이는 『소년 시절』의 비타협적이고 비정한 면이 사랑과 연민의 마음을 잃지 않으면서도 진실을 직시하고자 하는 쿳시의 치열한 예술정신에서 비롯된 것이라는 사실을 다시 한번 확인해준다. 그가 언젠가 했던 말처럼 "철의 시대에도 동정심은 침묵하지 않는다." 그렇다. 연민과 동정심은, 쉽게 드러나지는 않지만 그의 소설을 관통하는 주된 정신이다. 때로는 종교적이라고 생각될 만큼.

다른 사람의 삶을 묘사하거나 기록한 글을 읽으면서 자신을 생각하는 것은 어쩌면 당연한 일일 것이다. 그래서 독서는 작가의 자아를 만나고 체험하는 과정이기도 하지만, 때로 자신의 자아와 맞닥뜨리는 불편한 과정이기도 하다. 나는 삼인칭 화자가 쿳시의 지나가버린 소년 시절, 특히 부모와의 다소 복잡했던 관계를 현재시제로 풀어내는 모습을 하나하나 우리말로 옮기면서 내 부모와 나의 관계를 떠올렸다. 쿳시처럼 간결하고 우아한 소설이나 산문을 쓸 재간이 없는 나는 『소년 시절』을 빌려서, 지금은 묻혀버리고 없는 샘 옆에서 갓난애인 나를 안고 울고 계셨을 어머니, 역사의 바람에 떠밀려 시도 때도 없이 바람이 부는 들판에서, 당신의 표현을 빌리자면 "개구리를 몰고 다니며" 농사일을 하며 과거를 삭이셨을 아버지, 그리고 그분들과 나의 관계를 생각했다. 쿳시의 경우에 그러했던 것처럼, 나에게도 유년 시절은 "순진무구한 환희의 시기"가 아니라 "이를 악물고 견뎌내야 하는 시기"였을지 모른다. 쿳시처럼 "그 속에서 감정이 폭발돼 나오는 것처럼 보이는 간결하고 절박한 문장들"을 구사하여 나의 '소년 시절'을 쓸 재간이 없는 나는 쿳시의 산문을 통해서나마, 부모와의 관계, 나의 순탄치 않았던 소년 시절, 우리 역사와 얽혀 있는 가족사 등을 응시하고 돌아볼 수 있게 됐다.

나는 어린아이가 느꼈음직한 두려움과 모순과 분노, 또 간헐적으로 느꼈음직한 기쁨과 환희를 이처럼 '검소한' 문장으로, 그러나 검소하기에 더 응축되고 폭발적인 느낌을 주는 문장으로 펼쳐 보이는 자전적 소설을 쓴 다른 작가를 알지 못한다. 쿳시의 말처럼 『소년 시절』은 "부족한 것, 부족한 산문, 부족하고 간결한 세계"를 믿는 작가의 진면목을 보여주는 작품이 아닐 수 없다. 이 자전소설에 나오는 카루에 대한 묘사를 보면 그의 산문의 특징인 검소함과 절약, 가난함과 부족함의 미학이 그가 그렇게도 사랑했던 카루의 특성과 무관한 것이 아님을 알 수 있다.

번역할 때마다 매번 느끼는 것인데, 나는 쿳시의 작품 중에서 우열을 알지 못한다. 어떤 것을 번역하든, 나는 그것이 최고의 작품이라는 느낌을 받는다. 분명히 우열이 있을 법한데 판단이 서질 않는 것이다. 그가 작품 하나하나에 심혈을 기울였기 때문일 것이다. 나는 모든 작품에 자신이 가진 모든 것을 쏟아부을 줄 아는 쿳시를 정말로 존경한다. 내가 그에 관한 학술적인 글들을 가급적이면 쓰지 않으려고 하는 것은 역설적이게도 그를 존경하고 높이 평가하기 때문이다. 나는 나의 글들이 혹시라도 그의 문학이 가진 심오함을 드러내기보다 오히려 축소시키고 단순화하지 않을까 늘 두렵다. 그래서 쓰고 싶은 마음을, 그에 관한 책을 한 권 더 내고 싶은 마음을 억제해왔다.

* * *

『소년 시절』은 남아프리카공화국 국내용 판본과 국외용 판본 두 종류가 있다. 후자에는 전자보다 몇 줄이 더 들어가 있고 아프리칸스어를 영어로 풀어놓고 있는데, 내용에는 별 차이가 없다. 이 번역에는 남아프리카에서 구입한 국내판을 사용했고, 국내판에 없는 부분은 국외판을 확인해 보충했다. (작가에 따르면, 시커 앤드 워버그 출판사에서는 두 판본이 다 나왔고, 펭귄 출판사에서는 국외용 판본 한 가지로만 나왔다.) 그리고 문학동네의 개정판 작업을 하면서, 쿳시가 2012년에 내게 건넨 수정본을 토대로 원고를 보완하였다.

『소년 시절』에는 '시골생활의 풍경'쯤으로 번역됨직한 'Scenes from Provincial Life'라는 부제가 붙어 있다. 작가에 따르면 '시골'은 '도시'와 대비되는 것으로서 지적, 문화적 차원에서의 퇴행성을 지칭하기 위한 것인데, '소년 시절'이라는 제목만으로 충분하다고 생각되어 굳이 부제를 표시하지 않았다.

다른 책들을 번역하면서 그랬던 것처럼, 『소년 시절』을 번역하면서도 작가의 도움을 많이 받았다. 작가는 때로는 스웨덴에서,

때로는 미국에서, 때로는 오스트레일리아에서 나의 질문에 답변해줬다. "앞으로 살날이 많이 남지 않은 만큼, 남은 기간을 진지한 글을 쓰는 데 온전히 바치고 싶어서" 한국으로부터의 강연 요청에 응할 수 없다는 쿳시의 이메일이 단적으로 말해주듯, 그가 시간을 쪼개 쓰고 또 사생활을 중시하는 작가라는 걸 알기에 가급적 그에게 질문을 하지 않으려고 노력했지만, 때로는 원어민을 동원해도 해결할 수 없는 모호한 부분들이 있어서 어쩔 수 없었다.

죄송하고 고마운 마음에서라도 내 딴에는 번역에 최선을 다하려 했지만 "그 속에서 감정이 폭발돼 나오는 것처럼 보이는 간결하고 절박한 문장들"의 리듬과 감각을 나의 번역문이 제대로 살려냈는지 모르겠다. 그 점이 늘 마음에 걸리지만, 그래도 그를 알고, 그의 위대한 글을 읽고 가르치고 번역할 수 있어서 행복하다.

왕은철

J. M. 쿳시 연보

1940년 남아프리카공화국 케이프타운에서 변호사인 아버지와 교사인 어머니 사이에서 태어나다. 아버지는 네덜란드 이민자의 후손이었고, 어머니는 폴란드계 독일 이민자의 후손이었다.

1942년 아버지가 남아프리카공화국 군인으로 제2차세계대전에 참전해 중동과 이탈리아에서 복무하다.

1943년 남동생 데이비드 쿳시가 태어나다.

1945년 아버지가 전쟁에서 돌아오다. 가족이 케이프타운 폴스무어에 정착하고, 쿳시는 폴스무어 초등학교에 입학하다.

1946년 아버지가 케이프 지방행정청에서 직장을 구하다. 가족이 로즈뱅크로 이사를 가게 되어 쿳시는 로즈뱅크 초등학교로 전학을 가다.

1948년 아버지가 케이프 지방행정청에서 실직하고 우스터에 있는 스탠더드 캐너스사로 자리를 옮기다. 가족이 리유니언 파크로 이사하고 쿳시는 1949년 4월에 우스터 초등학교로 전학을 가다.

1952년 아버지가 케이프타운 굿우드에 변호사 사무실을 개업하다. 가족이 플럼스테드로 이사를 하고 쿳시는 세인트조지프 가톨릭학교로 전학을 가다.

1956년 세인트조지프 가톨릭학교를 졸업.

1957~1961년 케이프타운 대학교에 입학해 영문학과 수학을 전공하다. 하워스 교수의 배려로 문예창작 과목을 수강하고 교내 잡지에 시를 발표하다. 1961년 11월, 사우샘프턴을 향해 배로 떠나다. 영국에서 케이프타운 대학교 문학사 학위를 받다.

1962년 런던 IBM에서 컴퓨터 프로그래머로 일을 시작하다. 장학금을 받고 케이프타운 대학교 문학 석사과정에 등록해 대영박물관 열람실에서 포드 매덕스 포드 연구에 매진하다. 하이퍼텍스트 시를 실험하다.

1963년 케이프타운으로 돌아와 학창시절 알고 지내던 필리파 주버와 재회해 6월에 결혼식을 올리다. 포드 매덕스 포드에 관한 논문을 완성하여 제출하다. 처음에는 영국의 교사직을, 다음에는 프로그래머로 일자리를 지원하다. 미국의 박사과정에 대해 알아보다.

1964년 필리파와 영국으로 떠나다. ICT사(International Computers and Tabulators, Ltd)에서 일을 시작하다.

1965년 케이프타운 대학교와 미국에 있는 대학교의 박사과정에 동시에 지원하다. 케이프타운 대학교에서 모더니즘에 관한 박사 과정을 제안받지만 거절하다. 풀브라이트 장학금을 받고, 미국 내 여러 대학에서 제안을 받으나 최종적으로 텍사스 대학교를 선택하다. 필리파와 함께 미국으로 건너가 텍사스 대학교에서 언어학과 문학 박사과정에 들어가다.

1966년 아들 니콜라스가 태어나다.

1968~1969년 사뮈엘 베케트에 관한 논문을 완성하던 중에 뉴욕 주립대학교 조교수로 임용되었으나 비자 문제 때문에 계약기간이 제한되다. 캐나다와 홍콩에 임용 지원을 하고, 브리티시 콜롬비아 대학교에서 제안을 받지만 거절하다. 비자 연장을 받기 위해 노력하나 베트남전쟁 반대 시위에 참여한 전력 때문에 계속 무산되다. 딸 기셀라가 태어나다.

1970년 『어둠의 땅*Dusklands*』 집필을 시작하다. 뉴욕 주립대학교 교수 45명이 대학의 경영방식과 캠퍼스 내 경찰 배치에 반대하는 시위로 헤이스 홀을 점령한 '헤이스 홀 사건'에 가담해 불법침입과 법정모독 유죄 판결을 받다. 그해 12월 필리파와 자녀들은 남아프리카로 돌아가다.

1971년 끝내 비자를 연장하지 못해 남아프리카로 돌아가다. 가족과 함께 쿳시 가문의 농장과 가까운 곳에 정착하다. '헤이스 홀 사건' 유죄 판결이 번복되지만 미국 재입국비자를 받을 가능성이 거의 없어지다.

1972년 케이프타운 대학교 영문과 교수가 되다.

1973년 『어둠의 땅』 집필을 마치지만 몇몇 출판사로부터 출간을 거절당하다.

1974년 요하네스버그에 있는 출판사 레이번 프레스에서 『어둠의 땅』을 출간하다. '책 태우기'라는 제목의 소설을 집필하기 시작하나, 일 년 후 중단하다.

1975년 네덜란드 소설 『사후의 고백*Een Nagelaten Bekentenis*』을 영어로 번역 출간하다.

1976년 『나라의 심장부에서*In the Heart of the Country*』 집필을 시작하다.

1977~1979년 『나라의 심장부에서』를 출간하고 남아프리카 최고의 문학상인 CNA상을 수상하다. 『야만인을 기다리며*Waiting for the Barbarians*』 집필을 시작해 텍사스 대학교, 버클리 대학교, 캘리포니아 대학교에 안식년을 보내는 동안 완성하다. 『마이클 K*Life & Times of Michael K*』 집필을 시작하다.

1980년 필리파와 이혼. 『야만인을 기다리며』를 출간하다. 후에 평생 반려자가 된 영문과 교수 도로시 드라이버와 만나기 시작하다. 『야만인을 기다리며』로 두번째 CNA상 수상.

1982년 『포*Foe*』 집필을 시작하다.

1983년 『마이클 K』를 출간하고 부커상을 수상하다. 아프리칸스어 소설 『바오밥나무로의 탐험*Die Kremetartekspedisie*』을 영어로 번역 출간하다.

1984년 케이프타운 대학교 영문과 정교수로 임명되다. '자서전 속의 진실'이라는 제목으로 정교수 취임 기념 강연을 하다. 『마이클 K』로 세번째 CNA상 수상.

1985년 『포』 집필을 마치다. 어머니가 세상을 떠나다. 『마이클 K』로 에트랑제 페미나 상 수상.

1986년 『포』 출간. 남아프리카 소설가 안드레 브링크와 함께 남아프리카공화국 시 모음집 『부서진 땅*A Land Apart*』을 출간하다. 존스홉킨스 대학에서 방문교수로 지내다. 『철의 시대*Age of Iron*』 집필을 시작하다.

1987년 예루살렘상 수상. 회고록 『소년 시절*Boyhood*』 집필을 시작했다가 중단하다.

1988년 아버지가 세상을 떠나다. 당시 케이프타운 대학교 영문과 교수로 재직하던 데이비드 애트웰과 함께 『이중 시점: 에세이와 인터뷰*Doubling the Point: Essays and Interviews*』 집필을 시작하다.

1989년 아들 니콜라스가 세상을 떠나다. 『철의 시대』 집필을 마치다. 1980년부터 쓰기 시작한 남아프리카 글쓰기에 관한 에세이를 모은 『백인의 글쓰기*White Writing: On the Culture of Letters in South Africa*』를 출간하다. 존스홉킨스 대학교에서 또 한번 방문교수를 지내다.

1990년 『철의 시대』를 출간하고 선데이 익스프레스 소설상을 수상하다. 필리파가 세상을 떠나다.

1991년 『페테르부르크의 대가*The Master of Petersburg*』 집필을 시작하다. 하버드 대학교에서 방문교수로 지내다. 도로시 드라이버와 오스트레일리아에 장기간 체류하다.

1992년 『이중 시점: 에세이와 인터뷰』를 출간하다.

1994년 『페테르부르크의 대가』를 출간하다.

1995년 『추락*Disgrace*』 집필을 시작하다. 『페테르부르크의 대가』로 아이리스 타임스 국제소설상 수상. 텍사스 대학교, 시카고 대학교 등 여러 대학교에서 정기적으로 방문교수로 지내기 시작하다. 이즈음 오스트레일리아 이민을 알아보기 시작하다.

1996년 『모욕 주기: 검열에 관한 에세이*Giving offense: Essays on Censorship*』를 출간하다. 〈뉴욕 리뷰 오브 북스〉 등 여러 잡지에 정기적으로 서평을 기고하기 시작하다.

1997년 『엘리자베스 코스텔로*Elizabeth Costello*』에 대한 구상을 시작하다. 『소년 시절』을 출간하다.

1999년 『추락』을 출간하고 두번째 부커상을 수상하다. 프린스턴 대학교에서 했던 태너 강연을 토대로 『동물들의 삶*The Live's of Animals*』을 출간하다.

2000년 『추락』으로 커먼웰스상 수상.

2001년 오스트레일리아 대사관으로부터 이민 비자를 받다. 케이프타운 대학교 교수직에서 퇴임하다.

2002년 오스트레일리아로 이민. 도로시 드라이버와 함께 애들레이드에 정착하다. 애들레이드 대학교 영문학부 명예연구원이 되다. 『청년 시절*Youth*』을 출간하다.

2003년 노벨문학상 수상. 『엘리자베스 코스텔로』 출간. 시카고 대학교 교환교수를 겸임하다.

2004년 『슬로우 맨*Slow Man*』을 집필하다. 네덜란드 시집 『뱃사공과 풍경: 네덜란드의 시*Landscape with Powers: Poetry from the Netherlands*』를 번역하고 출간하다. 도로시 드라이버와 함께 스탠퍼드 대학교 방문교수로 초대받다. 『서머타임

Summertime』 집필을 시작하다.

2005년 『슬로우 맨』 출간. 남아프리카공화국 국가 훈장을 수여받다. 『어느 운 나쁜 해의 일기*Diary of a Bad Year*』 집필을 시작하다.

2006년 오스트레일리아에 귀화하다.

2007년 『어느 운 나쁜 해의 일기』 출간. 2002년과 2005년 사이에 쓴 서평들을 모아 『내면 활동*Inner Workings*』을 출간하다.

2008년 폴 오스터와 교류하기 시작하다.

2009년 『서머타임』을 출간하다.

2010년 동생 데이비드가 워싱턴에서 세상을 떠나다. 네덜란드 국가 훈장을 받다.

2011년 세 권의 허구화된 회고록 『소년 시절』 『청년 시절』 『서머타임』을 모은 『시골생활의 풍경*Scenes from Provincial Life*』 출간.

2012년 『예수의 어린 시절*The Childhood of Jesus*』 집필을 시작하다.

2013년 폴 오스터와의 서신을 담은 『바로 여기*Here and Now: Letters 2008-2011*』 출간. 『예수의 어린 시절』 출간.

2016년 『예수의 학창시절*The Schooldays of Jesus*』 출간. 아라벨라 커츠와의 서신을 담은 『좋은 이야기*The Good Story: Exchanges on Truth, Fiction and Psychotherapy*』 출간.

2017년 『최근의 에세이*Late Essays: 2006-2017*』를 출간하다.

지은이 **J. M. 쿳시**
1940년 남아프리카공화국 케이프타운에서 태어났다. 1974년 『어둠의 땅』으로 데뷔했고, 1977년 두번째 소설 『나라의 심장부에서』로 남아프리카 최고 문학상인 CNA상을 받았으며, 1980년 『야만인을 기다리며』로 세계적 명성을 얻었다. 『마이클 K』와 『추락』으로 부커상을 두 차례 수상했고, 에트랑제 페미나 상, 예루살렘상 등 많은 상을 받았다. 2003년 노벨문학상을 수상했다. 그 밖의 주요 작품으로 소설 『철의 시대』 『슬로우 맨』이 있다.

옮긴이 **왕은철**
『현대문학』을 통해 문학평론가로 등단했으며 유영번역상, 전숙희문학상, 한국영어영문학회학술상, 생명의신비상 등을 수상했다. 현재 전북대학교 영문과 교수로 재직중이다. 『피의 꽃잎들』 『페테르부르크의 대가』 『연을 쫓는 아이』 등 40여 권의 역서가 있으며, 『문학의 거장들』 『J. M. 쿳시의 대화적 소설』 『애도 예찬』 『타자의 정치학과 문학』 『트라우마와 문학, 그 침묵의 소리들』 등의 저서가 있다.

문학동네 세계문학
소년 시절

초판인쇄 2018년 7월 2일 | 초판발행 2018년 7월 16일

지은이 J. M. 쿳시 | 옮긴이 왕은철 | 펴낸이 염현숙
책임편집 정혜림 | 편집 류현영 홍유진 오동규 이현정
디자인 김현우 이원경 | 저작권 한문숙 김지영
마케팅 정민호 정진아 함유지 김혜연 박지영 | 홍보 김희숙 김상만 이천희
제작 강신은 김동욱 임현식 | 제작처 한영문화사(인쇄) 경일제책사(제본)

펴낸곳 (주)문학동네
출판등록 1993년 10월 22일 제406-2003-000045호
주소 10881 경기도 파주시 회동길 210
전자우편 editor@munhak.com | 대표전화 031) 955-8888 | 팩스 031) 955-8855
문의전화 031) 955-3576(마케팅) 031) 955-8861(편집)
문학동네카페 http://cafe.naver.com/mhdn | 트위터 @munhakdongne
북클럽문학동네 http://bookclubmunhak.com

ISBN 978-89-546-5210-0 03840

www.munhak.com